NINA MAY

Wer wird denn gleich an Liebe denken

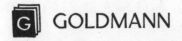

Buch

Trix ist pleite und zunehmend verzweifelt: Ihr Freund hat sie sitzen lassen, das Apartment in London ist viel zu teuer, und ihre Karriere als Fotografin geht den Bach runter. Ihre beste Freundin Patricia sieht nur einen Ausweg: Trix braucht einen Mann, und zwar am besten einen mit Schloss und Adelstitel. So richtig ernst nehmen will Trix den Vorschlag nicht, denn natürlich glaubt sie an die wahre Liebe. Aber warum nicht das Angenehme mit dem Nützlichen verbinden? Schon am nächsten Tag sitzt sie im Zug in die Grafschaft Kent, um ihren Dienst auf Schloss Chatham anzutreten. Auf den ersten Blick ist Trix sowohl von dem alten Gemäuer als auch von seinem Besitzer, Lord Colin Furley, begeistert. Doch bei genauerem Hinsehen bröckelt der Glanz des Schlosses gewaltig, und der Denkmalschützer Rob ist deutlicher attraktiver als der Schlossherr ...

Autorin

Nina May, geboren 1988, liebt den englischen Sommer und frisch gebackene Scones mit viel Marmelade und Clotted Cream. Schon als Kind hat sie davon geträumt, in einem Schloss zu wohnen. »Wer wird denn gleich an Liebe denken« ist ihr Debütroman.

Nina May
Wer wird denn gleich an Liebe denken

Roman

GOLDMANN

Sollte diese Publikation Links auf Webseiten Dritter enthalten,
so übernehmen wir für deren Inhalte keine Haftung,
da wir uns diese nicht zu eigen machen, sondern lediglich auf
deren Stand zum Zeitpunkt der Erstveröffentlichung verweisen.

Penguin Random House Verlagsgruppe FSC® N001967

1. Auflage
Originalausgabe Mai 2022
Copyright © 2022 by Nina May
Copyright © dieser Ausgabe 2022
by Wilhelm Goldmann Verlag, München,
in der Penguin Random House Verlagsgruppe GmbH,
Neumarkter Straße 28, 81673 München
Dieses Werk wurde vermittelt durch die
Michael Meller Literary Agency GmbH, München.
Umschlaggestaltung: UNO Werbeagentur GmbH
Umschlagmotiv: FinePic®, München
LS · Herstellung: ik
Satz: GGP Media GmbH, Pößneck
Druck und Bindung: GGP Media GmbH, Pößneck
Printed in Germany
ISBN: 978-3-442-49181-0

www.goldmann-verlag.de

Für Kati,
die meine Geschichten als Erste gern gelesen hat

Liebe vergeht, Hektar besteht.
Sprichwort

Kapitel eins

»Cheeeese!« Ich reiße die Augen weit auf und ringe mir ein übertriebenes Lächeln ab, das motivierend wirken soll.

Vor mir sitzt ein Dutzend lustloser Sechsjähriger mit knallbunten Papphüten auf dem Kopf. Keiner von ihnen verzieht eine Miene.

»Cheese!«, rufe ich noch einmal, nun schon mit einem leicht verzweifelten Unterton.

Wieder keine Reaktion.

»Fotos machen ist doof!«, tönt es von einem kleinen Miesepeter aus der zweiten Reihe.

»Du sagst es. Also: Je schneller ihr jetzt ein hübsches Gesicht macht, desto eher ist die Sache erledigt.« Ich sehe die Kinder aufmunternd an und blicke durch die Kameralinse.

Ich bin Partyfotografin, unter anderem. Leider keine, die auf glamourösen Abendveranstaltungen berühmte Menschen mit einem Champagnerglas in der Hand ablichtet. Auch keine, die zumindest glückliche Menschen bei einem Jubiläum oder einer Hochzeit oder sonst einem freudigen Anlass fotografiert. Nein. Ich knipse Nervensägen, die keine Lust auf ein Fotogesicht haben.

»Verwöhnte Gören«, murmle ich kaum hörbar vor mich hin. Die Party dieser Knirpse kostet mehr, als ich in drei Monaten verdiene. Die dreistöckige Zuckergusstorte und die hübschen, kleinen, rosafarbenen Muffins auf dem Geburtstagstisch stammen aus dem Luxuskaufhaus *Fortnum & Mason*, die ausladenden Pappmaché-Figuren an den Wänden, die schon halb zerfetzt herunterhängen, hat eine Raumstylistin angebracht, und die Geschenktüten, die jedes Kind beim Heimgehen bekommen wird, sind mit hübschen Tiffany-Armbändern für die Mädchen und Minimanschettenknöpfen für die Jungs gefüllt. Als ob einer dieser Racker jemals freiwillig ein Jackett anziehen würde.

Klick! Nun, ein paar fröhliche Gesichter habe ich doch noch eingefangen.

Wenig später stehe ich, um hundertfünfzig Pfund reicher, aber dafür einiges ärmer an Würde, vor der noblen Eingangstür im Londoner Stadtteil Maida Vale, schultere meine schwere Fototasche, klemme mir das einklappbare Stativ unter den Arm und mache mich auf den Weg zur U-Bahn-Station.

Meine Fotoausrüstung ist schon älter und etwas sperrig. Außerdem ist es für einen Frühlingstag bereits ziemlich heiß. Noch bevor ich am Ende der Straße angekommen bin, rinnt mir die erste Schweißperle über die Stirn. In der vollgestopften U-Bahn wird es nicht besser, im Gegenteil. Beim Einsteigen fege ich einer älteren Dame mit meinem Stativ fast die Handtasche auf den Boden.

»Passen Sie doch auf!« Sie sieht mich empört an und presst sich ihre Tasche an die Brust, als wäre ich eine besonders dreiste Taschendiebin.

»Entschuldigung«, murmle ich und versuche, mich möglichst platzsparend in eine Ecke nahe der Tür zu drücken.

Ich hasse U-Bahn-Fahrten. Jeder müffelt vor sich hin, und manche nutzen die Enge im Abteil als willkommenen Vorwand, sich mit irgendwelchen unmöglichen Körperteilen an ihren Mitmenschen zu reiben. Ugh.

Würde Geld keine Rolle spielen, ich würde für jede verdammte Fahrt ein Taxi nehmen. Oder noch besser: einen eigenen Wagen samt Chauffeur. Den Chauffeur bräuchte ich, weil ich nicht gerade eine begnadete Autofahrerin bin. Oder, wie Dad immer ruft, sobald ich den Zündschlüssel umdrehen will: »Achtung! Trix im Anmarsch! Rette sich, wer kann!« Er findet das ungeheuer komisch.

Drei dicht gedrängte Stationen weiter wünsche ich mir, ich hätte mich für einen Sitzplatz entschieden. Die Fotoausrüstung lässt sich, mit einer Hand an der Haltestange, doch etwas schlecht handhaben. In der letzten Kurve wäre mir das Stativ fast quer durch das Abteil geschossen. Die Dame mit der Tasche sitzt mir schräg gegenüber und beäugt mich skeptisch. Ich habe das Gefühl, es wird immer noch heißer.

Meine Gedanken wandern zurück zum Kindergeburtstag. Niemals hätte ich gedacht, dass es so schwer sein würde, als Fotografin zu arbeiten. Es ist mühsam, jeden Tag. Nicht dass es reichen würde, tolle Fotos zu machen – nein, man muss ständig neue Kunden akquirieren, über Honorare verhandeln, Rechnungen schreiben ... Und dann erst die Erklärungen für das Finanzamt – wobei sich meine Steuerzahlungen in äußerst übersichtlichen Grenzen halten.

Endlich! Clapham Junction begrüßt mich mit dem vertrauten Gewusel, und ich trete erleichtert auf den Bahnsteig. Trauben von Menschen, die allesamt in die entgegengesetzte Richtung wollen, erschweren mir den Weg zum Ausgang, und als ich zehn Minuten später den *Tesco*-Supermarkt nahe meiner Wohnung betrete, bin ich endgültig durchgeschwitzt. Ich wohne in einem klitzekleinen Apartment im dritten Stock eines viktorianischen Hauses, das eine Renovierung bitter nötig hätte. Dafür ist es gerade so bezahlbar, für London. Oder zumindest war es das, als ich noch mit Alex zusammen hier gewohnt habe.

Mein Magen knurrt, als ob ich eine zweiwöchige Fastenkur hinter mir hätte. Es muss doch sicher wieder ein Sandwich im Sonderangebot sein? Hungrig lasse ich meinen Blick am Kühlregal entlangschweifen. Das letzte Mal hatte ich richtig Glück, da gab es eins mit Räucherlachs und Dijon-Senf zum halben Preis. Das Brot war zwar schon etwas zerdrückt, aber es hat trotzdem richtig gut geschmeckt.

Nichts. Nur der Thunfisch-Bagel mit Mayonnaise ist im Angebot, aber ich hasse Thunfisch. Und Mayonnaise. Jede Menge anderer Leute anscheinend auch, denn es liegen noch etliche Bagel fein säuberlich nebeneinander aufgereiht.

Mein Blick schweift begehrlich zu den anderen Brötchen. Da liegt es, frisch und appetitlich, mein Lieblingssandwich mit hauchdünnen Scheiben von Parmaschinken und 24 Monate gereiftem Parmesan, gekrönt von einem Klecks aromatischer Walnusscreme. Und es ist das letzte.

Ich schaue wieder zum Thunfisch-Bagel. Dann zurück zu meinem Lieblingssandwich.

1,99 Pfund oder 3,99?

Genuss oder Geldbörse?

Es sei denn ... die knallroten 50 %-Sticker sind recht schlampig aufgeklebt. Das macht sicher eine Aushilfe, die keine Lust auf gar nichts hat. Was wäre ... ich setze meinen Fingernagel vorsichtig an den Rand des Etiketts. Es lässt sich ziemlich leicht ablösen. Mein Blick wandert wieder zu meinem Lieblingssandwich, und ich kann einfach nicht widerstehen. Unauffällig sehe ich mich um, nach links und nach rechts, und löse dann blitzschnell das Etikett vom Bagel ab, um es mit einer eleganten Handbewegung auf dem Sandwich zu platzieren.

Trix, das ist Betrug!

Ich weiß, antworte ich mir selbst trotzig, aber für *Tesco* macht es doch so gut wie keinen Unterschied, und mein Tag war auch so schon beschissen genug. Mein Herz klopft ein bisschen schneller, aber ich glaube, es hat mich keiner gesehen. Ziemlich erschrocken über meine bis dato unentdeckte kriminelle Energie steuere ich auf den Ausgang zu.

Die Frau an der Kasse, eine solariumverbrannte Rothaarige (was einen ziemlich seltsamen Kontrast bildet), sieht zuerst das Sandwich in meiner Hand, dann mich skeptisch an.

»Sind Sie sicher, Miss, dass das rote Etikett auf diesem Sandwich war? Die sind nämlich normalerweise immer ruckzuck weg!«

Ich nicke eifrig.

Misstrauisch nimmt sie das Brötchen in die Hand, mustert es von allen Seiten und will es gerade über den Scanner ziehen, als hinter mir eine Stimme ertönt: »Sie hat das Etikett umgeklebt, ich habe es genau gesehen!«

Ich drehe mich peinlich berührt um und sehe einen feisten Mittfünfziger mit dicken Brillengläsern hinter mir stehen. Er trieft geradezu vor Selbstgerechtigkeit.

»Das Etikett war auf dem Thunfisch-Bagel, wie immer. Wieso schmeißt ihr den nicht endlich mal aus dem Sortiment? Isst sowieso kein Mensch!« Abfällig deutet er hinüber zum Kühlregal.

Die Rothaarige sieht mich empört an. »Ich wusste, dass das Parmaschinken-Sandwich nicht reduziert sein kann! Das ist versuchter Betrug, ist Ihnen das klar, Miss?«

»Entschuldigung«, murmle ich und merke, wie meine Wangen vor Scham zu brennen beginnen. Inzwischen hat sich eine kleine Schlange hinter uns gebildet. »Ich lege es zurück und klebe das Etikett wieder auf das richtige Sandwich, in Ordnung?«

»Sie machen hier gar nichts mehr!«, keift die Rothaarige. »Am besten verlassen Sie sofort den Laden, bevor ich noch den Sicherheitsdienst hole.«

Die Leute in der Schlange recken neugierig die Köpfe.

Es ist doch nur ein verdammtes Sandwich!, möchte ich der Kassiererin am liebsten entgegenschleudern, beherrsche mich aber.

»Die mit dem Parmaschinken sind nie reduziert!« Die Petze hinter mir schnappt sich gierig mein Sandwich, und ich sehe zu, dass ich rasch in Richtung Ausgang komme.

Na super, jetzt kann ich nicht einmal mehr in den Supermarkt um die Ecke gehen. Dabei finde ich Einkaufen schon generell nicht gerade amüsant. Es macht nun mal keinen Spaß, ständig nach Sachen Ausschau halten zu müssen, die entweder reduziert oder im Doppelpack günstiger sind. Wie gerne würde ich einfach mal wieder an der Feinkosttheke so richtig zulangen. Nur einmal.

Ich schlucke. Früher, als Alex noch da war, hatten wir auch nicht viel Geld, aber mindestens einmal im Monat sind wir zu *Whole Foods* gegangen und haben uns alle Leckereien gekauft, auf die wir Lust hatten. Dann deckten wir in unserem Apartment den Tisch, öffneten eine Flasche Wein und fühlten uns für einen Moment wie Gott in Frankreich.

Vor meinem inneren Auge tanzen eingelegte Artischocken mit knusprig gebratenen Garnelen Tango. Ich merke, dass mein Magen immer noch laut knurrt. Während ich die steilen Treppen zu meiner Wohnung hinaufsteige, sinniere ich weiter vor mich hin. Wann hat mein Leben bloß diese komplett unvorhersehbare und vor allem ungewünschte Abzweigung genommen?

Verächtlich lache ich auf. Ich weiß ganz genau, wann das war. Am Tag, an dem ich Alex begegnet bin.

Erschöpft von dem anstrengenden Tag und erschöpft von meinem Leben esse ich ein paar zähe Cornflakes mit Milch, während im Fernsehen irgendeine doofe Serie läuft.

Kapitel zwei

»Mum? Weißt du, wie spät es ist?« Ich reibe mir die Augen. Wieso ruft mich meine Mutter in aller Herrgottsfrühe an?

Dann schaue ich auf das Handydisplay. Ups. Es ist gleich halb zehn.

»Natürlich weiß ich das! Bist du etwa noch im Bett?« Ich höre die Verwunderung in ihrer Stimme. »Hast du gestern wieder lange arbeiten müssen?«

»Ja, so ungefähr.« Ich bleibe vage und denke daran, wie ich bis weit in die Nacht hinein vor dem Fernseher saß.

»Dann solltest du aber unbedingt einen Zuschlag auf dein Honorar verlangen. Das ist doch furchtbar anstrengend, sich so spät noch abzurackern!«

»Ja, werd ich machen«, murmle ich und fühle mich richtig schlecht dabei.

»Wie geht's dir sonst, mein Schatz? Alles paletti?«

»Mir geht's prima«, schwindle ich munter weiter und habe plötzlich einen Kloß im Hals. »Und euch?«

»Alles in bester Ordnung bei uns. Das heißt, fast alles.« Mum seufzt theatralisch. »Dein Vater hat nämlich ein neues Hobby.«

»Ach, wirklich?« Mum und Dad sind seit Kurzem pensioniert und wissen, glaube ich, noch nicht so recht, was sie jetzt mit der ganzen freien Zeit anstellen sollen.

»Ja. Er hat sich eine Ducati gekauft.«

»Eine Ducati?« Ich bin ernsthaft überrascht. So ein schnittiges Gefährt hätte ich Dad gar nicht zugetraut.

»Eine Ducati. Zwar ein uralter Blechhaufen, aber dafür mit weiß Gott wie vielen PS. Eine fatale Kombination, wenn du mich fragst«, sagt meine Mutter mit düsterer Stimme. »Er lässt dir schöne Grüße ausrichten und fragt, wann du uns wieder einmal besuchen kommst.«

»Ist denn das Motorboot schon wieder passé?« Es ist noch nicht lange her, da war Dad ganz begeistert von dem ramponierten Boot, das er selbst wieder auf Vordermann bringen wollte. Ich erinnere mich noch gut an Mums lebhafte Schilderungen von ganzen Wochenenden am See, bei denen Dad an seinem Boot herumgebastelt und »Testfahrten« absolviert hat, während sie am Seeufer vor Langeweile fast gestorben ist.

»Absolut passé. Jetzt macht er die Straßen unsicher, und ich lebe tagtäglich in Angst und Schrecken, dass ihm etwas zustößt. Also, sieh besser zu, dass du bald kommst, ich kann dir nämlich nicht garantieren, dass er bei dieser Fahrweise noch lange unter den Lebenden weilt.« Mums Stimme trieft vor Sarkasmus, aber ich merke, dass sie sich wirklich Sorgen macht.

Ich seufze. »Ich würde wirklich gerne kommen, aber ich muss mich um meine Aufträge kümmern. Du weißt ja, die riesige Konkurrenz und alles ... Es ist echt nicht einfach.« Ich kuschle mich tiefer unter meine Bettdecke. Und noch viel schwerer ist es, wenn man fast keine Aufträge hat.

Mum seufzt jetzt ebenfalls. »Ich weiß ja, Beatrix. Ich bewundere dich wirklich, wie du das anpackst mit deiner Karriere. Wir würden uns nur sehr freuen, dich wieder einmal bei uns zu haben.«

»Ja, das weiß ich, Mum.« Ich fühle, wie der Kloß in meinem Hals größer und größer wird. »Das weiß ich.« Ich schlucke. »Ich muss jetzt Schluss machen. Sag Dad liebe Grüße von mir!«

»Mach ich. Pass auf dich auf, mein Schatz!«

Immer noch müde stehe ich auf und schlurfe zum Kühlschrank. Ich habe die leise Vorahnung, dass mich dort absolute Leere erwartet, eine Leere wie in der Antarktis. Vorsichtig öffne ich die Kühlschranktür.

Bingo.

Zwanzig Minuten später drehe ich eine lustlose Einkaufsrunde im Supermarkt drei Straßen weiter und trotte dann wieder die Treppe zu meiner Wohnung hinauf. Ich überlege gerade, wie ich mir aus meinem Lieblingskochbuch *Gut kochen für lau* mit meinem »schmalen Budget echtes Wohlfühlessen« zaubern könnte, da sehe ich plötzlich einen kleinen, spitznasigen Kerl mit einer ledernen Aktentasche vor meiner Tür stehen. Er sieht aus, als wäre er einem Märchenbuch entschlüpft.

»Ms Barker? Ms Beatrix Barker?«, schnarrt er und mustert mich von oben bis unten.

»Wer will das wissen?«, erwidere ich kampflustig. Er

ist fast einen Kopf kleiner als ich, und das, obwohl ich selbst eher durchschnittlich groß bin. Ich richte mich unbewusst auf und male mir aus, wie ich ihm mit meiner beladenen Einkaufstasche eins überziehe.

Der Wicht richtet sich ebenfalls auf und versucht – was ihm bei seiner Größe relativ schwerfällt –, von oben herab zu antworten: »Reginald Dodsworth, ich komme im Auftrag der Hausverwaltung. Sie wissen, worum es geht?« Er unterstreicht seine Worte mit einer tadelnden Miene.

Mist. Mist. Doppelmist.

Mir ist vollkommen klar, dass es keine gute Idee war, die Miete einfach nicht mehr zu überweisen. Aber was hätte ich tun sollen? Ich habe das Geld *wirklich* nicht.

Innerlich verfluche ich Alex zum x-ten Mal, und insbesondere jenen Tag vor über einem halben Jahr, an dem er einfach abgehauen ist. Alles, was von ihm zurückblieb, war ein mickriges Post-it an der Kühlschranktür.

Sorry, Trix, stand darauf, in seiner schlampigen Handschrift. *Sorry, Trix, aber ich brauche Freiraum. Raum zum Atmen, Raum zum Schaffen, Raum zum Sein. Es war eine wunderschöne Zeit. Pass auf dich auf.*

Wenn ich nur daran denke, kommt mir immer noch die Galle hoch. Dass Alex mich Knall auf Fall verlassen hat, war schon schwer genug. Aber dass ich dumme Gans den Mietvertrag für unsere klitzekleine, überteuerte, renovierungsbedürftige Wohnung damals allein unterschrieben habe, macht mein Fiasko komplett.

»Reine Formsache«, hat Alex mir versichert, »natürlich teilen wir uns alle Kosten fifty-fifty.«

Schon die Hälfte der Miete konnte ich mir kaum leisten, aber das hier ist nun mal London, und ich war froh, dass wir eine bereits möblierte Wohnung gefunden hatten. Aber die volle Miete alleine zahlen? Nie im Leben!

Und jetzt steht dieser Mann, der aussieht wie Rumpelstilzchen, vor meiner Wohnungstür. Er bemerkt meinen schuldbewussten Blick und sieht mich triumphierend an. »Sie sind inzwischen mit insgesamt ...«, er zückt wichtigtuerisch ein Notizbüchlein und blättert darin, »... vier vollständigen Monatsmieten im Rückstand. Die erste und zweite Mahnung haben Sie erhalten, wie aus meinen Unterlagen ersichtlich wird.«

Mit Unbehagen denke ich an die beiden Schreiben, die schon vor Wochen bei in meinem Briefkasten gelandet sind.

Rumpelstilzchen zieht einen Brief hervor, auf dem dick und fett das Wort *MAHNUNG* steht, und streckt mir gleichzeitig einen Kugelschreiber entgegen. »Das ist die dritte – und wie ich anmerken darf – letzte Mahnung. Wenn Sie mir bitte den Empfang ebendieser bestätigen würden.«

Oh mein Gott! Passiert das gerade wirklich? Ich komme mir vor wie in einer billigen Seifenoper. Rumpelstilzchen steht vor meiner Tür und will mich aus der Wohnung werfen!

Was mache ich jetzt bloß? Mich einfach umdrehen und weglaufen? Aber wenn der Typ wartet, bis ich wiederkomme?

Ich mustere ihn unauffällig. Er sieht so aus, als könnte er ziemlich hartnäckig sein. Was, wenn ich ihn hereinbitte, ihm etwas zu essen anbiete und auf Zeit spiele? Ich sehe uns schon einträchtig an meinem kleinen Klapptisch sitzen, er mit einem Glas Rotwein aus dem Tetrapak vor sich und die spitze Nase leicht gerötet. »Ach, Ms Barker, an Mieterinnen wie Sie könnte ich mich glatt gewöhnen. Und wegen der paar Monatsmieten, da machen Sie sich mal keine Sorgen.« Er prostet mir mit seinem Glas zu, lächelt mich leutselig an und gewährt mir unbegrenzten Zahlungsaufschub.

Die Chance ist zwar gering, aber einen Versuch allemal wert. Ich räuspere mich. »Mr ... Dodsworth, ich habe schrecklichen Hunger. Sie vielleicht auch? Ihr Tag war doch sicher sehr anstrengend.« Ich zwinkere ihm verschwörerisch zu.

Er sieht mich fassungslos an. »Sie wollen mir doch jetzt nicht ernsthaft etwas zu essen anbieten, Ms Barker? Wenn Sie jetzt bitte den Empfang der Mahnung quittieren würden.« Er trippelt ungeduldig mit dem Fuß auf den Boden.

Nun, wenn er meine freundlich gemeinte Einladung so rundheraus abschlägt – es geht auch anders. »Ganz sicher nicht!« Ich verschränke die Arme vor der Brust und versuche, ein selbstbewusstes Gesicht zu machen.

Auf seiner spitzen Nase wird jetzt ein rotes Äderchen sichtbar. »Ms Barker, Sie haben zwei Möglichkeiten: Entweder Sie kooperieren und unterschreiben jetzt«, er wedelt mit dem Brief vor meinem Gesicht herum, »oder ich gehe und komme in den nächsten Tagen wieder, aber dann nicht mehr mit der Mahnung, sondern mit dem Räumungsbescheid!«

Ich habe die Arme immer noch verschränkt. »Gut, dann kommen Sie wieder.«

Er mustert mich stirnrunzelnd. Ich verziehe keine Miene.

»Dann sehen wir uns bald wieder, Ms Barker. Sehr bald!« Er dreht sich um und marschiert mit polternden Schrittchen die Treppe hinunter.

Ich sehe ihm nach, mit einer seltsamen Mischung aus Erleichterung und Angst. Ich bin sicher, er wird seine Drohung wahrmachen.

»Rechnungen hier, Schulden da, noch dazu kein Mann – das ist doch kein Leben!« Meine Freundin Patricia mustert mich und knabbert geistesabwesend an einer martinigetränkten Olive.

Ich sitze auf ihrem cognacfarbenen Chesterfieldsofa und habe ihr gerade von Rumpelstilzchens Besuch erzählt. Ich hatte nach der hässlichen Szene vorhin absolut keine Lust, alleine in meinem Apartment zu bleiben, und bin stattdessen schnurstracks zu ihrem eleganten Stadthaus in Clerkenwell gefahren.

Ich sitze übrigens oft auf diesem Sofa, denn Patricia ist meine älteste Freundin in London. Gut, um ehrlich zu sein: Sie ist meine einzige Freundin hier.

Ich habe Alex relativ bald nach meiner Ankunft kennengelernt und war so gut wie immer mit seiner Clique unterwegs. Wenn er nicht gewesen wäre, würde ich mich wahrscheinlich längst mit einem illustren Kreis von Freundinnen köstlich amüsieren, anstatt immer nur bei Patricia rumzusitzen. Was natürlich unfair ist, denn ich sitze gerne bei Patricia rum. Das Chesterfieldsofa ist äußerst bequem, sie mixt mir Gin Tonics, wenn nötig – so wie heute – auch schon vormittags, und hört mir geduldig zu.

Patricia stammt auch aus meinem Heimatort. Meine Mutter war vor ewigen Zeiten mal ihre Gruppenleiterin bei den Pfadfindern, und aus irgendeinem Grund fühlt sie sich seitdem unserer Familie sehr verbunden. Mum sagt immer, dass Patricia schon als Jugendliche viel zu lebenslustig für unsere Kleinstadt war. Was nicht sehr für die Kleinstadt spricht. Obwohl es dort eigentlich ganz schön ist. Manchmal, wenn mich hier alles nervt, wünschte ich sogar, ich wäre einfach dortgeblieben. Die Stelle als Sekretärin bei *Ashbull & Sons*, einer Steuerkanzlei, würde ich sicher wiederbekommen. Mr Ashbull senior war richtig bestürzt, als ich gegangen bin. »Überlegen Sie es sich doch noch mal, Kindchen«, hat er gesagt. »London ist ein hartes Pflaster, und dort wartet niemand auf Sie.«

Damit hatte er leider recht, aber der Job in der Kanzlei war für mich nur eine Notlösung, nach dem Kunststudium, das ich mit großem Eifer begonnen und kurze Zeit später desillusioniert wieder abgebrochen habe. Zumindest habe ich dabei aber meine Leidenschaft für Fotografie entdeckt. Unser Dozent verstand es meisterlich, uns die Grundlagen von Kameratechnik, Farblehre und Bildkomposition zu erklären. Ich war sofort fasziniert, und seitdem ist es mein Traum, als selbstständige Fotografin zu arbeiten. Ein Traum, von dem die Farbe allerdings rasch abgeblättert ist.

»Wirklich kein Leben«, bekräftigt Patricia noch einmal und nippt an ihrem Martini.

»Ich habe mir diese Situation ja nicht selbst ausgesucht.« Ich sehe sie leicht säuerlich an. »Wenn ich könnte, würde ich viel mehr Aufträge annehmen. Aber weißt du eigentlich, wie schwer es ist, an welche ranzukommen? Und dass Alex so ein Vollidiot ist, konnte auch keiner ahnen!«

Patricia zieht die linke Augenbraue hoch. »Nun ja – als du mir erzählt hast, er wäre ein aufstrebender Galerist, haben die Alarmglocken bei mir durchaus geläutet. Klingelingeling!« Sie stößt mit dem Olivenspießchen sachte an den Glasrand.

»Wahrscheinlich ist es einfach schwierig, eine Künstlerseele auf Dauer an sich zu binden«, seufze ich und spreche damit laut aus, womit ich mich seit Alex' Verschwinden tröste.

»*Künstler*, wenn ich das schon höre!« Patricia lacht verächtlich. »Das sind Männer für Frauen, die zu viel Zeit und Geld haben.« Sie beugt sich verschwörerisch vor. »Frauen wie wir hingegen, Trix, die nicht mit einem Erbe oder ausgeprägten optischen Vorzügen gesegnet sind, müssen pragmatisch denken.«

Na, sie wird es ja wissen. Harold, ihr Mann, ist nämlich der Chefsteuerprüfer bei der City of London oder so was Ähnliches und bringt haufenweise Geld nach Hause.

Sie deutet mit dem Spießchen auf mich. »Was du brauchst, Trix, ist jemand, der dich versorgen kann. Der dir finanziell den Rücken freihält, während du nach

Lust und Laune fotografierst. Ohne Druck, ohne Stress.«

Ich sehe sie zweifelnd an. Als ob eine gute Partie einfach so alle Probleme lösen würde!

Patricia lehnt sich zurück und schlägt die Beine übereinander. »Was spricht dagegen, sich ein klein wenig Komfort und Sicherheit in sein Leben zu holen?«

Unschlüssig zucke ich mit den Schultern. »Das klingt doch sehr ... oberflächlich. Und so bin ich eigentlich nicht.«

Sie mustert mich intensiv. »Stell dir nur mal vor: ein größeres Apartment ... hier und da ein schickes Dinner im Sternerestaurant ... ab und zu eine Partie Tennis statt Terminstress ...«

Langsam weckt sie mein Interesse.

»Keine schlecht bezahlten Aufträge bei ungezogenen Rotznasen ... keine roten Briefe mehr von der Bank ... kein Rumpelstilzchen, das dich vor deiner eigenen Wohnung abpasst ...«

»Das klingt ja alles schön und gut, aber was ist mit *Gefühlen*? Ich kann doch nicht einfach jemandem vorgaukeln, in ihn verliebt zu sein.« Ich schüttle entschlossen den Kopf.

Patricia verschränkt die Arme vor der Brust. »Wer wird denn gleich an Liebe denken? Was glaubst du denn, wie Ehen in früheren Zeiten geschlossen wurden? Da gab es absolut keinen Platz für Gefühle, sondern eine gesunde Portion Pragmatismus, und die Leute waren auch nicht unglücklicher als heute. Liebe vergeht, Hektar besteht!«

Auch wenn man es ihr absolut nicht ansieht: Manchmal macht es sich doch bemerkbar, dass Patricia aus einer nordenglischen Farmerfamilie stammt. Nachdenklich betrachte ich mein Glas. Vielleicht hat sie ja wirklich recht. Oder etwa nicht? Wer kann es sich schon leisten, nur seinen Gefühlen zu folgen? Ich auf jeden Fall nicht. Gefühle?! Ich runzle grimmig die Stirn, als ich daran denke, was sie mir bisher alles eingebrockt haben.

Ich bin meinem *Gefühl* gefolgt, Fotografin zu werden, und wo ist meine Karriere jetzt? Genau da, wo sie von Beginn an war: am Boden. Sie ist wie ein Vogel, dem man schon die Flügel gestutzt hat, bevor er überhaupt das erste Mal abheben konnte.

Ich bin auch meinem *Gefühl* gefolgt und nach London gezogen, wo die Mieten unbezahlbar, die Luft verdreckt und die Menschen neurotisch sind. Und ich gegen tausend andere Fotografen um mickrige Aufträge kämpfen muss.

Und dann bin ich meinem *Gefühl* gefolgt und habe mich in einen Windhund verliebt, der mir das Herz gebrochen hat.

Genau das habe ich davon, mich von meinen Gefühlen leiten zu lassen. Ich richte mich unwillkürlich auf. Ab jetzt pfeif ich auf Gefühle. Hinweg mit ihnen! Her mit Sinn, Verstand, Kaltschnäuzigkeit!

Von dem Gedanken werde ich ganz euphorisch. Nie mehr durchwachte Nächte. Nie mehr vollgeschnäuzte Taschentücher.

Ich suche mir jetzt einen reichen Mann. Einen, der alle Probleme dieser Welt von mir fernhält. Dann kann ich genau wie Patricia auf meinem Chesterfieldsofa sitzen, morgens um zehn Martinis schlürfen und nachmittags zum Tennis gehen. Wobei der Martini ja nicht verpflichtend ist. Ich hasse nämlich Martini. Mich ekelt es vor der Olive, die darin rumschwimmt. Was hat eine Olive überhaupt in einem Cocktail verloren? Wem das eingefallen ist, der muss schon vorher betrunken gewesen sein.

Aber egal, ich kann ja auch was anderes auf meinem Sofa trinken. Einen Gin Tonic zum Beispiel. Oder auch eine Tasse heiße Schokolade mit Sahnehäubchen und Krokantstreuseln drauf. Es geht doch am Ende nur darum, dass ich die Freiheit habe, tun und lassen zu können, was ich will.

Mein Gesichtsausdruck muss etwas entrückt wirken, denn Patricia sieht mich jetzt leicht besorgt an. »Alles okay, Darling?«

Ich lächle hintergründig. »Alles bestens!«

Kapitel drei

»Gertie, du musst ihn ein bisschen gerader halten! Ja, so, damit man die Summe auch wirklich sieht.«

Ich bin im St. Peter & Paul-Seniorenheim in Islington und stehe abwartend da, die Kamera in der Hand, bis sich endlich alle um den Scheck aus Karton im Überformat postiert haben. Die Bewohner haben einen Wohltätigkeitsbasar veranstaltet, und ich soll die Scheckübergabe fotografieren. Stattliche tausendfünfhundert Pfund sind zusammengekommen, wie es groß auf dem Scheck geschrieben steht, und dementsprechend stolz sind die Gesichter, die auf den Fotos verewigt werden.

»Ein tolles Ergebnis, meinen Sie nicht auch, Ms Barker?« Der Heimleiter, der mich beauftragt hat, kommt freudestrahlend auf mich zu. »Und ein tolles Projekt für unsere Bewohner. Man weiß ja sonst manchmal nicht, was man den lieben langen Tag mit ihnen machen soll ...« Er deutet hinüber zu dem Dutzend ergrauter Köpfe, die bei Tee und Spritzgebäck munter vor sich hin schnattern.

Ich nicke höflich. »Wirklich ein sehr schönes Projekt.«

»In der Tat. Nun, was Ihr Honorar angeht, verehrte

Ms Barker …«, der eben noch so eloquente Mann fängt an herumzudrucksen, »… könnten wir darüber noch einmal sprechen?«

Ich wusste es. Nimm niemals einen Auftrag in sozialen Einrichtungen an. Kindergärten, Schulen, Seniorenheime. Es ist überall dasselbe.

»Ich denke, mein Honorar ist absolut gerechtfertigt für die erbrachte Leistung«, sage ich verbindlich und nehme mir vor, standhaft zu bleiben. Ich verlange wirklich nicht viel, ganz sicher nicht, und schließlich habe ich auch einen gewissen Arbeitsaufwand.

»Das steht ganz außer Frage, gewiss …« Er sieht sich nervös um.

Bleib standhaft, Trix!

»Wir dachten nur, angesichts der Tatsache, dass wir hier ehrenamtlich arbeiten, könnten Sie uns vielleicht ein wenig … entgegenkommen?« Er hat einen derart bemitleidenswerten Blick, dass ich merke, wie meine Standhaftigkeit ins Wanken gerät.

»Und wie Sie wissen, sammeln wir für arme Waisen in Uganda, die sonst nichts und niemanden haben.« Sein Blick gleicht jetzt dem eines verwundeten Rehs.

Ich seufze und gebe mich geschlagen. »Gut, dann geben Sie mir einfach, was Sie in etwa für die Bilder veranschlagt haben.« Das war's dann wohl mit der Standhaftigkeit.

»Wirklich?« Ein Leuchten breitet sich auf seinem Gesicht aus. »Das ist zu freundlich von Ihnen! Gottes Lohn ist Ihnen gewiss!« Er schüttelt beinahe glückselig meine Hand.

Ich bemühe mich um ein freundliches Lächeln und nehme das Kuvert entgegen, das er aus seiner Sakkotasche zieht. Ha! Er wusste also ganz genau, dass er mich um den Finger wickeln wird.

»Sie bekommen die Fotos dann spätestens übermorgen«, sage ich, schlage die Einladung zum Tee höflich aus und verabschiede mich.

Ich bin kaum aus der Tür, da läutet mein Handy. Es ist Patricia.

»Trix, wo bist du?«, ruft sie aufgeregt in den Hörer.

»In Islington, warum?« Ich reibe mir die Augen. Ich habe ziemlich schlecht geschlafen letzte Nacht, weil ich Albträume hatte von überquellenden Briefkästen und Rumpelstilzchen, das mir mit diabolischem Gelächter aus meinem leeren Kühlschrank entgegenspringt.

»Ausgezeichnet, dann komm doch direkt zum *Two a Tea*. Keine Widerrede! Ich lad dich ein.« Und schon hat sie aufgelegt.

Meine Laune bessert sich ein wenig. Ein Tässchen Tee, vielleicht etwas zu essen dazu, das ist genau das, was ich jetzt brauche.

»Huhu, Trix!« Patricia winkt mich aufgeregt zu sich, als ich zwanzig Minuten später den Tea Room betrete. »Setz dich«, begrüßt sie mich gut gelaunt und deutet auf den Stuhl ihr gegenüber. »Ich habe schon für uns bestellt, ich hoffe, du hast nichts dagegen.«

Aus dem Nichts taucht ein livrierter Kellner auf und platziert zwei Kannen Tee, zwei Tassen und eine Etagere voll mit appetitlichen Häppchen auf unserem Tisch.

»Bitte, bedien dich!« Patricia deutet auf die Etagere.

Ich nicke dankbar und stopfe mir ein Sandwich mit Gurken und Lachs in den Mund.

»Mmh, die sind ja köstlich!« Hungrig lange ich nach einem zweiten.

»Na, hast du einen anstrengenden Tag gehabt?« Patricia sieht mich mitfühlend an.

»Ja, war echt anstrengend«, nuschle ich mit halb vollem Mund. »Willst du auch eins?« Ich deute auf das letzte Sandwich.

Patricia schüttelt den Kopf. »Nimm nur!« Sie sieht mich mitleidig an. »Du hast ja einen Bärenhunger! Sollen wir noch etwas bestellen?«

»Nein, nein«, sage ich eilig. »Ich hatte nur noch kein Mittagessen.«

»Nun, ich habe etwas, das deine Laune augenblicklich heben wird.« Patricia wirkt plötzlich wieder äußerst vergnügt und zückt ein Notizbüchlein.

»Was denn?«, frage ich neugierig.

Sie beugt sich über den Tisch. »Ich hab mir gestern nach unserem Gespräch ein paar Gedanken gemacht. Und eine Liste erstellt.«

»Eine Liste?«, frage ich verständnislos. »Wofür?«

»Na, für deine Partnersuche.« Sie sieht mich an, als ob ich schwer von Begriff wäre. »Und, willst du meine Ideen hören?«

Ich muss zugeben, dass mein Enthusiasmus in dieser Sache schon wieder merklich abgenommen hat. Ich meine, es mag ganz verlockend klingen, sich eine gute Partie zu angeln und damit alle Probleme aus der Welt zu schaffen – aber nüchtern betrachtet ist das wohl doch nichts für mich.

Außerdem sind Patricias Ideen generell mit einer Prise Vorsicht zu genießen. Zum Beispiel hatte sie auch den glorreichen Einfall, eine komplett überflüssige Ausstellung zu besuchen. Die, bei der ich Alex begegnet bin. Vor einem rostbraunen Riesenwürfel aus recyceltem Plastikmüll.

Er hat mich angelächelt und lässig gesagt: »Wenn ich eine Galerie hätte, dann würden da mit Garantie keine kackbraunen Plastikberge stehen. Es ist nicht alles Kunst, was man dazu erklärt, weißt du?«

Ich fand ihn auf Anhieb wahnsinnig schlau und attraktiv.

»Also, willst du jetzt meine Ideen hören oder nicht?«, fragt Patricia, jetzt schon etwas ungeduldig. »Aber wundere dich nicht, ich habe meiner Fantasie ungezügelten Lauf gelassen.«

»Leg los«, nuschle ich zwischen zwei Bissen. Na, da bin ich ja mal gespannt.

»Also«, sie räuspert sich und fängt an vorzulesen: »Meine erste Idee: ein Scheich aus den Arabischen Emiraten.« Sie legt den Kopf schief. »Wobei, ich bin mir nicht ganz sicher wegen diesem Schleierdings …«

»Burka«, helfe ich ihr. Ich habe in einem Hotel in Frankreich mal gesehen, wie eine Frau beim Frühstück jeden Bissen umständlich unter ihren Schleier heben musste. Und ihren Orangensaft hat sie mit einem Strohhalm getrunken. Ich schüttle den Kopf. »Nein, das ist mir ein bisschen zu exotisch.«

»Gut, dann mein nächster Vorschlag.« Patricia fährt mit dem Finger über ihren Zettel. »Ein amerikanischer Ölmilliardär. Die gehören anscheinend zu den wohlhabendsten Männern der Welt.«

Ich sehe mich schon über eine Ranch im tiefsten Süden der USA stiefeln, mit einem Cowboyhut auf dem Kopf, den ganzen Tag den furchtbaren Akzent in den Ohren. Wieder schüttle ich den Kopf. »Ehrlich gesagt ist mir Erdöl etwas unsympathisch.«

Patricia wirft mir einen kurzen Blick zu. »Okay. Wie wäre es ...« Sie kneift die Augen zusammen. »Ich hab da ein wenig unleserlich geschrieben, das ist mir gestern noch im Bett eingefallen ... mit einem Start-up-Gründer oder IT-Genie?«

»Hm. Sind die nicht alle sehr ... nerdig? Und blass? Und unsportlich?« Ich sehe sie zweifelnd an.

Patricia überlegt. »Der Vorteil wäre, dass so jemand sicher den ganzen Tag vor dem Computer sitzt, und du könntest tun und lassen, was du willst.« Sie sieht mein Gesicht und blickt wieder auf ihren Zettel. »Gut. Meine nächste Idee: Elon Musk.«

»Viel zu durchgeknallt!« Ich winke ab. »Wer weiß, vielleicht fliegt der demnächst auf den Mond oder ins Weltall oder weiß Gott wohin. Außerdem: Wer will schon ernsthaft mit Amber Heard konkurrieren?«

»Da könntet du recht haben«, murmelt Patricia. »Mick Jagger vielleicht? Er hat eine Vorliebe für Frauen in deinem Alter, was man so liest.«

Ich sehe sie entsetzt an. »Der hat Enkelinnen in meinem Alter!«

Patricia seufzt. »Das stimmt auch wieder. Dann komme ich hiermit zu meinem letzten Vorschlag.« Sie räuspert sich kurz. »Ryan Gosling oder einer der drei superheißen Hemsworth-Brüder.« Sie kichert. »Da ist wohl wirklich meine Fantasie mit mir durchgegangen.«

Ich nicke, froh, dass sie selbst so einsichtig ist. »Und außerdem sind die doch alle längst vergeben.«

Unschlüssig sieht Patricia auf ihre Liste. »Schön. Vielleicht sollten wir nicht gleich so konkret werden, sondern auf einer … abstrakten Ebene bleiben. In großen, universalen Bahnen denken. Es kann doch wohl kaum so schwer sein, einen wohlhabenden und halbwegs netten Mann zu finden, der bereit ist, sein Leben mit dir zu teilen. Oder zumindest seinen Lebensstil.«

Nun, mein Onkel Alfred würde das wahrscheinlich anders sehen. Er behauptet immer, dass ich froh sein könnte, wenn sich irgendein Trottel meiner erbarmen würde. Er nennt mich auch »den Tollpatsch vom Dienst«. Und das nur, weil ich ihm an drei Weihnachtsfesten hintereinander heißen Lebkuchenpunsch auf sein Ralph-Lauren-Hemd gekippt habe. Aus Versehen, wie ich betonen möchte. Das erste Mal war ich schon ziemlich beschwipst, und er stand äußerst ungünstig hinter dem Kaminsims, das zweite Mal war der Becher dermaßen heiß, dass ich ihn vor Schreck habe fallen lassen, und das dritte Mal bin ich wohl etwas zu schnell um die Ecke gebogen. Gut, dass er in Ipswich wohnt und ich ihn nur alle heiligen Zeiten zu Gesicht bekomme.

Unwillig reiße ich mich von diesem wenig erbaulichen Gedanken los und sehe Patricia argwöhnisch dabei zu, wie sie den vollgeschriebenen Zettel vom Notizblock reißt. Entschlossen nimmt sie den Stift in die Hand und atmet tief durch.

»Die Angelegenheit muss gezielt und hoch strategisch angegangen werden. Hier geht es schließlich um nicht weniger als dein künftiges Lebensglück.«

In großen Lettern schreibt sie auf ein neues Blatt: *Wo finden wir einen reichen Mann für Trix?*

»Das ist doch lächerlich, Patricia!« Jetzt wird es mir langsam wirklich zu bunt.

Aber sie schenkt mir keine Beachtung und kritzelt emsig auf ihren Zettel. »Hm ... versuchen wir es mal mit ... Berufen. Berufen, bei denen man mit einem ansehnlichen – besser: einem megafetten – Gehaltsscheck heimkommt ... ein Unternehmer!«

Ich winke ab. Wie schnell geht so eine Firma den Bach runter. Die Nachfrage sinkt, Märkte sind volatil ... Und dann sitzt er womöglich noch wegen Steuerhinterziehung hinter Gittern.

»Ein Anwalt«, schlägt Patricia vor.

»Viel zu streitbar. Außerdem weiß der im Falle einer Scheidung ja genau, wie er mir die Hosen auszieht.«

»Ein Arzt vielleicht?«

»Ich hasse Arztpraxen. Und dann dieser Geruch nach Desinfektionsmittel.« Ich verziehe das Gesicht.

»Gut, dann eben ein Banker.«

Ich schüttle den Kopf. »Denen steht doch die Gier schon ins Gesicht geschrieben.«

»Na schön. Wenn du dermaßen überkritisch bist, kann ich dir auch nicht weiterhelfen.« Patricia sieht mich leicht beleidigt an.

»Vielen Dank für deine Mühe«, sage ich versöhnlich. »Aber ehrlich gesagt: Ich glaube nicht, dass ich mir ernsthaft einen reichen Mann suchen will.« Ehe Patricia etwas erwidern kann, wechsle ich schnell das Thema. »Wie geht es Harold?« Das ist das Beste, was mir auf die Schnelle einfällt.

»Ausgezeichnet, danke der Nachfrage«, erwidert sie spitz. »Er hat übrigens auch einige sehr ansehnliche Kollegen in der Finanzverwaltung, die er dir vorstellen könnte.«

Wie diese Kollegen aussehen, kann ich mir lebhaft vorstellen. Ich erwidere nichts darauf und lächle nur.

»Nun, wie auch immer, ich werde noch einmal gründlich über dein Problem nachdenken.« Patricia nickt entschlossen. »So leicht geben wir nicht auf!«

Täusche ich mich, oder klingt das aus ihrem Mund unheilverkündend? Rasch trinke ich meine Tasse Tee aus und nehme das letzte Sandwich von der Etagere.

»Was hast du heute noch vor?«, fragt Patricia und sieht auf die Uhr.

»Nicht viel«, sage ich, und sofort steigt ein mulmiges Gefühl in mir auf, wenn ich daran denke, dass zu Hause Rumpelstilzchen auf mich warten könnte.

»Perfekt! Harold hat heute eine Sitzung in der Finanzaufsicht, das dauert sicher ewig ... Kommst du noch mit zu mir? Ein Gin Tonic und einen Film gucken?«

»Gerne.« Ich nicke erleichtert. Bei Patricia in Clerkenwell bin ich in Sicherheit. Zumindest vorläufig.

Bald darauf sitzen wir in ihrem »Fernsehzimmer«, wie sie es nennt, einem abgedunkelten Raum mit wuchtigen Samtsesseln und einem Bildschirm an der Wand, der so groß ist wie ein halbes Fußballfeld.

Downton?«, fragt Patricia mit verschwörerischem Blick.

»*Downton!*« Ich nicke, rutsche tiefer in meinen Sessel und nehme einen Schluck Gin Tonic.

Patricia drückt auf der Fernbedienung herum, und Sekunden später beginnen Bilder über den Schirm zu flackern. Ich liebe *Downton Abbey* und habe jede Folge mindestens fünfmal gesehen.

Gebannt sehen wir Lady Mary dabei zu, wie sie in einem umwerfenden Seidenkleid majestätisch die breite Treppe in die Eingangshalle hinabschreitet, die Hand kokett am Treppengeländer. Unten wartet Matthew, die Augen voller Bewunderung für ihre elegante Erscheinung. Mr Carson, der Butler, hält bereits die Eingangstür auf – die Kutsche ist bereit zum Abfahren. Lady Mary steigt an Matthews Seite in die Kutsche. Ihr Perlencollier schimmert im Sonnenlicht, die himmelblauen Topasohrringe funkeln. Sie schenkt Matthew ein hintergründiges Lächeln, er erwidert es …

… Und in diesem Moment drückt Patricia auf die Stopp-Taste, sodass die Gesichter von Lady Mary und Matthew eingefroren in Großaufnahme zu sehen sind.

»Heureka!«, ruft Patricia. Sie wirkt wie elektrisiert. »Das ist es!«

»Was meinst du?«

»Na, das ist die Lösung!« Sie deutet ungeduldig mit der Fernbedienung auf den Bildschirm.

»Die Lösung wofür?« Ich weiß beim besten Willen nicht, worauf sie hinauswill und warum wir nicht einfach in Ruhe fernsehen können.

»Na, für dein Problem!« Ich sehe Patricia an, dass ihr gleich der Geduldsfaden reißt. »Du brauchst einen *adeligen Mann*!«

Ich starre sie entgeistert an.

»Aber sicher, überleg doch nur mal, Trix!«, ruft sie voller Inbrunst. »Ein Leben voll Stil, Tradition und Klasse! Dein finanzieller Wohlstand wäre verlässlich gesichert. Für die nächsten Jahrzehnte, wenn nicht Jahrhunderte. Und ein hübsches Schloss gibt es noch obendrein.« Sie deutet wieder auf den Bildschirm. »Lady Mary ist schließlich auch eine selbstbestimmte, emanzipierte Frau, und dennoch genießt sie die Vorzüge des Lebens, das Matthew ihr bietet, oder etwa nicht?«

Unwillig schüttle ich den Kopf. »Selbst wenn ich wollte, ich wüsste ja nicht einmal, wo ich so jemanden kennenlernen sollte.«

Patricia überlegt. »Das ist in der Tat eine knifflige Frage. Eine gute Adresse wäre natürlich ein Gentlemen's Club ... aber das wird wahrscheinlich schwierig, denn wie der Name schon sagt, sind solche Clubs ja nur für Männer.« Sie blickt nachdenklich aus dem Fenster. »Du könntest es auch bei einer Veranstaltung versuchen. Ist

Wimbledon schon vorbei? Oder Ascot?« Sie runzelt die Stirn. »Ich kann mir diese Termine nie merken – wobei die Tickets ja unerschwinglich geworden sein sollen ...«

Sie nimmt einen Schluck Martini und sieht mich an. »Wir könnten ja mal das Internet zu Rate ziehen.«

»Du willst danach googeln?« Ich sehe sie entgeistert an.

»Wieso denn nicht? Adelige sind auch nur Menschen.« Patricia steht auf, verlässt den Raum und kommt mit ihrem Laptop wieder zurück. »Und das Internet hat ja bekanntlich auf alles eine Antwort.«

Junge adelige Männer – Partnersuche, tippt sie in die Suchmaske.

»Das Alter ist ja doch einigermaßen wichtig, du sollst ja mit dem Guten auch zusammenleben. Obwohl – mit einem älteren Semester würdest du schneller erben ...«

Ich sehe mich schon in einem düsteren Herrenhaus sitzen, perfide Pläne schmiedend, wie ich meinen steinalten Ehemann am besten um die Ecke bringe.

»Das ist doch lächerlich«, protestiere ich.

Patricia nimmt keinerlei Notiz von mir. »Nun schau mal hier.« Sie deutet auf den Bildschirm.

Offenbar hat sie tatsächlich eine Datingplattform mit adeligen Junggesellen entdeckt. Gespannt klickt sie sich durch die Ergebnisse, und ich werfe widerwillig ebenfalls einen Blick darauf.

Jung gebliebener Pferdefreund sucht knackige Stute für gemeinsame Ausritte.

Ungläubig blicke ich auf die Anzeige. Soll das ernst gemeint sein?

Patricia scrollt weiter. Nach Lord Rapley (65), der nach eigenen Angaben nicht sehr liquide, dafür aber umso unternehmungslustiger ist, und dem schlohweißen Albert, Baron of Sheen, der im schottischen Hochland Rinder züchtet, Whisky braut und eine »wackere Partnerin mit einem Händchen für Haus und Hof« sucht, habe ich endgültig genug gesehen.

»Patricia, das ist doch kompletter Unsinn!«, sage ich, dieses Mal eine Spur schärfer.

»So schnell gibst du auf?« Sie wirft mir einen verächtlichen Blick zu. »Wobei, die Ergebnisse sind wirklich nicht gerade berauschend.« Sie trommelt mit den Fingern auf den Tisch.

»Das kannst du laut sagen.« Demonstrativ wende ich mich wieder dem Fernseher zu. »Können wir jetzt bitte weitergucken?«

»Wie du meinst.« Ich sehe Patricia an, dass sie ein wenig eingeschnappt ist. Sie klappt den Laptop zu und drückt auf die Play-Taste. Matthew und Lady Mary erwachen wieder zum Leben.

Ein adeliger Mann! Die hat doch nicht mehr alle Tassen im Schrank.

Kapitel vier

Tatkräftiger, selbstständig arbeitender Allrounder (weiblich/männlich) für Ausflugsbetrieb gesucht. Freie Kost und Logis in herrschaftlichem Ambiente, Bezahlung nach Vereinbarung. Ab sofort. Bewerbungen bitte an colin.furley@chathamplace.uk.

Ungläubig starre ich die Anzeige an. Ich muss zugeben, dass mich Patricias Idee dann doch nicht ganz losgelassen hat. Wir haben gestern noch fast zwei Stunden *Downton Abbey* geschaut, und die ganze Nacht habe ich von hochherrschaftlichen Speisesälen, livrierten Dienstboten und prall gefüllten Schmuckschatullen geträumt.

Also habe ich heute Morgen ein bisschen herumgegoogelt. Nur so aus Spaß. Und festgestellt: Es gibt auch heute noch eine Unzahl an bewohnten Schlössern und Herrenhäusern in Großbritannien, das möchte man gar nicht meinen. Und was für Prachtbauten das sind! Da kann man schon mal ins Träumen kommen. Trutzige Burganlagen in den schottischen Highlands. Putzige Schlösschen, die aussehen, als wären sie aus Zuckerguss geformt. Aber ein Gebäude hat es mir besonders angetan: ein elegantes, lang gestrecktes Herrenhaus namens

Chatham Place. Es sieht aus wie im Märchen, mit Türmchen und dicken Mauern, umgeben von einer gepflegten Parklandschaft. Es hat sogar einen Wikipedia-Eintrag:

Chatham Place ist ein Herrenhaus aus dem 16. Jahrhundert im Süden der Grafschaft Kent. Unbestätigten Quellen zufolge soll King George III., Beiname »Der Bauer«, den er wegen seines bescheidenen Lebensstils und seiner Vorliebe für das Landleben erhielt, dort während mehrerer Jagdaufenthalte residiert und dabei eine außereheliche Liaison mit der damaligen Lady Chatham, Emma Furley, unterhalten haben. Dabei soll auch ein illegitimer Nachkomme entstanden sein. Diese Behauptung wurde aber nie wissenschaftlich belegt. Heute ist Chatham Place im Besitz des 17. Baron Chatham. Es ist ein beliebtes Ausflugsziel mit sehenswerten Innenräumen und einer liebevoll gestalteten Gartenanlage.

Nicht nur das Schloss sieht toll aus, sondern auch sein Besitzer, der neben dem Artikel abgebildet ist. Also habe ich auch diesen 17. Baron Chatham gegoogelt und bin auf einen Zeitungsartikel über ein Poloturnier gestoßen.

Fürstliches Polo für den guten Zweck, lautet die Überschrift, und unter dem Bild, das einen gut gekleideten Reiter Anfang dreißig und sein Pferd zeigt, steht: *Colin Furley, 17. Baron Chatham, nahm mit seiner »Pamina« erfolgreich am 26. Charity-Poloturnier zugunsten der Gesell-*

schaft für die Rettung des heimischen Schwarzhalstauchers teil. Es wurden insgesamt Spenden in Höhe von 7.655 Pfund eingenommen.

Und kaum habe ich den Namen Colin Furley in die Suchmaske eingegeben, ist mir die Seite der Lokalzeitung von Chatham mit dem Stelleninserat entgegengesprungen.

»Sieh dir das Schloss an! Sieh dir *ihn* an! Und sie suchen jemanden! Das ist eindeutig ein Wink des Schicksals«, ruft Patricia begeistert, als ich ihr wenig später am Telefon davon erzähle.

Sie hat Lord Chatham inzwischen auch gegoogelt, und wir sind uns einig: Dieser Colin ist ein äußerst ansehnlicher Bursche. Ein männliches, um nicht zu sagen markantes Gesicht, helle Haare, eine Spur schlaksig – man könnte es aber auch als athletisch bezeichnen. Eine tolle Erscheinung, wie er da kerzengerade im Sattel sitzt. Ich kann mir bestens vorstellen, wie er von dort oben majestätisch verkündet: »Schaut her! Hier ist der Erbe von Chatham, der Herrscher über Wiesen und Wälder, Schlossmauern und Burgverliese!« Obwohl Schlossherren so etwas heutzutage wahrscheinlich nicht mehr sagen. Zumindest nicht in der Öffentlichkeit.

»Meine Liebe, das ist genau das, was du brauchst. Einen Tapetenwechsel. Weg von London, dem Rummel, der Großstadt. Bewirb dich und fahr hin! Und dann mach Ausritte über sanft geschwungene Wiesen, trink ein Tässchen Tee vor dem Kamin und jage ein paar Fasane.«

»Du weißt aber schon, Patricia, dass ich dort auch arbeiten müsste?«, frage ich.

»Du wirst diesen Lord Chatham sicher sofort in deinen Bann ziehen mit deiner ... erfrischenden Art! Und allzu groß wird die Auswahl an Damen im heiratsfähigen Alter dort wahrscheinlich auch nicht sein.«

»Ich weiß nicht ... die haben doch sicher hohe Anforderungen an die Bewerber ... und ich als Fotografin bin da wahrscheinlich komplett ungeeignet.«

»Ganz wie du meinst. Du kannst natürlich auch weiterhin verwöhnte Gören bei ihren überkandidelten Geburtstagsfeiern fotografieren und dich vor Rumpelstilzchen fürchten. Deine Entscheidung.«

»Ich überlege es mir, in Ordnung?«, sage ich versöhnlich.

»Mach das. Aber wenn ich dir einen Tipp geben darf: Überleg nicht zu lange. Junge, attraktive Lords wachsen nämlich nicht gerade auf Bäumen.«

Da hat sie natürlich recht, aber ich bin immer noch nicht restlos überzeugt. Während ich mir einen Kaffee mache, sehe ich mir erneut die Bilder von Chatham Place an. Dann lese ich noch einmal die Stellenanzeige. Das kann ich doch nicht ernsthaft machen. Oder doch?

Klingelingeling.

Jemand läutet an meiner Haustür Sturm und reißt mich aus meinen Grübeleien. Ich gehe zur Tür, schaue durch den Spion und erstarre.

O nein!

Rumpelstilzchen steht vor der Tür, die ominöse Aktentasche unter die Achsel geklemmt. Mir läuft es heiß und kalt den Rücken runter. Blitzschnell überlege ich, was ich tun soll. Vorgeben, nicht zu Hause zu sein? Wahrscheinlich keine gute Idee. Aber ihm gegenübertreten? Noch schlechter. Also bleibt mir nur eins übrig: Ich muss so tun, als ob ich nicht da wäre.

Es läutet wieder. Dann höre ich ein Klopfen, laut und mit Nachdruck. Auf Zehenspitzen husche ich zu meinem Bett, springe hinein und ziehe mir schnell die Decke über den Kopf.

»Ms Barker, machen Sie auf! Ich weiß, dass Sie da sind!«, ruft Rumpelstilzchen.

Irgendwann muss er gehen. Er bekommt Hunger oder Durst oder muss aufs Klo. Ich hoffe, er hat sich kein Lunchpaket mitgenommen. Oder eine mobile Toilette installiert.

»Ms Barker! Ich weiß, dass Sie mich hören! Machen Sie sofort auf!« Das Klopfen und Rufen hört einfach nicht auf.

Meine Güte, so schlecht habe ich mich noch nie in meinem Leben gefühlt. Ich stecke unter meiner Bettdecke, wo es ziemlich heiß ist, und weiß nicht, wie lange ich hier schon liege. Es kommt mir vor wie eine Ewigkeit. Langsam bekomme ich wahnsinnigen Durst. In der Küche wird mein Kaffee kalt, aber ich traue mich nicht, ihn zu holen.

Plötzlich wird es ruhig vor der Tür. Kein Klopfen, kein Rufen mehr. Ist Rumpelstilzchen weg?

Ich beschließe, sicherheitshalber noch etwas unter der Bettdecke zu bleiben. Nein, es ist jetzt definitiv ruhig draußen. Vorsichtig schwinge ich mich aus dem Bett und schleiche in die Küche. Ich kippe den kalten Kaffee weg, fülle ein Glas mit Wasser und trinke es gierig aus. Ah, tut das gut!

Dann werfe ich einen Blick durch den Spion. Niemand mehr zu sehen. Gott sei Dank! Doch meine Erleichterung weicht augenblicklich einem Gefühl der Beklemmung. Es ist nur eine Frage der Zeit, bis Rumpelstilzchen wieder auftaucht. Ich bin knapp davor, erneut in Panik zu verfallen. Was mache ich jetzt bloß?

Vielleicht sollte ich auf Patricia hören. Man könnte sich dieses Schloss, dieses Chatham Place, ja mal ansehen. Und den Schlossherrn.

Denn so viel ist klar: Diese großartigen Lords und Ladys, und wie sie alle heißen, machen nichts weiter, als gepflegt durch die Gärten ihrer spektakulären Landsitze zu flanieren und entspannt mit ihren ebenfalls adeligen Freunden den Fünf-Uhr-Tee zu schlürfen. Stilvoll serviert von einem Butler in gestärkter Uniform und polierten Lackschuhen. Alles, was sie beschäftigt, ist, wie sie ihr Familienerbe am besten anlegen. Und selbst wenn sie einmal an Geldmangel leiden, haben sie noch zig Hektar Land in petto, von dem sie dann einfach ein Stückchen verkaufen, um das kaputte Dach ihres Schlosses zu reparieren. Oder so ähnlich.

Das alles weiß ich von einem Mädchen namens Eugenie, das in der Oberstufe für zwei Jahre in meine Klasse ging. Eugenie war schon als Vierzehnjährige furchtbar vornehm, und sie hat uns das Leben der Oberschicht in den schillerndsten Farben geschildert. Sie sprach von Teepartys, von Tennismatches auf privaten

Courts, von Poloturnieren und Ruderregatten. Sogar in Ascot war sie damals schon gewesen! Ich weiß noch genau, wie ehrfurchtsvoll ich ihren Erzählungen gelauscht habe. So muss ein sorgenfreies Leben aussehen, dachte ich mir. Genau so und nicht anders.

Ja. Man könnte sich das Ganze wirklich einmal ansehen. Ganz unverbindlich. Und so wie die Auftragslage hier zurzeit aussieht ... was hält mich auf? Außerdem: Viel Bewegung an der frischen Luft, das ist genau das, was ich jetzt brauche. Meine Tage mit ehrlicher Arbeit verbringen, mit solider, ehrlicher Arbeit. Daran ist absolut nichts Verwerfliches.

Schnell setze ich mich wieder an den Laptop.

Oje. Jetzt erst sehe ich, dass die Stellenanzeige schon vor sechs Wochen veröffentlicht wurde, und Enttäuschung macht sich in mir breit. Die Stelle ist sicher schon längst vergeben. Wer würde nicht in einem großartigen Schloss arbeiten wollen, Seite an Seite mit einem jungen Adelsspross? Andererseits – die Annonce ist immer noch auf »aktiv« geschaltet. Einen Versuch ist es wert.

Eine Bewerbung muss her, und zwar schnell! Eilig suche ich nach einer elegant wirkenden Vorlage und lade sie herunter. Eifrig fülle ich die ersten Felder aus. Name, Anschrift, Geburtsdatum – ein Kinderspiel. Schulausbildung und Studium – da lasse ich das mickrige Semester Kunst besser mal weg, finde aber, dass die Lücke auch gar nicht allzu sehr auffällt. Kniffliger wird es schon bei der Berufserfahrung. Die Jahre bei *Ashbull & Sons* kann ich guten Gewissens angeben. Aber dann wird es brenzlig. Soll ich wirklich wahrheitsgetreu schreiben, dass ich ein erfolgloses Dasein als Party-/Produkt-/Alles-was-irgendwie-Geld-bringt-Fotografin friste? Ach was. Die allermeisten Leute frisieren doch ihren Lebenslauf. Entschlossen tippe ich weiter. Aus meinen dürftigen Fotoaufträgen wird eine erfolgreiche Selbstständigkeit mit »prominenten Kunden aus Wirtschaft, Kunst und Kultur«.

Was meinem Lebenslauf unter Umständen noch fehlt, fällt mir gerade auf, ist der Bezug zur Praxis. Solide Arbeitserfahrungen, handwerkliche Tätigkeiten. Etwas, das einer Bewerbung als Allrounderin Substanz und Bodenständigkeit verleiht.

Ich überlege. Auf der Farm unserer Nachbarin Ms Henkleby habe ich in den Ferien mal drei Wochen Erdbeeren gepflückt. Das ist doch durchaus eine bodenständige und praktische Tätigkeit? Und obendrein ziemlich anstrengend. Man musste sich ständig bücken und durfte nur die reifen Beeren von den Stängeln pflücken, ohne sie dabei zu zerdrücken. Das war kein Zuckerschlecken. Aus den drei Wochen werden noch flugs zwei Monate, und dann sieht die Sache schon besser aus.

Zufrieden blicke ich kurz darauf auf das Resultat. Bei den Hobbys hatte ich noch einen Geistesblitz: Passend zu meiner zukünftigen Tätigkeit auf einem herrschaftlichen Anwesen wird aus »tierlieb« – ich mag Tiere wirklich, am liebsten Goldfische und putzige kleine Zwergkaninchen – eine »leidenschaftliche Reiterin«. Ich kann reiten, zumindest war ich drei Sommer in Folge in einem Pferdecamp in Exeter. Das letzte Mal liegt allerdings schon ein Weilchen zurück ... Ich rechne nach und bin selbst ganz erstaunt. Siebzehn Jahre?! Aber, das sagte meine Reitlehrerin damals immer, die Pferde mochten mich ausgesprochen gerne. Vielleicht wollte sie auch nur, dass ich weiterhin brav die Boxen ausmiste.

Na, es wird mich ja wohl kaum jemand dazu auffordern, eine Reitprobe vor Ort abzuliefern. Obwohl, wenn sich Colin dann in mich verliebt, will er eventuell auch gemeinsam ausreiten. Vielleicht sollte ich das »leidenschaftlich« weglassen? Ach was, den Mutigen gehört die Welt.

Ich halte inne und blicke nachdenklich auf die zwei Seiten Text. Es ist seltsam, eine Zusammenfassung seines eigenen Lebens zu sehen. Vor allem, wenn es auch in einer geschönten Version immer noch nicht das ist, was man sich vorgestellt hat.

Energisch wische ich diesen Gedanken beiseite und speichere den Lebenslauf. Dann suche ich noch ein seriöses, aber dennoch vorteilhaftes Foto. Ich öffne eine neue Mail und fange an zu tippen.

Werter Lord Chatham,
hiermit darf ich Ihnen meine Bewerbung als
Allrounderin zusenden. Ich bin flexibel, zupackend
und motiviert, auch schwierige Aufgaben zu meistern.
Anbei finden Sie meinen Lebenslauf sowie meine
Zeugnisse. Über eine Einladung zum Bewerbungs-
gespräch würde ich mich sehr freuen!
In Erwartung Ihrer geschätzten Antwort verbleibt
hochachtungsvoll
Beatrix Barker

Schreibt man »hochachtungsvoll« heute noch, überlege ich und lasse es dann stehen. In solch elitären Kreisen kann man sich doch wahrscheinlich gar nicht gewählt genug ausdrücken.

Ich hänge meinen Lebenslauf, meine Zeugnisse und das Foto an und halte kurz inne. Diese Mail könnte mein Leben verändern. Radikal. Mir wird für einen Moment mulmig. Will ich das wirklich?

Dann denke ich an das blöde Gefühl, wenn ich im Supermarkt stehe und mir nur Sonderangebote leisten kann, und an Rumpelstilzchen und an Alex. An mein gebrochenes Herz. Ja. Ich will es. Und drücke auf Senden.

Der restliche Vormittag kriecht dahin, und immer wieder werfe ich einen Blick durch den Spion. Wenn das so weitergeht, werde ich noch wahnsinnig. Also putze ich die Wohnung – alles ist besser, als nur herumzusitzen. Ich fege gerade halbherzig mit dem Staubwedel über ein Regal, da klingelt mein Handy. Vor lauter Schreck fällt mir fast der Wedel aus der Hand.

Eine unbekannte Nummer. Rumpelstilzchen würde mich doch nicht anrufen, oder? Kurz überlege ich, ob ich überhaupt rangehen soll. Dann siegt meine Neugier, und ich nehme das Gespräch an.

»Hallo? Miss Barker? Hier spricht Colin Furley. Sie haben sich für die Stelle als Allrounderin auf Chatham Place beworben?«, fragt eine angenehme Männerstimme.

Mir wird ganz heiß vor Aufregung. Colin Furley, 17. Baron Chatham, ist höchstpersönlich am Apparat!

Ich räuspere mich. »Ja, das habe ich. Ist sie ... ist sie denn noch zu haben?«

Bitte, bitte, bitte sag jetzt nicht, dass die Stelle schon vergeben ist!

»Ja, sie ist noch frei. Ich habe mir Ihre Bewerbungsunterlagen durchgesehen, und sie sehen äußerst vielversprechend aus. Sie sind freie Fotografin?«

Ich nicke, bis mir einfällt, dass er das natürlich nicht sehen kann. »Genau. Ich bin vor allem tätig in der ... ähm ... Event- und Produktfotografie.«

»Und für Ihre Kunden wäre es kein Problem, wenn Sie länger abwesend sind? Die Stelle bei uns ist nämlich durchaus langfristig angelegt.«

Perfekt! Das ist die Chance, aus London zu verschwinden. Ich kündige noch heute meine Wohnung, und Rumpelstilzchen sieht mich nie mehr wieder.

»Ach, wissen Sie, ich sehe das als eine Art ... Auszeit«, schwindle ich munter drauflos. »Eine lange kreative Auszeit. Meine Kunden finden das fantastisch, sie wissen, dass man als Fotografin ab und zu seine künstlerischen Batterien aufladen muss.«

Dass ich nicht lache! Als ob sich auch nur ein einziger meiner Kunden für mich interessieren würde. Einen feuchten Kehricht tun sie. Aber Lord Chatham scheint es zu schlucken.

»Da haben Sie aber treue Kunden! Und Inspiration, ja, die finden Sie bei uns sicher in Hülle und Fülle. Die Arbeit bei uns ist manchmal sehr anstrengend, das müssen Sie wissen. Aber ich lese, dass Sie bereits praktische Erfahrung auf einer Farm sammeln konnten?«

»Ja, auf einer Erdbeerfarm«, bekräftige ich, dankbar für das Stichwort. »Das war äußerst anstrengend.«

»Das glaube ich.«

»Und man muss geschickt sein.«

»Zweifelsohne.« Ich höre Papier rascheln. »Nun, Miss Barker, was Sie vielleicht noch wissen sollten ... Sie hätten an zwei Tagen in der Woche frei, wobei das nicht immer das Wochenende sein wird.«

»Das wäre kein Problem«, sage ich schnell.

»Und die tägliche Arbeitszeit hängt von den anfallenden Aufgaben ab, überschreitet aber selten acht Stunden.«

»Auch das ist für mich in Ordnung«, sage ich.

»Nun – wenn das so ist, sehe ich von unserer Seite aus keinen Grund, warum wir Sie nicht engagieren sollten.« Er lacht und fährt fort: »Oder anders gesagt: Wir würden Sie sehr gerne im Team von Chatham Place willkommen heißen!«

Hab ich mich gerade verhört? Er will mich tatsächlich einstellen? Das geht mir jetzt fast ein wenig zu schnell.

»Das ist großartig, Lord Chatham ...«, beginne ich zögernd, »dürfte ich nur noch fragen, was ich dann genau machen würde?«

»Aber natürlich! Wie in der Stellenanzeige beschrieben, führen wir Chatham Place als Ausflugsbetrieb. Sie würden uns überall dort unterstützen, wo wir Sie gerade brauchen. Das kann im laufenden Besucherbetrieb sein, bei Wartungsarbeiten im Schloss, bei der Pflege des Geländes und so weiter. Wie gesagt, es ist anstrengend, das will ich Ihnen nicht vorenthalten, aber auch äußerst abwechslungsreich, und Sie können bei uns einzigartige Erfahrungen sammeln.« Er macht eine kurze Pause. »Ich kann Ihnen aber auch sehr gerne ein, zwei Tage Bedenkzeit einräumen, wenn Sie es sich noch einmal überlegen möchten?«

Und mir vielleicht eine großartige Chance entgehen lassen? In einem Anfall von Mut und wilder Entschlossenheit schüttele ich alle Bedenken ab. »Nein, nein, ich habe mich entschieden. Ich nehme die Stelle sehr gerne an, Lord Chatham.«

»Das ist fabelhaft!« Er klingt aufrichtig erfreut. »Sie werden es nicht bereuen. Wann ... wann könnten Sie denn anfangen?« Diese Frage kommt beinahe zaghaft.

Ich überlege. Hier hält mich nichts. Im Gegenteil – je schneller ich wegkomme, desto besser.

»Nun, theoretisch könnte ich schon morgen kommen. Das ist einer der Vorteile, wenn man freiberuflich tätig ist. Alles ist sehr ... flexibel«, antworte ich und hoffe, dass ich nicht zu dick aufgetragen habe. Welcher beruflich sattelfeste Mensch kann schon mir nichts, dir nichts aus seinem Leben verschwinden?

»Wirklich? Das ... das wäre ja hervorragend!« Colin – ich meine, Lord Chatham – klingt überrascht, aber erfreut. »Sie können mit dem Zug bis ins Dorf fahren, und dann ist es zu Fuß noch eine gute Viertelstunde. Leider kann ich Sie nicht persönlich abholen, mein Wagen ist gerade in der Werkstatt. Ich hoffe, das macht Ihnen nichts aus?«

»Nein, nein«, beeile ich mich zu sagen, »das macht mir gar nichts aus. Ich liebe Spaziergänge an der frischen Luft.«

»Perfekt. Fragen Sie am besten direkt am Bahnhof nach dem Weg zum Schloss, es ist wirklich nicht schwer zu finden. Ich freue mich schon, Sie kennenzulernen.« Mit diesen Worten legt er auf und lässt mich fassungslos zurück.

Kaum zu glauben, wie einfach das ging. Ich habe tatsächlich einen Job auf Chatham Place!

Ich lasse das Gespräch in Gedanken noch einmal Revue passieren. Erst jetzt fällt mir auf, dass er kein Wort von einem Vorstellungsgespräch gesagt hat. Ist das normalerweise nicht Standard? Auf der anderen Seite, er hat meine Bewerbung vorliegen, wir haben telefoniert und das Wesentliche besprochen. Wenn das für ihn passt, passt es für mich auch. Man muss die Dinge auch nicht unnötig verkomplizieren. Ich überlege blitzschnell: Ich habe diese Woche keinen Auftrag mehr. Die Woche darauf einen einzigen, und den sage ich einfach unter einem Vorwand ab. Meine Eltern erreichen mich in Chatham auch. Nur Patricia muss ich einweihen. Sicher kann ich meine Sachen bei ihr unterstellen, während ich weg bin. Und sonst wird keiner merken, ob ich in London oder in Kent bin.

Jetzt vergeht die Zeit auf einmal rasend schnell. Wie ein Wirbelwind fege ich durch das Apartment, packe einen Koffer und eine kleine Reisetasche mit den wichtigsten Sachen und räume den Rest aus den Schränken und Regalen. Ich rufe Patricia an, die völlig aus dem

Häuschen ist, als sie von meinen Plänen erfährt, und mir verspricht, meine Sachen bei sich in den Keller zu stellen. Dann laufe ich zum Briefkasten und werfe die Kündigung für meine Wohnung ein.

Als ich das leer geräumte Apartment sehe, überkommt mich eine leicht wehmütige Regung, die aber sofort von einem starken Gefühl der Entschlossenheit verdrängt wird.

Colin Furley, 17. Baron Chatham, mach dich bereit! Ich komme.

Kapitel fünf

Keine vierundzwanzig Stunden später sitze ich in einem Zug Richtung Südosten. Am Bahnhof St. Pancras habe ich Patricia getroffen und ihr meine Wohnungsschlüssel gegeben.

»Toi, toi, toi«, hat sie zum Abschied gesagt, »schnapp ihn dir!« und mir fröhlich hinterhergewinkt.

Jetzt fliegen die Vororte nur so an mir vorbei, schier endlose Reihen von Backsteinhäusern mit vernachlässigten Hinterhöfen. Dann verändert sich die Landschaft langsam. Es wird grüner, Bäume und Sträucher säumen die Bahngleise, und ich sehe Vogelschwärme in den Himmel aufsteigen. Richtige Vögel! In London gibt es bloß lästige Tauben und freche Spatzen. Ich atme tief durch und spüre, wie die Anspannung der letzten Wochen mehr und mehr von mir abfällt, je weiter ich die Stadt hinter mir lasse.

Meine Gedanken wandern nach Chatham. Wie wird es dort wohl sein? Ist das Schloss genauso hübsch wie auf den Fotos? Und – was mich noch viel brennender interessiert – wieso hat Lord Chatham mich so schnell engagiert? Für mich gibt es, nach reiflicher Überlegung, nur zwei mögliche Beweggründe dafür.

Grund Nummer 1: Ich erfülle tatsächlich zu hundert Prozent das Anforderungsprofil. Als mäßig erfolgreiche Fotografin aus London mit so gut wie nicht existenter praktischer Erfahrung? Hm, unwahrscheinlich.

Grund Nummer 2: Lord Chatham war von meinem Bewerbungsfoto und meinem Charme am Telefon dermaßen angetan, dass er mich unbedingt kennenlernen wollte.

Diese Möglichkeit gefällt mir um einiges besser. Ich lehne mich voller Vorfreude in dem gepolsterten Sitz zurück. Das wäre geradezu großartig. Hach, ich bin richtig aufgeregt.

In Canterbury muss ich in einen kleinen Regionalzug umsteigen. Die Landschaft, die an mir vorüberzieht, wird immer grüner, und es sind nur noch vereinzelt Häuser und Bauernhöfe mit umzäunten, saftigen Weiden zu sehen. Nach einer guten halben Stunde taucht vor uns ein kleines Steingebäude auf. Das muss der Bahnhof von Chatham sein!

Mein Herz schlägt schneller. Ich drücke die Nase an die Scheibe, um alles zu sehen. Der Zug wird langsamer und bleibt schließlich stehen. Ich springe auf, reiße meinen Koffer von der Ablage und hieve mir die Reisetasche auf den Rücken. Ich haste zum Ausgang und warte ungeduldig darauf, dass die Tür aufgeht. Schließlich öffnet sie sich mit einem zischenden Geräusch. Schon in der Tür stehend, zögere ich. Passiert das gerade wirklich? Ich, in einem kleinen Dorf im Süden Englands, um auf einem Schloss anzuheuern? Ich bin kurz davor, den Mut zu verlieren.

Ach was. *Kneifen gilt nicht, Trix!*

Entschlossen straffe ich die Schultern. In erster Linie bin ich ja wirklich wegen des Jobs hier. Genau. Wegen eines seriösen, ehrenwerten, interessanten Jobs. Gut, eventuell habe ich dabei einen klitzekleinen Hintergedanken, aber was soll's? Das macht mich noch lange nicht zu einem schlechtem Menschen. Ich will mein Leben nur nicht mehr damit verbringen, ständig über Geld nachdenken zu müssen oder aus Furcht vor einem Rumpelstilzchen meine Wohnung nicht mehr verlassen zu können.

Erst als mich jemand unsanft anrempelt, merke ich, dass ich den Ausgang versperre.

»So gehen Sie doch!«, ertönt eine ungeduldige Stimme hinter mir.

Ich atme noch einmal tief aus und trete auf den Bahnsteig. Ich durchquere das Bahnhofsgebäude, und schon stehe ich auf einem kleinen Platz – es scheint der Dorfplatz von Chatham zu ein. In der Mitte thront eine mächtige Linde, um deren Stamm herum Sitzbänke montiert sind. *Verweilen Sie doch*, steht einladend auf der goldenen Plakette über den Bänken. Vis à vis einer Reihe von historisch aussehenden Steinhäusern sehe ich ein uriges Pub, über dessen Tür ein metallenes Schild mit der Aufschrift *Limping Farmer* angebracht ist. Ob Colin wohl auch manchmal auf ein Bier hierherkommt?

Nun aber schnell, ermahne ich mich selbst zur Eile. Colin erwartet mich schließlich. Ich falte den Zettel mit der Wegbeschreibung auseinander, die ich mir zur Sicherheit ausgedruckt habe. Aber das war wohl gar nicht nötig, denn am Rand des Platzes weist ein Schild den Weg in Richtung Chatham Place, meiner zukünftigen Wirkungsstätte.

Ich marschiere los. Über einen Schotterweg passiere ich mehrere Kuh- und Pferdeweiden sowie ein paar schnuckelige Cottages mit putzigen Vorgärten. Leider rollt der Koffer auf den Kieseln nicht besonders gut, und ich muss kräftig am Griff zerren, um ihn vorwärtszubekommen. Schließlich gelange ich an eine Gabelung. Laut meiner Wegbeschreibung muss ich den rechten Pfad nehmen. Die Umgebung wird waldiger, und plötzlich, hinter einer scharfen Kurve, eröffnet sich ein herrlicher Blick auf eine imposante Lindenallee. Sie führt schnurgerade zu einem herrschaftlichen Gebäude. Das ist es. Ich erkenne es von den Fotos: Chatham Place!

Vielleicht schon bald mein Zuhause? Ein andächtiger Schauer läuft mir über den Rücken. Während ich die Allee entlanggehe, bewundere ich den imposanten steingrauen Bau. Er ist noch viel prachtvoller als auf den Bildern. Hohe Fenster und zwei Türme links und rechts an der Fassade verleihen ihm einen erhabenen Ausdruck. Auf den Türmen weht jeweils eine Fahne: links der Union Jack und rechts ein altertümliches Wappen. Sicher das Familienwappen. Vielleicht kann ich dort eines Tages meine eigene Fahne hissen, wenn ich vor Ort bin. Wie die Queen! Ich bin entzückt von der Vorstellung. Wo man wohl so eine Fahne kauft? Ich muss das googeln. Oder noch besser: Ich frage Colin. Männer sind doch immer erfreut darüber, wenn sie Frauen Dinge erklären können. Auch in Zeiten der Gleichberechtigung. Und auch wenn sie gar keine Ahnung haben.

Alex hat jedenfalls immer sehr gerne alles Mögliche erklärt, und vom Allermeisten nichts gewusst. Was mir natürlich erst im Nachhinein aufgefallen ist. Unwillig schiebe ich den Gedanken an ihn beiseite. Er hat hier nichts zu suchen, nicht in diesem Moment, wo ich meine zukünftige Heimat zum ersten Mal sehe.

Vor dem Haus mündet die Allee in eine halbkreisförmige Auffahrt, von der zwei breite Steintreppen zu einer großen eichenen Eingangstür führen. Ich nehme den linken Aufgang und habe Mühe, den Koffer die Stufen hinaufzubekommen. Rechts neben der Tür steht auf einem messingfarbenen Schild: *Willkommen auf Chatham Place*. Und darunter, etwas kleiner: *Eingang und Treffpunkt für Führungen*.

Ich blicke mich um. Außer mir ist niemand zu sehen. Kein einziger Besucher. Wahrscheinlich hat gerade eine Führung begonnen.

Ich drücke die schwere Klinke hinunter, und die Tür öffnet sich mit einem Knarren. Mir fällt fast die Kinnlade herunter, so beeindruckt bin ich von dem, was ich sehe. Vor mir liegt eine riesige Eingangshalle, in deren Mitte zwei breite, geschwungene Treppen in den ersten Stock führen. Eine links, eine rechts. Wie in Downton Abbey! Fasziniert steuere ich auf eine der Treppen zu und will gerade das kunstvoll geschnitzte Geländer anfassen, als ich plötzlich innehalte.

Irgendwie fühle ich mich beobachtet. Und im nächsten Moment weiß ich auch, warum.

Ein Paar rehbrauner Augen sieht mich hinter einem provisorisch wirkenden Empfangstresen hervor schüchtern an. Es gehört einer jungen Frau, die etwa in meinem Alter ist. Sie hat dunkle, dicht gelockte Haare, viel lockiger als meine kastanienbraunen Wellen – okay, Wellen sind es nur an guten Tagen, meistens ist es ein struppiges Desaster –, die wie Korkenzieher munter um ihr rundliches Gesicht herumtanzen. Rund ist aber nur das Gesicht, der Rest ist gertenschlank und steckt in einem langweiligen Outfit: einer dunklen Stoffhose und einer cremefarbenen Bluse.

»Guten Tag! Kann ich etwas für Sie tun?«, fragt sie mich mit schüchterner Stimme.

Ich trete an den Tresen. Auf dem Namensschild der jungen Dame steht in geschwungenen Buchstaben: *Elsie Trelawney, Eintritt und Führungen.*

»Guten Tag! Ich bin hier für die Stelle als Allrounderin und soll mich bei Lord Chatham melden«, antworte ich höflich.

»*Lord* Chatham oder *Lady* Chatham?« Sie sieht mich unsicher an.

Lady Chatham? Die Frage verwirrt mich. Hat Lord Chatham etwa schon eine Frau? Das wäre natürlich äußerst ungünstig.

»Normalerweise führt nämlich Lady Chatham alle Bewerbungsgespräche«, führt Elsie jetzt weiter aus.

Alle Bewerbungsgespräche? Stellen sie denn hier so viel Personal ein? Ich sehe mich um. Tja, wahrscheinlich ist so ein Museumsbetrieb eine ziemlich aufwendige Sache. Es gibt sicher wahnsinnig viel zu tun, was ein normaler Besucher gar nicht mitbekommt. Ich bin auf einmal richtig aufgeregt, jetzt zu einem großen Team dazuzugehören. Hautnah hinter den Kulissen eines musealen Schlossbetriebs. Oder heißt es schlossmäßiger Museumsbetrieb?

»Miss?« Elsies Stimme reißt mich aus meinen Überlegungen. Sie sieht mich fragend an.

»Nein, ich habe definitiv mit Lord Chatham telefoniert«, sage ich entschlossen. »Und außerdem handelt es sich nicht um ein Bewerbungsgespräch, ich habe bereits eine fixe Zusage.«

»Gut, wenn Sie meinen ... Dann melde ich Sie jetzt bei Lord Chatham an.« Sie greift zu einem altmodischen Kabeltelefon und drückt eine Taste. »Colin? Hier ist jemand für die Stelle als Allrounderin.« Das letzte Wort sagt sie mit einem seltsamen Unterton. »Gut ... in Ordnung.« Sie legt auf, nickt mir freundlich zu und deutet auf die Tür rechts neben dem Tresen. »Er kommt gleich.«

Ich straffe die Schultern und nehme eine aufrechte Haltung ein. Mein Herz fängt an zu rasen. Gleich kommt er, Colin Furley, 17. Baron Chatham!

Gebannt blicke ich auf die Türklinke. Langsam bewegt sie sich nach unten, und die Tür geht auf. Heraus tritt ein großer, hagerer Mann um die dreißig. Sein hellblondes, schon etwas lichter werdendes Haar unterstreicht seine Blässe, und sein verblichenes Jackett ist eindeutig eine Nummer zu groß. Vielleicht ist das aber auch absolut angesagter Country Chic? Ich muss mich wohl erst mit den hiesigen Gepflogenheiten vertraut machen.

Mit einem verlegenen Lächeln kommt er auf mich zu. »Miss Barker! Willkommen auf Chatham Place! Ich freue mich, dass Sie hier sind.« Er ergreift meine Rechte mit einem herzhaften Händedruck. »Ich muss mich nochmals entschuldigen, dass ich Sie nicht am Bahnhof abholen konnte. Hoffentlich sind Sie trotzdem gut angekommen?«

»Danke, sehr gut. Es hat alles hervorragend geklappt. Ein wunderschönes Anwesen haben Sie hier!«, sage ich etwas unbeholfen.

Lord Chatham alias Colin sieht sich stolz um. »Nicht wahr? Und warten Sie, bis Sie erst die restlichen Räume und den Garten gesehen haben! Gehen wir in den Salon, dann können wir alles in Ruhe besprechen.« Er führt mich in einen eleganten, komplett in Grüntönen gehaltenen Raum.

Ich beschließe, sofort in die Vollen zu gehen. »Lerne ich denn Lady Chatham auch gleich kennen?«

»Meine Mutter?« Er zögert. »Nein, sie ist gerade ... verhindert.«

Seine Mutter! Also ist der Platz an Colins Seite doch noch frei? Ich bin ein bisschen erleichtert, das muss ich zugeben.

»Nehmen Sie doch Platz.« Er weist auf einen Samtsessel.

Ich setze mich hin und lasse den Blick durch den Raum schweifen. Was ich sehe, gefällt mir ausnehmend gut. An der Wand hängen überlebensgroße Porträtbilder in goldenen Rahmen. Ein zierlicher Schreibtisch aus dunklem Tropenholz ist mit zahlreichen Fotos dekoriert, auf denen zu meinem Erstaunen lauter Hunde und Pferde zu sehen sind. Nein – ganz links außen steht auch ein Bild von einer Familie. Vater, Mutter und ein kleiner Junge. Das müssen Colin und seine Eltern sein. Neben dem Schreibtisch fällt durch schwere Brokatvorhänge diffuses Licht in den Raum. Der Stuhl, auf dem ich sitze, ist butterweich gepolstert. Alles riecht nach altem Wohlstand, nach Sicherheit und Geborgenheit. Ich frohlocke innerlich. Genauso habe ich es mir vorgestellt.

»Miss Barker?« Colin sieht mich erwartungsvoll an.

Auweia, er scheint mich etwas gefragt zu haben. »Wie bitte?«, hake ich eilig nach.

»Ich habe Sie gefragt, ob wir noch rasch die finanziellen Konditionen besprechen sollen.« Er wirkt plötzlich etwas angespannt.

Fieberhaft überlege ich. Was stand diesbezüglich noch mal in der Stellenanzeige? Ich kann mich beim besten Willen nicht mehr erinnern.

»Helfen Sie mir auf die Sprünge«, sage ich, so charmant wie möglich.

»Nun, wir haben ja angegeben, dass das Gehalt noch vereinbart wird, aber ehrlich gesagt gibt es da leider wenig Spielraum ...« Colin lacht nervös. »Um genau zu sein, handelt es sich eher um ein Taschengeld ...«

Das klingt wirklich nicht gerade üppig. »Und wie hoch ist dieses ... Taschengeld?«, frage ich vorsichtig.

Colin räuspert sich. »Etwa zweihundert Pfund in der Woche.«

Das Entsetzen steht mir offenbar ins Gesicht geschrieben, denn er schiebt eilig nach: »Kost und Logis sind natürlich frei. Und Ernie, unser Koch, ist ein Meister seines Fachs, das kann ich Ihnen versichern!«

Zweihundert Pfund pro Woche? Das ist tatsächlich noch weniger, als ich mit meinen Fotoaufträgen im Durchschnitt verdiene. Aber wieder zurück nach London? Kommt nicht infrage. Immerhin kann ich gratis hier wohnen und bekomme täglich drei warme Mahlzeiten. Das ist doch auch schon was wert.

Ich nicke. »Das geht für mich in Ordnung.«

Colin wirkt erleichtert. »Sie werden sehen, die Erfahrung, in einem so attraktiven historischen Gebäude zu arbeiten, macht vieles wett. Von den wunderbaren Freizeitmöglichkeiten in der Umgebung ganz zu schweigen.« Er strahlt mich an.

»Ich bin mir sicher, dass es mir hier sehr gut gefallen wird.« Ich strahle zurück und schenke ihm einen bedeutungsvollen Blick.

Er nickt erfreut. »Ausgezeichnet!«

Eine verlegene Pause entsteht, in der wir beide uns bloß anlächeln.

»Nun, den Tätigkeitsbereich haben wir ja schon am Telefon besprochen. Sie sind als Allrounderin überall da im Einsatz, wo gerade Not am Mann ist«, Colin räuspert sich, »und glauben Sie mir, Not herrscht hier gar nicht so selten.« Er lacht unsicher.

Ich setze ein unbekümmertes Gesicht auf. »Ach, wie schon gesagt, ich bin es gewohnt anzupacken.« Ich überlege kurz, ob ich mir noch demonstrativ die Ärmel hochkrempeln soll, um meiner Aussage Nachdruck zu verleihen, lasse es dann aber.

Colin schenkt mir ein Lächeln. »Bestens! Dann – wie sagt man so schön – stürzen wir uns doch direkt in die Arbeit. Aber zuerst würde ich Ihnen gern noch Ihr Zimmer zeigen.« Er zögert kurz und kratzt sich am Kopf. Dann gibt er sich einen Ruck. »Wir Jüngeren sind hier eigentlich alle per Du«, sagt er und streckt mir zaghaft seine knochige Hand entgegen. »Ich bin Colin.«

Ich ergreife seine Hand und verkneife mir ein triumphierendes Lächeln. Das geht ja schnell mit der Vertrautheit. Hervorragend. »Ich bin Beatrix, aber alle sagen Trix zu mir.«

»Gut, dann noch einmal herzlich willkommen, Trix!« Colin nickt mir freundlich zu.

Mein Herz schlägt schneller. Ein wirklich hervorragender Start. Ich sehe mich schon mit Lady Chatham, Colins Mutter, beim Tee sitzen, heiter plaudernd. »Meine liebe Beatrix, normalerweise bin ich Angestellten gegenüber recht reserviert. Aber bei Ihnen war das von Anfang an anders. Es ist ganz so, als ob Sie schon immer zu uns gehört hätten! Haben Sie irgendwo in Ihrer Linie adelige Vorfahren?«

»Trix?« Colin steht bereits neben der Tür und hält sie mir auf. Ich muss wirklich anfangen, ihm besser zuzuhören. »Gehen wir? Ich stelle dich dann später noch den anderen vor.« Er weist mit einer schwungvollen Handbewegung zum Empfang. »Elsie hast du ja schon kennengelernt.«

Sie blickt auf und nickt mir freundlich zu. Ich nicke zurück, Colin greift galant nach meinem Reisegepäck, und dann gehe ich hinter ihm die große geschwungene

Treppe hinauf in den ersten Stock. Dabei fällt mir auf, dass mehrere Fäden lose von seinem Jackett hängen. Am liebsten würde ich sie wegzupfen, aber so vertraut sind wir dann doch noch nicht.

Wir gelangen auf eine Art Galerie, von der man in die Halle hinunterblicken kann und von deren Mitte ein breiter Gang abzweigt. Auf beiden Seiten des Gangs befinden sich mehrere große Türen.

Colin steuert die vorletzte Tür auf der linken Seite an und öffnet sie. Sie quietscht leicht.

Colin stellt den Koffer ab und macht eine einladende Geste. »So, da wären wir. Das ist dein Reich.«

Ich betrete den Raum und bin überwältigt.

Das Zimmer, in dem ich stehe, ist ungefähr dreimal so groß wie meine gesamte Wohnung in London. Die Decke erscheint mir wahnsinnig hoch und ist mit blassgelben Ornamenten verziert. Vier riesige Doppelflügelfenster offenbaren einen herrlichen Blick nach draußen, auf die Lindenallee, die Einfahrt und einige Nebengebäude. An der linken Wand thront ein pompöses Himmelbett mit pastellgrünen Stoffvorhängen. Ein richtiges Ungetüm. Ich bin hin und weg.

Und wie es hier drinnen riecht! Richtig ... historisch. Irgendwie vielleicht sogar ein bisschen ... nun, ich würde nicht gerade muffig sagen, aber ... doch, das trifft es ganz gut. Es riecht nach ungelüfteten alten Wolldecken. Aber egal.

»Gefällt es dir?« Colin sieht mich fragend an.

Ich nicke begeistert. »Es ist perfekt, wirklich! Genau so habe ich es mir vorgestellt.«

Der Schlossherr sieht äußerst zufrieden aus. »Sehr schön. Das Bad ist hier rechts«, er öffnet eine Tapetentür, »und wenn dir kalt ist, sag ruhig Bescheid, dann mache ich das Feuer an.« Er deutet auf einen riesigen offenen Kamin mit einem schmiedeeisernen Gitter davor.

Wie romantisch! Ich sehe Colin schon vor dem Feuer knien, die Ärmel hochgekrempelt und einen Korb Brennholz neben sich. Und ich stehe verführerisch, nur mit einem Negligé bekleidet, vor dem Himmelbett. Hach.

Colin geht zur Tür. »Wenn du fertig ausgepackt hast, komm doch bitte runter, dann zeige ich dir alles.«

Ich nicke wieder und traue mich sogar, ihm zuzuzwinkern. Er lächelt etwas schüchtern zurück und schließt dann die Tür hinter sich.

So, der Anfang ist geschafft, und wenn ich mich nicht irre, ist es geradezu ideal gelaufen. Jawohl, ideal.

Dermaßen beflügelt hieve ich meinen Koffer auf das ausladende Bett (wie hoch es ist!), öffne den Reißverschluss, greife zu meinem schönsten Kleid – einem zartrosa Traum aus Chiffon – und streife es mir über. Dazu würden doch hervorragend meine silberfarbenen Riemchensandalen passen. Sie sind eigentlich nur für besondere Anlässe gedacht, aber: wenn das hier kein besonderer Anlass ist, wann dann?

Als ich mich im leicht angelaufenen Spiegel im Bad betrachte, breitet sich ein zufriedenes Lächeln auf meinen Gesicht aus. Der arme Colin hat gar keine andere Chance, als mir auf der Stelle zu verfallen!

Ich kämme mir noch schnell die Haare und trage etwas Lipgloss auf – ein leichter Rosaton, sehr natürlich –, dann bin ich bereit.

Ich schwebe förmlich die Treppe hinunter und sehe in der Eingangshalle eine elegante ältere Dame stehen. Das muss Lady Chatham sein! Meine zukünftige Schwiegermutter, so es das Schicksal will. Ich betrachte sie interessiert. Sie sieht adrett aus, mit ihrem zartgelben Rock und dem pastellblauen Twinset mit farblich akzentuierten Nähten. Dazu trägt sie ein einreihiges Perlencollier und passende Ohrstecker. Die schulterlangen Haare sind akkurat geföhnt und die Hände perfekt maniküert.

Unwillkürlich werfe ich einen Blick auf meine eigenen Hände. Von Perfektion keine Spur. Aber ich mache mir die Nägel auch selbst. Ich hoffe, Lady Chatham sieht das nicht als Disqualifikationsgrund für ihre Schwiegertochter in spe, und nehme mir fest vor, eine Maniküre zu buchen. Mein Blick fällt auf meine Füße. Am besten auch gleich eine Pediküre. Ob es so etwas in Chatham wohl gibt?

Als ich näher komme, bemerke ich, dass Lady Chatham gerade telefoniert. Mit ungehaltener Miene. Und in einem noch ungehalteneren Tonfall.

»... akzeptiere ich nicht! Sie beliefern uns seit über zweihundert Jahren, und seit ebenjener Zeit verfügen wir über uneingeschränkten Kredit. Ich sehe nicht ein, warum uns dieses Privileg jetzt plötzlich genommen wird!« Erbost beendet sie das Gespräch und sieht in meine Richtung. Ihre Augen verengen sich. »Sie sind also unsere neue Hilfskraft.« Das ist eine Feststellung, keine Frage. »Beabsichtigen Sie auch, bei der geringsten Unannehmlichkeit das Handtuch zu werfen, wie Ihre Vorgängerinnen?«

Das ist so gar nicht das harmonische Kennenlernen, das ich mir vorgestellt habe. Aber so schnell lasse ich mich nicht aus der Ruhe bringen.

»Lady Chatham, es ist mir eine große Freude, Sie kennenzulernen!« Ich lächle verbindlich und strecke meine Hand aus.

Lady Chatham ignoriert sie und mustert mich stattdessen von oben bis unten. »Ich habe Sie gefragt, ob Sie auch vorhaben, uns bei der kleinsten Widrigkeit zu verlassen?«

Meine Güte, mir der ist ja wirklich nicht gut Kirschen essen!

»Mylady, ich bin mit dem festen Vorsatz hierhergekommen, die mir gestellten Aufgaben mit größtmöglichem Eifer zu erfüllen, und bin mir sicher, dass ich mich gut einfügen werde.« Viel fehlt nicht, und ich hätte auch noch salutiert.

»Gut«, sagt Lady Chatham knapp, mustert mich jedoch immer noch argwöhnisch. »Aber Sie wollen doch hoffentlich nicht in diesem Aufzug an die Arbeit gehen? Wissen Sie denn überhaupt, wie sich Ihre Aufgaben gestalten?«

Ehrlich gesagt weiß ich es nicht so ganz genau, weil ich Colin nicht so richtig zugehört habe, als er mir meine Tätigkeiten erklärt hat. Aber ich bin ja auch nicht hier, um eine Auszeichnung als Mitarbeiterin des Jahres zu bekommen, sondern um Colin zu erobern. Und Chatham Place mit ihm.

Ich beschließe, dass es klüger ist, das erst einmal für mich zu behalten. »Natürlich. Das ist bloß mein Reiseoutfit«, schwindle ich und deute auf das Kleid. »Ich ziehe mich selbstverständlich sofort um.«

»Machen Sie das«, erwidert Lady Chatham herablassend, dreht sich elegant auf dem Absatz um und entfernt sich.

Ich gehe also wieder in mein Zimmer, ziehe das Kleid aus und suche in meinem Koffer nach etwas Zweckmäßigerem. Ich lande bei einer älteren dunklen Jeans, die ich eigentlich als Reithose verwenden wollte, und überlege gerade, ob ich die karierte Hemdbluse oder das marineblaue T-Shirt mit Karree-Ausschnitt anziehen soll, als es an der Tür klopft. Schnell schlüpfe ich in die Bluse.

»Herein!«, rufe ich.

Die Tür öffnet sich einen Spaltbreit, und Colins Kopf lugt zaghaft hindurch.

»Trix, wenn du fertig bist, komm doch bitte runter in die Bibliothek. Die zweite Tür rechts. Ich muss dort noch kurz etwas erledigen.«

Die Tür schließt sich wieder. Ich werfe einen prüfenden Blick in den Spiegel. Na ja, so verführerisch wie vorhin sehe ich natürlich nicht mehr aus, aber es wird schon gehen. Entschlossen öffne ich den obersten Knopf der Bluse, um dem Teil zumindest ein bisschen Sexappeal zu verleihen, krempel die Ärmel hoch, öffne die Tür und marschiere in Richtung Bibliothek. Vor der Tür atme ich noch einmal tief durch, dann drücke ich die Klinke hinunter und betrete schwungvoll den Raum.

»So, hier bin ich!«, rufe ich voller Elan und sehe zu meinem Erstaunen einen Mann, der eindeutig nicht Colin ist, an einem riesigen Schreibtisch voller Papierstapel sitzen. Einen äußerst attraktiven Mann.

Er blickt stirnrunzelnd von seinen Unterlagen auf. »Ah ja. Und was wollen Sie hier?«

Er spricht mit einem etwas rauen Akzent – ich vermute aus dem Norden –, der gebändigt wurde. Wahrscheinlich auf einem dieser teuren Internate auf dem Land, wo sich alle mit dem Nachnamen anreden und nach Geschlecht getrennt unterrichtet werden. Es klingt unheimlich sexy. Und er sieht mich gerade unheimlich genervt an.

»Ich bin Trix, die neue Allrounderin. Wir können uns gerne duzen«, stelle ich mich betont fröhlich vor. »Colin hat gesagt, er würde in der Bibliothek auf mich warten.«

»Nun«, er wirkt immer noch ungehalten, »Colin ist noch nicht hier, wie Sie sehen.«

»Dann warte ich wohl am besten draußen«, entgegne ich betont gelassen.

»Das halte ich für eine hervorragende Idee.« Er wendet sich wieder den Papieren auf dem Tisch zu.

Ich drehe mich um und verlasse den Raum. Na, ein bisschen freundlicher hätte er schon sein können, auch wenn ich ihn augenscheinlich bei etwas Wichtigem gestört habe. Wir arbeiten doch jetzt alle im selben Team. Unhöflicher Kerl! Da nutzt ihm auch sein gutes Aussehen nichts.

Kaum trete ich aus der Bibliothek, treffe ich auf eine aufgebrachte Lady Chatham.

»So. Sie kommen also gerade an und machen jetzt schon gemeinsame Sache mit diesem inkompetenten Wichtigtuer?« Sie mustert mich dermaßen kühl, als wollte sie mich auf der Stelle in einen Eiszapfen verwandeln. Im Stillen verabschiede ich mich langsam, aber sicher von meinem Traum einer adeligen Schwiegermutter.

Unbemerkt ist Colin näher gekommen. »Schon wieder das gleiche Thema?« Er sieht Lady Chatham vorwurfsvoll an. »Mutter, es wäre wirklich hilfreich, wenn du aufhören würdest, gegen Rob zu arbeiten! Du weißt doch im Grunde genau, dass er nur das Beste für Chatham Place will!«

Lady Chatham verzieht keine Miene.

Resigniert wendet Colin sich mir zu. »Ihr habt euch also schon kennengelernt?«

Seine Mutter atmet scharf ein. »Ja, das haben wir in der Tat. Die junge Dame ist mir vorhin in der Halle entgegengekommen, völlig unpassend gekleidet. Ich bin ja bei den Vorstellungsgesprächen nicht mehr anwesend, das erschwert natürlich die Auswahl von geeignetem Personal. Aber du wirst schon wissen, was du tust.« Sie zieht die rechte Augenbraue vielsagend nach oben.

Hallo? Noch hochnäsiger geht's nicht? Ich habe wirklich große Mühe, mir meine Empörung nicht anmerken zu lassen.

»Mutter, mach dir bitte darüber keine Gedanken. Du kannst sicher sein, dass sich Trix bestens bewähren wird. Nicht wahr, Trix?« Colin sieht mich aufmunternd an.

Ich nicke, dankbar für seine Schützenhilfe. Lady Chatham dagegen würdigt uns keines weiteren Blickes und zieht von dannen.

Colin ist sichtlich erleichtert, sie los zu sein. »Lass mich noch schnell etwas erledigen, dann gehen wir raus in den Garten. Du hast also Rob Turner schon kennengelernt? Er ist Denkmalschutzexperte des National Trust und unterstützt uns ein wenig. Und er kommt auch aus London, genau wie du.« Höflich hält er mir die Tür zur Bibliothek auf.

Aber was ist das? Plötzlich schießt ein großes, schwarz-weiß geflecktes Ungeheuer auf mich zu. Freudig wedelt es mit dem Schwanz und nähert sich mit seiner gigantischen Zunge meinem linken Unterarm.

»Iiihhh!« Entsetzt weiche ich zurück. Ich hasse Hunde. Gut, hassen ist nicht ganz der richtige Ausdruck. Ich habe vielmehr eine Heidenangst vor ihnen.

»Pip, Platz!«, kommandiert Colin streng. »Du ungezogener Junge!« Er tätschelt zärtlich den riesigen Kopf des Hundes. Der schaut mich treuherzig an.

»Entschuldige, Trix!« Colin krault Pip am Hals. »Magst du denn keine Hunde?«

»Doch, doch«, beteuere ich eilig. Nicht dass Colin noch einen ungünstigen Eindruck von mir bekommt. »Ich ... ich liebe Hunde, ich habe mich nur eben etwas erschrocken.« Ich versuche, Pip mit einem zärtlich-wohlwollenden Blick anzusehen.

»Du kannst ihn ruhig streicheln«, ermutigt Colin mich.

Na, das fehlt mir gerade noch! Aber da muss ich jetzt wohl durch. Vorsichtig strecke ich die Hand aus und nähere sie Pip. Gerade als ich seinen felligen Rücken berühren will, reißt er unvermittelt den Kopf nach hinten und schleckt inbrünstig meine Hand ab.

»Igitt!« Ich ziehe sie ruckartig weg und werfe Pip einen empörten Blick zu. Das ist ja widerlich. Wer weiß, wie viele Bakterien sich auf so einer Hundezunge tummeln. Sicher Trillionen.

Colin sieht mich irritiert an. Aber mit meiner Selbstbeherrschung ist es endgültig vorbei. Wenn mich dieser Hund noch einmal abschleckt, krieg ich die Krätze.

»Ein wirklich ... braver Hund«, sage ich lahm und lächle verkrampft.

Colin macht den Mund auf und will etwas sagen, lässt es dann aber sein.

Schnell, Themenwechsel. »Dann gehen wir jetzt in den Garten? Ich kann es kaum erwarten, ihn zu sehen!«

Colin nickt, immer noch etwas irritiert. »Gut, ich kann auch später in die Bibliothek. Komm, Pip, ab ins Körbchen!« Er gibt Pip einen Klaps, der daraufhin folgsam einen riesigen Weidenkorb unter der Treppe ansteuert.

Während wir die Eingangshalle durchqueren, erzählt Colin mir von meinen neuen Kollegen. »Elsie kümmert sich um alles, was die Besucher betrifft. Das Schloss hat jeden Tag geöffnet, das ganze Jahr über, außer an den Weihnachtsfeiertagen. Die Außenanlagen können die Besucher selbst erkunden, die Innenräume kann man nur im Zuge einer Führung besichtigen. Elsie nimmt die Reservierungen dafür entgegen, erledigt den Schriftverkehr, macht die Führungen und hilft uns dabei, das Schloss ... ähm ... putztechnisch in Schuss zu halten.« Er lacht befangen. »Dann gibt es noch Ms Miller, unsere Reinigungsdame. Sie ist nur dreimal die Woche vormittags hier, und natürlich könnte man in einem so großen Haus unentwegt saubermachen ...«

Ich sehe mich schon mit einem überdimensionalen Staubwedel das Treppengeländer fegen. Eigentlich hatte ich ja eher Lady Mary vor Augen, als ich hierherkam. Nicht Daisy, das Hausmädchen.

»Außerdem arbeiten noch Ernie, der Koch, und Archie Trelawney, Elsies Großvater, bei uns«, fährt Colin fort. »Er kümmert sich um den Garten, schon seit über vierzig Jahren. Leider ist er zurzeit unpässlich, er liegt mit einer schlimmen Erkältung im Bett. Und dann gibt es noch Mr Springer, der den Kiosk draußen im Garten betreibt.« Colin macht eine kurze Pause. »Ich sorge für die Pferde, die Instandhaltung des Gebäudes, kümmere mich um das Gröbste draußen und alles andere, was so anfällt. Ich bin also sozusagen das Mädchen für alles.« Er setzt ein schiefes Lächeln auf.

»Und wo genau liegt Lady Chathams Aufgabenbereich?«, erkundige ich mich.

»Sie koordiniert die ... Abläufe im Schloss«, antwortet Colin vage. »Und sie ist für die Buchführung und das Personalwesen zuständig.«

Hm. Sie ist für das Personalwesen zuständig, und dennoch hat ihr Sohn mich eingestellt? Irgendwie seltsam. Außerdem machte es auf mich den Eindruck, als ob sie diese Entscheidung sehr wohl selbst treffen *wollte*, aber aus irgendeinem Grund von Colin übergangen wurde. Nun, es wird schon einen Grund dafür geben.

Wir sind inzwischen im hinteren Teil der Eingangshalle angelangt. Von dort führt eine große Tür ins Freie. Colin öffnet sie, lässt mich hinaustreten – und im nächsten Augenblick verschlägt es mir die Sprache.

Kapitel sechs

Wieso redet hier jeder nur von einem *Garten*? Ich kann es nicht fassen. Einen Garten nenne ich das, was Mum und Dad hinter dem Haus haben: ein Stück Rasen, einige Stauden und Blumentöpfe, vielleicht noch einen Grill und ein paar Gartenzwerge. Basta.

Das hier hingegen ist ... unglaublich. Ein Park. Nein, eine ganz Parkanlage, die nur durch die umliegenden Wälder begrenzt wird. Ich bin wahrhaftig beeindruckt.

Die endlose Rasenfläche erstreckt sich über das sanft abfallende Gelände hinunter bis zu einem länglichen Teich. Exakt in der Mitte wird sie durch einen breiten Kiesweg geteilt, der von zierlichen Hecken gesäumt ist. Auf halber Strecke zum Teich befindet sich ein steinernes Rondell mit einem kolossalen Springbrunnen. Von dort aus zweigen nach links und rechts kleinere Wege ab. Der linke führt zu einem Gemüsegarten, der rechte endet vor einem großen schmiedeeisernen Tor.

So etwas habe ich noch nie im Leben gesehen. Ein wahr gewordener Traum in Grün.

Nur – bei genauerem Hinsehen fällt mir etwas auf. Ich bin ja nun bei Gott keine Gartenexpertin, aber sogar für mich ist eindeutig erkennbar: Dieser Garten hat definitiv schon bessere Tage erlebt. Viel bessere.

Der Rasen ist an vielen Stellen braun, staubtrocken und stellenweise sogar löchrig. Die Bäume im hinteren Teil des Gartens sind schief und verwachsen, und auch die Hecken machen den Eindruck, als hätte sie seit längerer Zeit niemand mehr gestutzt. Das Rondell mit dem Springbrunnen und den geschickt angelegten Blumenrabatten rundum war sicher einmal hübsch anzusehen, aber jetzt ist es komplett verfallen, der Brunnen versiegt und moosbewachsen. Auf der rechten Seite ist der Weg von undurchdringlichem Dickicht überwuchert. Wilder Efeu rankt sich um die baufälligen niederen Steinmauern, und überall zwischen den Blumenrabatten schießt Unkraut hervor.

Und dennoch: Dort säumt eine Reihe verwilderter Rosenbüsche, die prachtvoll in Rot, Rosa und Pink blühen, den Rasen; daneben breitet sich ein anderer Busch, dessen Name ich nicht kenne, in sonnengelber Herrlichkeit aus; und die imposanten Stauden an beiden Enden des Teichs sehen aus, als hätte sie jemand in einen kornblumenblauen Farbeimer getaucht. Und erst dieser himmlische Duft! Ich atme tief ein, und ein tiefes Glücksgefühl erfasst mich.

Colin bemerkt es und lächelt. »Er ist wunderschön, der Garten, nicht wahr? Etwas ganz Besonderes.« Ein Anflug von Wehmut überschattet sein Gesicht. »Vater war ein begnadeter Gärtner, kreativ und detailverliebt. Er hat sich um alles hier liebevoll gekümmert, bis zuletzt.«

Ich sehe ihn fragend an.

»Herzinfarkt«, sagt er nüchtern und fängt an, mit einem Grashalm zu spielen. »Er war gerade dabei, mit der Motorsäge einen Baum zu fällen, der beinahe auf Mr Trelawney gefallen wäre. Das hat ihn so erschreckt, dass sein Herz stehen geblieben ist. Im wahrsten Sinn des Wortes. Als der Rettungswagen endlich kam, war es schon zu spät.« Er macht ein trauriges Gesicht. »Dass er aber auch nie Ruhe gegeben hat, trotz seiner Herzprobleme ...«

Ich schweige betroffen.

»Und deine Mutter?«, hake ich schließlich nach. »Interessiert sie sich gar nicht für den Garten?«

Colin schüttelt den Kopf. »Nein, nicht im Geringsten. Sie hat schon früher nie verstanden, weshalb Vater lieber hier herumgewerkelt hat, als mit ihr zum Golf oder Tennis zu gehen.«

»Und jetzt kümmert sich außer Mr Trelawney niemand mehr um die Pflege des Gartens?«

Colin zuckt hilflos mit den Schultern. »Weißt du, professionelle Gärtner sind teuer geworden, geradezu unbezahlbar. Mr Trelawney kommt noch mehrmals die Woche vorbei, um nach dem Rechten zu sehen. Aber er ist inzwischen auch nicht mehr der Jüngste, und die Arbeit wächst ihm buchstäblich über den Kopf. Ich selbst habe leider absolut nichts vom grünen Daumen meines Vaters geerbt.« Er schaut nachdenklich zu den Rosenbüschen. »Vielleicht habe ich mich aber auch einfach zu wenig dafür interessiert – mir waren Tiere irgendwie immer lieber.«

Erschüttert sehe ich mich um. Wirklich schade, diesen Traum von Garten so verkommen zu lassen.

Plötzlich taucht bei den Gemüsebeeten ein großer, korpulenter Mann auf.

»Ah, da ist Ernie.« Colin geht zu ihm hinüber, und ich folge ihm. »Hallo, Ernie!«, begrüßt er den Mann und deutet auf mich. »Darf ich dir unsere neue Allrounderin vorstellen? Trix Barker aus London.«

Ernie streckt mir freundlich seine riesige Hand entgegen. »Willkommen auf Chatham, Trix! Sorry, meine Hand ist ein bisschen schmutzig vom Unkrautjäten.« Er deutet auf einige Salatpflänzchen, die mehr oder weniger in Reih und Glied dastehen.

»Das macht überhaupt nichts!« Nach den frostigen Begegnungen mit Lady Chatham und Rob bin ich erleichtert, hier so herzlich begrüßt zu werden.

»Ernie ist unser Koch, ein ganz vorzüglicher übrigens, und nebenbei kümmert er sich um die Gemüsebeete und den Kräutergarten«, erklärt Colin.

Ernie lacht. »Na ja, wenn ich's nicht selbst machen würd, hätten wir wahrscheinlich gar kein Gemüse mehr auf dem Teller.« Er kratzt sich am Kinn. »Ist ja nicht grad bergauf gegangen mit dem Garten, seit der alte Lord Chatham nicht mehr da ist ... Gestern habe ich übrigens Fran Smith im Pub getroffen, Colin. Er meinte, dass er nicht versprechen kann, uns noch allzu lange zu beliefern.« Ernie sieht Colin eindringlich an.

»Gut, ich werde mich darum kümmern«, sagt Colin hastig und weicht Ernies Blick aus. »So, Trix, jetzt gehen wir noch schnell rüber zu Mr Springer. Er ist wie gesagt für den Kiosk und die kulinarische Versorgung der Besucher zuständig.« Colin schlägt einen übertrieben heiteren Tonfall an.

»Na dann, viel Vergnügen«, kommentiert Ernie süffisant und beugt sich wieder zu seinen Salatpflänzchen hinunter.

Wir gehen einmal quer über den Rasen, auf die andere Seite des Gartens. Erst jetzt fällt mir das windschiefe, verwitterte Holzhäuschen dort auf. Ein grauhaariger, ungepflegt wirkender Mann sieht uns missmutig entgegen, während er mit einem Lappen lustlos auf der Theke herumwischt. Hinter einer verschmierten Glasscheibe warten einige nicht mehr ganz taufrische Hot Dogs und ein paar abgepackte Sandwiches aus dem Supermarkt darauf, verspeist zu werden. Thunfisch-Sandwiches, ausgerechnet.

»So«, sagt Colin und reibt sich die Hände, »das ist also der kleine, aber feine Kiosk von unserem lieben Mr Springer.« Er lächelt den Mann leutselig an. »Er hat allerlei Köstlichkeiten im Sortiment, und manchmal gibt es auch leckeren selbst gebackenen Kuchen, nicht wahr, Mr Springer?«

Der »liebe« Mr Springer verzieht keine Miene. Ich bin mir sicher, er verspürt äußerst selten den Drang, einen leckeren Kuchen zu backen.

»Die Besucher werden nicht mehr, Sir«, bringt er mit knarrender Stimme hervor. »Das Geschäft lief schon mal besser. Wenn's so weitergeht, muss ich mir einen anderen Standort suchen.« Er sieht Colin verschlagen an.

Das wäre wahrscheinlich nicht die schlechteste Idee, denke ich mir, während ich interessiert die Wände des Kiosks begutachte. Ich wusste gar nicht, dass Schimmel so bunt sein kann.

Colin aber reißt erschrocken die Hände hoch. »Aber nicht doch, Mister Springer! Ich probiere doch schon seit einiger Zeit, neue Konzepte zur … Besucherbelebung umzusetzen. Wie sagt man so schön: Gut Ding will Weile haben.« Er wischt sich eine kleine Schweißperle von der Stirn. »Wie auch immer – das ist Trix Barker, unsere neue Mitarbeiterin.«

Mr Springer gibt einen abschätzigen Laut von sich und dreht sich demonstrativ um.

»Tja, wir müssen jetzt aber auch wirklich an die Arbeit«, sagt Colin und nickt unsicher in seine Richtung.

»Ein sehr … eigenwilliger Charakter, oder?«, flüstere ich, während wir uns vom Kiosk entfernen.

»Allerdings.« Colin seufzt deprimiert. »Aber er ist schon seit Ewigkeiten mit seinem Imbiss hier auf dem Schlossgelände. Und etwas zu essen und zu trinken brauchen die Leute doch immer, nicht wahr?« Der letzte Satz klingt schon etwas hoffnungsvoller.

Ich denke an die labbrigen Hot Dogs. »Nun ja, vielleicht sollte man den Leuten etwas Frisches, Zeitgemäßes anbieten? Hot Dogs und Sandwiches kennt doch jeder. Wie wäre es mit Cupcakes … mit eurem Wappen drauf? Oder Donuts in Form einer Krone, als Zeichen für die royale Vergangenheit von Chatham Place?« Ich fange an, Gefallen an der Idee zu finden.

Colin winkt ab. »Mit neuen Ideen beißt man bei

Mr Springer auf Granit. Sein Angebot ist wirklich nicht mehr zeitgemäß, da hast du vollkommen recht. Aber am Ende des Tages bin ich froh, dass wenigstens er uns die Stange hält.«

Ich schaue ihn irritiert an. »Wieso, wer hält euch denn nicht die Stange?«

Colins Augen weiten sich, als hätte er sich verplappert. »Nein, nein, so war das nicht gemeint!« Er winkt eine Spur zu eilig ab. »Ich wollte nur sagen, dass Mr Springer schon sehr lange zu unserem Team gehört, und ich ihn ungern verlieren möchte.«

Was ich jetzt schon mit Sicherheit sagen kann: Colin sollte dringend an seiner Konfliktfähigkeit arbeiten. Aber da kann ich ihm ja ein wenig unter die Arme greifen. Kein Problem! Was mir ebenfalls aufgefallen ist: Er hat die Angewohnheit, sich manchmal unwillkürlich zu ducken. Sein Kopf verschwindet dann beinahe zwischen den Schultern, und dabei sieht er aus wie eine Schildkröte. Es fehlt nur noch der faltige Hals.

Unwillig schüttle ich diesen wenig erbaulichen Gedanken über meinen Zukünftigen ab. Wer wird so oberflächlich sein und nach Äußerlichkeiten urteilen? Viel wichtiger sind die inneren Werte. Und ich bin überzeugt: In dieser Hinsicht ist Colin ein absoluter Traummann.

Über die Schulter werfe ich einen Blick zurück zum Imbissstand. Mr Springer fixiert uns mit eisigem Blick.

Inzwischen sind wir im hinteren Teil des Gartens angelangt, dort, wo schon fast der Wald beginnt, und stehen vor zwei ziemlich verwilderten Büschen.

»Holunderbüsche. Ausgesprochen zähe Burschen«, erklärt Colin fröhlich, während er sich löchrige Gartenhandschuhe überzieht und mir ein etwas neuer aussehendes Paar reicht. »Wir müssen sie leider komplett ausreißen, sie sind nämlich von Pilzen befallen, wie mir Mr Trelawney erklärt hat.« Er greift sich an den Kopf. »Mir fällt gerade ein, wir brauchen ja noch Werkzeug! Warte hier, ich hole es schnell aus dem Geräteschuppen.«

Wenig begeistert betrachte ich die riesigen Büsche. Die knorrigen Äste stehen in alle Himmelsrichtungen und wachsen kreuz und quer ineinander.

Das erste traute Beisammensein mit Lord Chatham habe ich mir ein wenig anders vorgestellt.

Im Laufe des Nachmittags fällt mir noch ein dritter Grund ein, wieso ich vom Fleck weg engagiert worden sein könnte:

Sie haben so händeringend jemanden für die Stelle gesucht, dass es ihnen völlig egal war, wer kommt.

Es ist schon nach sieben, als Colin und ich den Kampf gegen die Holunderbüsche endlich gewonnen haben, und ich kann mit Sicherheit sagen: Diese Arbeit war das Alleranstrengendste, was ich in meinem ganzen Leben gemacht habe. Wir haben geschlagene zwei Stunden gebraucht, um die Zweige und Äste abzusägen, und dann noch mal zwei, um die widerspenstigen Wurzeln aus dem Boden zu hacken.

Erschöpft trotte ich die Treppe hinauf in mein Zimmer. Ein ausgiebiges warmes Vollbad – ja, das ist jetzt genau das, was meine schmerzenden Glieder brauchen.

Ich gehe ins Badezimmer, ziehe mich aus und stecke den Stöpsel in den Ausguss. Dann inspiziere ich die Armatur der Badewanne. Es ist eines dieser altmodischen Teile, bei denen man die Temperatur mit Kalt- und Warmwasserhahn selbst regeln muss.

Ich drehe zuerst am Warmwasserhahn. Aber er will irgendwie nicht – er klemmt! Energisch versuche ich noch einmal, ihn aufzudrehen. Er klemmt wirklich! Ratlos stehe ich vor der Armatur. Ist der Hahn am Ende eingerostet? Ich probiere es noch ein letztes Mal und drehe jetzt mit aller Kraft an beiden Hähnen gleichzeitig. Geschafft! Ich höre, wie das Wasser in die Leitung schießt.

Ich will gerade in die Wanne steigen, als mir plötzlich die Handbrause aus der Halterung entgegenspringt. Wie ein wild gewordener Berserker tanzt sie umher.

»Hilfe!«, rufe ich panisch. »Hilfe!« Ich sehe mit Entsetzen, wie sich Wasserströme auf die Blumentapete ergießen. Sogar ins Zimmer hinaus schießt ein dicker Wasserschwall.

»Komm her, du blödes Ding!« Entschlossen greife ich nach dem Schlauch und werde dabei ebenfalls von einem Schwall Wasser getroffen.

»Auuuu!«, jaule ich vor Schmerz laut auf. Das Wasser ist sengend heiß!

Rasch ducke ich mich, um einer weiteren Ladung zu entkommen. Die Handbrause schießt unaufhaltsam hin und her. Auf dem antiken Parkettboden hat sich schon eine kleine Pfütze gebildet.

Ich ändere meine Taktik und versuche, über den Boden robbend zurück zur Armatur zu gelangen, ohne von einem weiteren Schwall kochend heißen Wassers erwischt zu werden.

»Komm schon!« Hektisch drehe ich an den Wasserhähnen.

Endlich! Der Wasserstrahl verebbt. Komplett erledigt sinke ich zu Boden.

»*Trix?*« Jemand klopft an meine Tür. »Trix, alles in Ordnung bei dir?«

Das ist Colin!

»Jaahaaa, alles bestens!«, rufe ich und sehe mich panisch um. Von allen Wänden tropft Wasser. Die Blumentapete hat einen riesigen nassen Fleck. Aus der Pfütze auf dem Parkett ist ein kleiner See geworden. Colin darf diesen Schlamassel auf keinen Fall zu Gesicht bekommen!

»Bist du dir sicher? Kann ich dir irgendwie helfen?« Ganz überzeugt scheint er noch nicht zu sein.

»NEIN!«, rufe ich, noch einen Tick panischer. »Ich … ich bin nicht angezogen!«

Oh Gott, wie peinlich. Ich spüre förmlich, wie Colin von meiner Tür zurückweicht.

»Gut, wenn noch was sein sollte, ich bin unten beim Abendessen.« Seine Schritte entfernen sich zögerlich.

Ich atme erleichtert aus. Das war knapp. Schnell schlinge ich mir ein Handtuch um und schleiche zur Tür, um sicherzugehen, dass er auch wirklich weg ist. Vorsichtig öffne ich sie – und plötzlich steht Rob vor mir.

»Aaahhh!« Vor lauter Schreck reiße ich die Arme hoch. Dabei fällt das Handtuch auf den Boden. Und ich stehe komplett nackt da.

Mit weit aufgerissenen Augen starrt Rob zuerst mich an, dann das Chaos hinter mir im Zimmer. Schnell schlage ich die Tür zu und mache einen Satz nach hinten. Oh mein Gott, OH MEIN GOTT! Ist das gerade wirklich passiert? Ich könnte vor Scham auf der Stelle im Boden versinken. Aber was lungert Rob auch vor meiner Tür herum?

Wenn ich nicht so hungrig wäre, ich würde den Rest des Abends in meinem Zimmer bleiben. Aber ich bin verdammt hungrig, und es duftet bereits köstlich aus dem unteren Stockwerk. Mein Magen knurrt so laut, dass ich ein wildes Tier damit vertreiben könnte. Ach, was sage ich, ein ganzes Rudel. Kein Wunder, ich habe seit dem Frühstück keinen Bissen mehr gegessen.

Plötzlich fällt mir ein, dass ich immer noch nicht gebadet habe. Misstrauisch beäuge ich die Handbrause, die jetzt wieder so unschuldig in der Wandhalterung hängt, als könnte sie kein Wässerchen trüben. Nein, dieses Werkzeug des Teufels rühre ich heute sicher nicht mehr an. Komplett durchnässt bin ich ja schon, das muss reichen. Ich trockne mich ab, wische noch schnell den See vom Parkettboden auf, föhne meine Haare notdürftig trocken und ziehe eine Jeans und ein frisches Shirt an.

Und schon bin ich auf dem Weg zum Esszimmer. Praktischerweise muss ich nur meiner Nase folgen – es duftet nämlich wirklich unglaublich lecker. Ich will gerade die Tür öffnen, als Elsie um die Ecke biegt.

»Was machst du denn da?« Sie sieht mich erstaunt an.

»Ich gehe zum Abendessen«, antworte ich, die Türklinke schon in der Hand.

Elsie schüttelt den Kopf. »Hat dir das Colin nicht gesagt? Wir Angestellten essen unten, in der Gesindeküche. Nur Lady Chatham und er speisen hier im Esszimmer.«

Hä? Hab ich mich gerade verhört? Gesindeküche?

Elsie sieht mein verwundertes Gesicht und lacht. »Keine Sorge! Sie heißt nur so, weil das früher der Ort war, wo das Personal gegessen und seine freien Stunden verbracht hat. Eine Art Gemeinschaftsraum sozusagen. Kennst du *Downton Abbey*?«

»Aber hallo!« Ich nicke begeistert.

»Genauso kannst du es dir vorstellen. Nur dass es heute natürlich eine ganz normale moderne Küche ist.«

Gemeinsam gehen wir die Treppe hinunter in den Keller und biegen nach links ab. Elsie öffnet eine große Flügeltür, die zur Küche führt. Ich bete inständig, dass Rob nicht da ist.

»Hallo, Mädels!« Ernie steht am Herd und dreht sich zu uns um. Er hat sich eine Schürze umgebunden und schwingt gut gelaunt seinen Kochlöffel. »Setzt euch, ich bin gleich so weit.«

Von Rob ist keine Spur zu sehen, Gott sei Dank. Mir fällt ein Stein vom Herzen.

Neugierig schaue ich mich um. Es ist urgemütlich hier, genau wie Elsie gesagt hat. In der Mitte des Raumes steht ein riesiger Tisch aus massivem Eichenholz mit Stühlen rundherum. Entlang der Wände sind Herde platziert (jawohl, mehrere!), außerdem Schränke voller Geschirr, eine große Spüle aus Marmor und ein alter rußgeschwärzter Holzofen. Voller Vorfreude nehme ich am Tisch Platz. Elsie schenkt aus einem großen Krug Saft in unsere Gläser ein.

Während Ernie noch mit den Töpfen am Herd hantiert und sich mit Elsie über die Gemüseernte unterhält (die Karotten müssten bald so weit sein), wandern meine Gedanken einen Stock höher ins Esszimmer. Sicher zwingt Lady Chatham Colin dazu, mit ihr alleine zu speisen. Sehr ungünstig. Denn wann könnte man sich entspannter unterhalten als bei einem gepflegten Dinner?

Anstatt mit meiner zukünftigen Familie sitze ich jetzt also mit Elsie und Ernie an dem großen Eichentisch, wo ich den leckersten Hackbraten serviert bekomme, den ich je gekostet habe. Dazu gibt es cremigen Kartoffelbrei, junge, knackige Erbsen und eine köstliche Soße.

»Und, wie war dein erster Tag, Trix?«, fragt mich Elsie interessiert.

»Nun ja, etwas ... anstrengend«, sage ich zwischen zwei Bissen und denke mit Schaudern an die wehrhaften Holunderbüsche. »Aber ich werde mich sicher schnell eingewöhnen, und die Anlage ist einfach traumhaft!«

Elsie nickt begeistert. »Ja, das ist sie wirklich. Ich liebe Chatham Place. Es ist ein Privileg, hier arbeiten zu dürfen.«

Sie schiebt sich noch eine Gabel in den Mund, kaut, schluckt und fragt dann: »Stimmt es, dass du eigentlich Fotografin bist? In London?«

Ich nicke. »Ich bin letztes Jahr dort hingezogen und hab mich selbstständig gemacht.«

Sie sieht mich interessiert an. »Und was fotografierst du so?«

»Alles Mögliche«, antworte ich vage, »Partys, Produkte, Kindergeburtstage ...« Mit Schrecken denke ich an den letzten Geburtstag zurück.

»Das stelle mich mir furchtbar spannend vor!«, sagt Elsie ehrfürchtig.

»Na ja, furchtbar spannend ist es nicht gerade ... und sehr schwierig, an Aufträge heranzukommen, die Konkurrenz ist nämlich riesig. Und die meisten Leute wollen nicht viel zahlen.« Ich seufze, als mir die ausstehende Miete und Rumpelstilzchen wieder einfallen. Ob meine Kündigung wohl schon angekommen ist?

»Und du konntest da einfach so weggehen?«, fragt Elsie jetzt verwundert.

Ich *musste* da sogar weggehen, denke ich insgeheim, wiederhole aber, was ich auch zu Colin gesagt habe: »Ach, weißt du, als Selbstständige ist man sehr flexibel.«

Elsie nickt verständnisvoll.

»Wo ist eigentlich Rob?«, frage ich, um das Thema zu wechseln, aber auch, weil es mich wirklich interessiert. Nicht dass ich mich schon in Sicherheit wiege und er dann unvermittelt doch noch auftaucht.

»Er macht sich meistens selbst im Cottage was zu essen. Ist nicht der geselligste Typ.« Ernie zuckt mit den

Schultern und spießt genüsslich ein Stück Hackbraten auf seine Gabel.

Soso, der Herr Denkmalexperte kocht sich also lieber sein eigenes Süppchen. Na, mir soll's recht sein.

»Und wie ist er sonst so?«, frage ich, nun doch eine Spur neugierig.

Jetzt zuckt auch Elsie mit den Schultern. »Schwierig zu sagen. Er arbeitet den ganzen Tag alleine, meistens in der Bibliothek. Aber ich glaube, dass er eigentlich ganz in Ordnung ist. Er hat Colin an seinem freien Tag dabei geholfen, das Dach vom Pferdestall zu reparieren.« Etwas verlegen sieht sie mich an. »Und er sieht schon richtig gut aus, findest du nicht, Trix?«

»Kann sein«, erwidere ich gleichgültig und denke an unsere Begegnung in der Bibliothek. Ich finde Rob Turner übellaunig und herablassend. Außerdem hat er das Talent, zur falschen Zeit am falschen Ort aufzutauchen. »Aber Colin ist wirklich prima.«

Elsie strahlt. »Ja, das stimmt. Er ist ein toller Chef und so gar nicht wie seine Mutter.« Erschrocken schlägt sie sich die Hand vor den Mund. »So habe ich das natürlich nicht gemeint! Lady Chatham hat auch ihre ... Qualitäten«, fügt sie rasch hinzu, aber es klingt absolut nicht überzeugend.

Ich muss mir ein Lachen verkneifen. »Und dieser Mr Springer? Vom Imbissstand? Wieso ist der nicht hier?«

Ernie lacht laut auf. »Der sitzt um diese Uhrzeit schon längst im Pub, beim dritten oder vierten Pint. Ein ziemlicher Schluckspecht, der gute Mr Springer.«

Nachdenklich schiebe ich mir noch einen Bissen von dem wirklich unfassbar cremigen Kartoffelbrei in den Mund. »Ich habe heute den ganzen Tag über keinen einzigen Besucher gesehen. Ist es hier immer so ruhig?«

Elsie und Ernie sehen sich betreten an.

»Nun ja, wir haben derzeit in der Tat recht wenige Individualgäste …«, sagt Elsie zögerlich. »Aber ab und zu kommt dann auch wieder eine ganze Reisegruppe. Oder eine Schulklasse aus der Umgebung.« Sie macht ein frustriertes Gesicht. »Die langweilen sich bloß immer so schnell und stellen dann irgendwelchen Blödsinn an. Einmal hat sich ein Junge die Maske einer Ritterrüstung aufgesetzt und sich damit von hinten an Lady Chatham herangeschlichen. Sie hat sich fast zu Tode erschreckt.« Sie kichert.

Ich pruste los. »Das wird ihr gar nicht gefallen haben, oder?«

Elsie schüttelt lachend den Kopf. »Nein, sie war stinksauer und hat die gesamte Klasse samt Lehrer sofort hinauskomplimentiert.«

»Aber war denn früher mehr Betrieb hier?«, hake ich nach.

Elsie und Ernie nicken beide enthusiastisch.

»Ja. Wir hatten Tage, da konnten wir gar keine Besucher mehr einlassen, so voll war es. Gar kein Vergleich zu jetzt.« Elsie blickt mich an. »Aber wir wollen dich auf keinen Fall gleich an deinem ersten Tag entmutigen.«

Ernie serviert inzwischen die Nachspeise, die äußerst *er*mutigend ist: karamellisierte Birnen mit einer Kugel Vanilleeis.

»Die Verpflegung hier ist jedenfalls ausgezeichnet.« Ich nicke ihm anerkennend zu, während ich genüsslich einen Löffel Eis abschlecke. »Da muss ich ja direkt aufpassen, dass ich nicht zunehme.«

Ernie lacht lauthals. »Freut mich, dass es dir schmeckt! Ich sag immer: Gut essen muss der Mensch, dann schafft sich der Rest wie von selbst.«

Ich muss plötzlich gähnen. Eigentlich wollte ich mir vor dem Schlafengehen noch einen Schlachtplan überlegen, aber ich bin einfach zu müde. Egal – morgen lautet meine Mission einzig und allein: Voller Kurs auf Colin. Ich habe ein richtig gutes Gefühl.

Kapitel sieben

In meiner ersten Nacht im Schloss schlafe ich unruhig. Das alte Gemäuer macht eine Menge komischer Geräusche, und es zieht durch die Fensterritzen. Ich träume von Colin und mir, wie wir auf zwei großen Pferden durch die Wälder reiten. Auf einer romantischen Lichtung bleiben wir stehen. Ich lächle ihn an, er lächelt zurück, und sein Kopf nähert sich meinem in Zeitlupe. Ich will gerade die Augen schließen, um hingebungsvoll seinen Kuss zu erwarten – da bäumt sich mein Pferd unter mir auf, und ich falle ins Bodenlose, weiter und weiter und weiter ...

Nach diesem Albtraum ist es kein Wunder, dass ich am nächsten Morgen leicht verstört aufwache. Aber wer wird sich schon von so etwas den Start in den Tag vermiesen lassen? Betont gut gelaunt springe ich aus dem Bett. Wobei rutschen wohl der passendere Ausdruck wäre. Das Himmelbett ist nämlich so hoch, dass ich mich beim Schlafengehen an einem der Pfosten hinaufziehen musste.

Zum Glück sieht man von der Überschwemmung gestern nicht mehr viel. Das Parkett ist ein wenig aufgequollen, und die Blumentapete im Bad, die ich nach dem Abendessen noch ein bisschen trocken geföhnt habe, hat nach wie vor einige dunkle Flecken. Na ja, bei einem so alten Gebäude kommt es im Endeffekt auf einen Fleck mehr oder weniger doch auch nicht an.

Das schlechte Gewissen nagt trotzdem ein wenig an mir, als ich kurz darauf zum Frühstück gehe, und ich nehme mir vor, heute doppelt so fleißig zu arbeiten. Als kleine Wiedergutmachung sozusagen.

»Morgen, Trix! Gut geschlafen?« Ernie steht schon wieder am Herd, als ich die Gesindeküche betrete.

»Ja, danke.« Ich lächle ihn an und begutachte staunend den reich gedeckten Tisch.

Unglaublich, was hier alles aufgetischt wird: dampfender Porridge mit Beerenkompott, säuberlich in Dreiecke geschnittener Toast und ein großer Laib Bauernbrot, verschiedene selbst gemachte Marmeladen, Butter und weiche Eier. Außerdem Müsli, Milch und Joghurt. Im Vergleich zur allmorgendlichen Leere in meinem Kühlschrank ist es das reinste Schlaraffenland.

Elsie ist schon fast fertig mit ihrem Frühstück (Toast mit Butter und Aprikosenmarmelade, dazu Tee), und ich greife gerade ebenfalls zu einer Scheibe Toast, als Colin zur Tür hereinkommt. Ihm folgt ein ziemlich mürrisch dreinblickender Rob Turner.

Sofort fällt mir die peinliche Szene von gestern Abend wieder ein, und als sich unsere Blicke zufällig kreuzen, fixiere ich schnell wieder meinen Toast.

»Guten Morgen, alle miteinander! Trix, wie war deine erste Nacht auf Chatham?« Colin sieht mich erwartungsvoll an.

»Danke, sehr gut«, antworte ich brav. »Das Bett ist aber auch wirklich bequem.«

Bilde ich mir das ein, oder mustert mich Rob über den Tisch hinweg? Ich jedenfalls weiche seinem Blick beharrlich aus und sehe stattdessen Colin an.

Colin strahlt. »Nicht wahr? Ich sage immer, unser Haus ist zwar nicht das neueste, aber dafür gemütlich wie ein eingelaufener Schuh.«

Ein etwas seltsamer Vergleich für ein Schloss, finde ich. Aber ich weiß, was er meint.

Er nimmt mir gegenüber Platz und schenkt sich eine Tasse Tee ein.

»Isst du heute gar nicht im Speisezimmer?«, rutscht es mir heraus.

Colin wirkt amüsiert. »Nein, das Morgenmahl pflege ich mit meinen Angestellten einzunehmen.« Er spreizt einen Finger von der Teetasse ab.

Ich muss grinsen.

Er grinst ebenfalls und sieht mich dann mit schuldbewusster Miene an. »Ich hätte dich gleich gestern über unsere Gepflogenheiten beim Essen aufklären sollen. Mir ist erst hinterher aufgefallen, was das für einen Eindruck auf dich gemacht haben muss. Der feine Schlossherr sitzt im Salon und lässt die Dienstboten im Keller schmausen.« Er schüttelt den Kopf und nimmt sich eine Scheibe Brot. »Ich würde liebend gerne mit euch hier gemeinsam zu Abend essen, aber dann wäre meine Mutter oben ganz alleine ...« Präzise platziert er etwas Butter auf seinem Teller und daneben genüsslich einen großen Klecks Erdbeermarmelade.

»Und wieso isst deine Mutter nicht auch mit uns?« Ich kann es mir schon denken, aber es würde mich doch interessieren, was Colin dazu sagt.

Er rutscht unbehaglich auf seinem Stuhl hin und her. »Nun ja ... Wie soll ich das am besten formulieren? Mutter hat ... Sie hat andere Ansichten, was das Verhältnis zwischen Dienstherren und Mitarbeitern angeht.« Er sieht mich peinlich berührt an. »Jedenfalls frühstückt Mutter immer auf ihrem Zimmer, so kann ich wenigstens am Morgen hier sein. Normalerweise besprechen wir dann auch immer gleich die Aufgaben des Tages.«

Mir fällt auf, dass Rob kein einziges Wort gesagt hat, seit er hinter Colin in die Küche gekommen ist. Ich werfe ihm einen kurzen Blick zu. Schweigend sitzt er vor einer Tasse Kaffee. Schwarz, ohne Zucker, und er sieht mich definitiv nicht mehr an. Gott sei Dank.

Colin beißt motiviert in sein Marmeladenbrot und blickt in die Runde. »Trix, heute habe ich eine spezielle Aufgabe für dich. Rob hat gesagt, dass er einige alte Grundbucheinträge durchsuchen muss. Kannst du ihm dabei helfen?« Er trinkt einen Schluck Tee und fährt fort: »Du hast vielleicht schon gemerkt, dass hier auf Chatham durchaus ein wenig ... Renovierungsbedarf herrscht und die Besucheranzahl recht überschaubar ist. Rob hilft uns dabei, uns zu repositionieren, nicht wahr, so nennt ihr Experten das im Fachjargon?« Er blickt Rob stolz an.

Der sieht nicht gerade begeistert aus. »So weit sind wir noch lange nicht. Erst einmal müssen wir prüfen, ob es sich für den Trust überhaupt lohnt, Chatham zu unterstützen. Außerdem, Colin, habe ich dir schon gesagt, dass ich gut allein zurechtkomme. Ich brauche keine Hilfe.«

Und schon gar nicht von einer hysterischen Aushilfskraft, die schon mit ihrer Handbrause überfordert ist, füge ich in Gedanken hinzu.

Großzügig beschließe ich, ihm trotzdem noch eine Chance zu geben. »Repositionierung? Das hört sich ja überaus interessant an!«

Rob winkt ab. »Es ist halb so spannend, wie es klingt. Meistens eine sehr komplexe und langwierige Angelegenheit. Und manchmal«, er wendet sich mit vielsagender Miene an Colin, »auch sehr frustrierend und zeitraubend, vor allem, wenn sich die Eigentümerin mit Händen und Füßen gegen einen solchen Prozess wehrt.«

Colin hebt hilflos die Hände. »Rob, ich habe es dir doch schon erklärt – für sie ist das alles nicht leicht, all diese Veränderungen seit Vater tot ist ... Ich fürchte, wir müssen einfach Verständnis zeigen.« Er wendet sich wieder mir zu. »Nun, Trix, wenn Rob allein zurechtkommt – es gibt auch sonst genug zu tun. Ernie, du hast doch gesagt, dass eines der Gemüsebeete dringend gejätet werden müsste? Und Mutter meint, dass es in einem der Zimmer oben ziemlich klamm riecht ... Außerdem wäre es ganz gut, wenn du Elsie bei einer Gästeführung begleiten würdest, damit du sie an ihren freien Tagen vertreten kannst.«

Elsie nickt erfreut. »Das wäre spitze! Heute um zehn kommt eine Gruppe, willst du da gleich mitgehen?«

Ich nicke, ebenfalls begeistert. Es ist sicher um einiges netter, den Vormittag mit Elsie zu verbringen als mit diesem Denkmalmuffel.

»Ach nein!« Colin schlägt plötzlich die Hände zusammen. »Ich habe gestern über diesen störrischen Holunderbüschen ganz vergessen, dass du sicher schon sehnsüchtig auf etwas ganz Bestimmtes gewartet hast!«

Ich habe keine Ahnung, wovon er spricht, und sehe ihn nur ratlos an.

»Na, du weißt schon: Ein herber, würziger Geruch? Frisches Heu und Stroh? Das Glück der Erde?« Sein Blick ist erwartungsvoll auf mich gerichtet.

Ich ahne Schreckliches.

»Der Pferdestall natürlich! In deiner Bewerbung stand doch, dass du leidenschaftlich gerne reitest?«

»Natürlich, der Pferdestall!« Ich bin erleichtert zu wissen, wovon er spricht, und verfalle gleichzeitig in Panik, weil ich ahne, worauf das hinausläuft. Was, wenn er will, dass ich sofort mit ihm losgaloppiere? Der Albtraum von heute Nacht ist auf einmal wieder sehr präsent. »Aber es wartet doch sicher noch viel Arbeit. Ich muss nun wirklich nicht gleich an meinem zweiten Tag dem Hobby den Vorrang über die Pflicht geben«, sage ich heuchlerisch.

»Aber nicht doch, Trix! Es gibt auch in den Ställen reichlich zu tun.« Colin steht auf. »Komm, wir sehen mal nach. Ich glaube, bei Odysseus und Pamina müssten dringend die Hufe ausgekratzt werden, und die Boxen gehören auch ausgemistet.«

Eigentlich waren die Holunderbüsche doch gar nicht

so übel, sinniere ich mit einem Anflug von Wehmut, während ich an Colins Seite den Schotterweg im Garten entlanglaufe. Aber was soll's, zumindest bietet sich so eine gute Chance, einige ungestörte Momente mit ihm zu verbringen.

»Wenn alles gut läuft, kann ich mir durchaus vorstellen, dass der Stall dein ganz persönliches Aufgabengebiet wird«, redet er begeistert auf mich ein. »Das ist doch das Schönste überhaupt, wenn man Beruf und Leidenschaft verbinden kann, nicht wahr?« Er klingt ganz euphorisch. »Wie großartig, endlich jemanden vom Fach hier zu haben!«

Ich nicke halbherzig. Was soll ich darauf erwidern? Ihm ehrlich sagen, dass ich mit Pferden überhaupt nichts am Hut habe? Und dadurch womöglich eine kostbare Chance verspielen? Nein, das wäre äußerst unklug.

»Weißt du, von den anderen reitet ja leider niemand, weder Elsie noch Ernie oder Rob. Und Mutter kümmert sich auch nicht sonderlich um die Pferde.« Colin sieht ganz bedrückt aus.

Ich muss grinsen, als ich mir vorzustellen versuche, wie Lady Chatham in eleganten Reitklamotten und mit gerümpfter Nase mit einer Mistgabel hantiert.

Wir durchqueren den Park in Richtung der Gemüsebeete und treten durch einen steinernen Torbogen, der mir gestern gar nicht aufgefallen ist. Dahinter liegt ein niedriges Gebäude mit einem kleinen Vorplatz. Aus sechs Boxentüren, bei denen der obere Teil wie ein Fenster geöffnet werden kann, ragt jeweils ein Pferdekopf heraus. Es sind kaffeebraune, kohlrabenschwarze und weiß-braun gefleckte Köpfe zu sehen. Wie niedlich! Ich schöpfe plötzlich neue Zuversicht. Das wirkt ja richtig harmonisch, geradezu idyllisch, und sicher sind Colins Pferde bestens erzogen.

»So, da wären wir.« Colin öffnet schwungvoll die erste Tür und führt ein kaffeebraunes Pferd am Halfter auf den Hof.

Huch, ist das groß! Der Kopf überragt mich locker um einen halben Meter.

»Das ist Pamina.« Er streichelt dem Riesentier zärtlich über die Flanke.

Pamina tänzelt elegant auf der Stelle und schnaubt.

Colin deutet auf ihre Beine. »Siehst du, die Hufe gehören dringend mal wieder gereinigt. Schnappst du dir den Kratzer? Er hängt dort vorne im Geräteschuppen.« Er zeigt auf eine hölzerne Hütte auf der anderen Seite des Vorplatzes.

»Gerne«, sage ich und marschiere los. Wie sieht so ein Hufkratzer noch mal aus, überlege ich angestrengt. So was habe ich im Pferdecamp doch sicher schon zigmal in der Hand gehabt.

Ich öffne die Schuppentür und finde mich in einem kleinen, fensterlosen Verschlag wieder. Als ich das Licht anknipse, bin ich überrascht: An der Wand hängen ungefähr zwanzig verschiedene Gerätschaften, eine erstaunlicher als die andere. Eilig suche ich nach etwas, das aussieht, als ob es für schmutzige Hufe zu gebrauchen wäre.

Ich sehe ein paar Bürsten, einen seltsamen länglichen Stab ... Nein ... Vielleicht das halbmondförmige Ding dahinten? ... Hm ... Das ist schwieriger als erwartet. Ich greife zögerlich zu einem Gegenstand, der wie ein Minihammer aussieht, und betrachte ihn argwöhnisch. Kriegt man damit Schmutz aus Hufen? Ich mache testweise einige kratzende Bewegungen. Gar nicht so schlecht. Ich werfe noch einmal einen prüfenden Blick auf mein Werkzeug. Doch, das müsste gehen. Erleichtert schalte ich das Licht wieder aus und verlasse den Schuppen.

»Was willst du denn mit dem Beschlaghammer?« Colin sieht mich irritiert an.

Gut. Das ist also kein Hufkratzer. Was ja noch lange nicht heißt, dass es nicht trotzdem funktionieren kann.

»Das«, ich schwenke den Beschlaghammer lässig herum, »haben wir im Pferdecamp immer zum Hufauskratzen verwendet. Es ist sehr ... schonend für die Pferdefüße, ähm, Hufe. Viel besser als ein herkömmlicher Hufkratzer.«

Selbstbewusst gehe ich auf Pamina zu und berühre sie sachte am Bein, damit sie es anhebt. Vielleicht verfüge ich ja über eine naturgegebene Begabung im Umgang mit Pferden. Wie der Pferdeflüsterer. Der wusste am Anfang auch nichts von seiner außergewöhnlichen Gabe. Oder doch? Egal.

»Hoch!«, sage ich beschwörend.

Pamina bewegt sich kein bisschen. Wahrscheinlich war ich zu leise.

»Hooooch das Bein, Pamina!«, rufe ich etwas lauter und tippe mit wesentlich mehr Nachdruck gegen ihr Bein.

»Waren eure Pferde so gut dressiert?«, fragt Colin verwundert. »Ich glaube, bei Pamina funktioniert das nicht.« Er bindet ihr Halfter mit einem Seil an die Boxentür, schlingt beide Hände fachmännisch um ihr Bein und hebt es mit Kraft hoch.

Pamina wiehert laut und versucht, das Bein wieder herunterzureißen.

»Ruhig, Pamina, ruhig!« Colin lässt nicht nach und zwingt sie, es oben zu behalten.

Ich bin geschockt. Das ist ja richtig gewalttätig.

»So, jetzt kannst du anfangen.« Colin sieht mich gespannt an.

Beherzt setze ich das spitze Ende meines Werkzeugs am Huf an und beginne vorsichtig, daran zu kratzen. Plötzlich macht Pamina einen kleinen Satz nach vorne und wiehert.

»Huch!« Ich weiche erschrocken zurück.

»Nichts passiert, mach ruhig weiter, ich halte sie fest«, ruft Colin, die Hände immer noch fest um das Pferdebein geschlungen.

Ich habe zwar überhaupt keine Lust weiterzumachen, aber da muss ich jetzt durch. Also setze ich so beherzt, wie ich nur kann, erneut den Beschlaghammer an. Kaum zu glauben, wie viel Dreck in so einem Pferdehuf steckt! Pamina steht jetzt ganz ruhig da und ist mucksmäuschenstill. Ich bekomme langsam wieder Oberwasser. Was man doch mit etwas Kreativität und Einfallsreichtum alles zustande bringt!

Ich bin mit dem ersten Huf schon fertig und will gerade den nächsten in Angriff nehmen, als Pamina sich plötzlich aus Colins Griff losreißt und sich auf beide Hinterbeine stellt.

»Wiiiehaaa!« Sie schnaubt und wiehert wie verrückt.

»Hilfeee!«, rufe ich panisch. Ich sehe mich schon hilflos unter ihren monströsen Hufen liegen, kurz davor, zertrampelt zu werden. »Hilfeee!«, rufe ich noch einmal, werfe den Hammer in weitem Bogen von mir und springe blitzschnell zur Seite.

»Hooo, braves Mädchen! Hooo!« Colin versucht mit beschwichtigenden Gesten, Pamina zu beruhigen. Und tatsächlich – sie hält still und sinkt dann langsam wieder auf alle viere.

Ich atme erleichtert aus.

Plötzlich höre ich Schritte hinter mir und drehe mich um. Rob kommt durch das Tor angelaufen. Er bleibt abrupt vor uns stehen und sieht ziemlich erschrocken aus.

»Alles in Ordnung? Hat hier jemand um Hilfe gerufen?« Er blickt von mir zu Colin und wieder zurück.

Colin winkt ab. »Alles unter Kontrolle, Rob. Trix hat sich nur ein bisschen erschreckt. Pamina mag es einfach nicht, wenn man ihr die Hufe auskratzt. Und das neue Werkzeug ist sie wohl auch noch nicht gewohnt.« Er streichelt Pamina liebevoll über den Kopf. Die Stute tänzelt unruhig hin und her und schnaubt durch ihre gigantischen Nüstern.

»Und deswegen schreist du wie von der Tarantel gestochen?« Rob sieht mich an, als ob ich nicht ganz dicht wäre. »Ein steigendes Pferd wird dir als passionierter Reiterin wohl schon das ein oder andere Mal untergekommen sein!«

Ich sehe an Colins Blick, dass er genau dasselbe denkt.

»Wisst ihr«, sage ich so würdevoll wie möglich, »ich reagiere sehr sensibel auf mir unbekannte Tiere. Ich muss sie zuerst intensiv kennenlernen, um eine tiefgehende Beziehung aufbauen zu können. Bei Pamina habe ich gleich gespürt, dass es einige Zeit dauern wird, bis wir eine solche Verbindung aufbauen.« Eine sehr, sehr lange Zeit. Wahrscheinlich zu lange für ein Pferdeleben.

Vorsichtig blinzle ich in Colins Richtung. War das zu dick aufgetragen?

Zu meiner Überraschung nickt er verständnisvoll. »Ich bin da leider überhaupt nicht feinfühlig, aber ich beneide Menschen, die diese besondere Bindung mit Pferden eingehen können.« Er wirkt zerknirscht. »Entschuldige bitte, Trix! Ich hätte dich nicht zum Hufauskratzen drängen dürfen.«

Rob sieht zuerst Colin an, dann mich. Seine Miene schwankt zwischen Ungläubigkeit und Amüsement. Gott sei Dank sagt er nichts, sondern dreht sich wortlos um und geht an den Ställen vorbei zu einem kleinen steinernen Haus mit Strohdach. Ich habe es vorher gar nicht bemerkt – das muss sein Cottage sein. In dem er sich eigenbrötlerisch sein Süppchen kocht. Mir soll's recht sein. Je weniger ich von ihm sehe, desto besser.

»Trix, ich mach schnell ein paar Boxen sauber und lass dich mit Pamina alleine. Ist dir das recht? Dann störe ich euren Kennenlernprozess nicht.« Colin nickt mir verständnisvoll zu.

»Toll, das ist sehr ... rücksichtsvoll von dir.« Ich nicke mit gespielter Dankbarkeit.

Er verschwindet in einer der Boxen, und kurz darauf höre ich eine Mistgabel über den Boden kratzen.

Argwöhnisch sehe ich Pamina an. Sie sieht nicht so aus, als ob sie neue Bekanntschaften schließen wollte. Aber irgendwas muss ich machen, schließlich kann Colin jederzeit wieder auftauchen.

Ich probiere es mit einem Lächeln. »Ein braves Pferd bist du«, sage ich einschmeichelnd.

Pamina schaut mich ausdruckslos an und bläht nur minimal die Nüstern.

»Sehr brav. Und so ... attraktiv.« Ich betrachte ihren geflochtenen Schwanz, der wirklich hübsch ist. »Sollen wir ein paar Schritte gehen?« Vorsichtig will ich das Seil vom Halfter lösen.

Pamina schnaubt bedrohlich und fletscht die Zähne.

Sofort lasse ich das Seil wieder los. »Lieber nicht? Gut, dann bleiben wir einfach noch etwas hier stehen.« Sicherheitshalber trete ich einen halben Schritt zurück.

Täusche ich mich, oder hat sich da gerade ein Vorhang im Cottage bewegt?

Das ist doch zu blöd! Wieso habe ich nicht einfach gleich zugegeben, dass ich mit Pferden absolut nichts am Hut habe?

»Trix?« Colins Kopf lugt neugierig aus einer Pferdebox heraus. In seinem Haar hängen ein paar Strohhalme. »Und, macht ihr Fortschritte?«

Ich schüttle besorgt den Kopf. »Die Schwingungen zwischen uns sind leider äußerst schlecht. So eine negative Energie ist mir noch nie untergekommen.«

»Oje«, sagt Colin bedauernd. »Auf mich wirkt Pamina eigentlich immer recht ausgeglichen. Schade, ich hätte sie dir nur zu gerne geliehen. Sie ist nämlich das beste Reitpferd, das wir haben.«

Ich versuche mich an einem demütigen Blick. »Das ist wirklich nett, aber ich fürchte, unter diesen Umständen kann ich dein Angebot nicht annehmen.«

»Willst du dann vielleicht ein anderes Pferd? Da wären noch Max und Clipper oder vielleicht Trudy, aber die sind alle drei manchmal etwas bockig ...«, überlegt Colin laut.

Ich winke hastig ab. »Das mit dem Reiten eilt überhaupt nicht, ich bin ja hoffentlich noch eine Weile hier.«

»Gut, wie du meinst.« Colin nickt etwas irritiert.

Wahrscheinlich würde ein wahrer Pferde-Aficionado niemals ein solches Angebot ausschlagen, aber das ist mir jetzt auch egal.

»In einer Viertelstunde startet Elsie mit der Gästeführung. Du wolltest sie doch begleiten, oder?«, fragt Colin. »Ich kann die Pferde auch alleine fertig machen.«

Ich nicke erleichtert. Mir ist alles recht, solange ich nicht länger hier bei diesem Ungeheuer bleiben muss. Und eins weiß ich genau: Einen Huf kratze ich garantiert nie wieder aus.

Mit einem Anflug von schlechtem Gewissen mache ich mich auf den Weg zurück zum Haus. In der Eingangshalle treffe ich auf Elsie.

»Trix!«, ruft sie erfreut. »Bist du schon fertig bei den Pferden? Dann kannst du ja jetzt doch bei der Führung dabei sein.«

»Ja, gerne«, antworte ich, ihre Frage geflissentlich ignorierend. »Colin meint, dass es wirklich gut wäre, wenn ich dich bei Bedarf vertreten kann.«

Elsies Augen leuchten auf. »Das wäre super! Deine Vorgänger sind leider alle nicht lange genug hiergeblieben, um einspringen zu können.«

»Colin hat schon etwas in diese Richtung angedeutet«, sage ich diplomatisch.

Elsie blickt mich verschwörerisch an und senkt die Stimme. »Dann hat er vielleicht auch erwähnt, dass die meisten mit Lady Chathams Führungsstil nicht ganz zurechtkamen?«

Na, das kann ich mir sehr gut vorstellen.

Elsie geht zum Empfang, öffnet eine Schublade und zieht ein Klemmbrett mit mehreren dicht beschriebenen Seiten hervor. »Das ist das ›Manuskript‹ für die Hausführungen, in dem der genaue Ablauf festgelegt ist. Es wurde von Lady Chatham höchstpersönlich verfasst«, sie wirft mir einen vielsagenden Blick zu, »und sie legt höchsten Wert darauf, dass wir uns strikt an die Vorgaben halten.«

»Wenn ihr das so wichtig ist, warum macht sie denn dann die Führungen nicht einfach selber?«, rutscht es mir heraus.

»Weil es sich für eine Schlossherrin wohl kaum schickt, die Gäste durch ihre eigenen Wohnräume zu führen. Es ist schlimm genug, das Haus überhaupt für die Öffentlichkeit zugänglich machen zu müssen.«

Ich zucke zusammen und sehe Lady Chatham hinter mir stehen. Sie muss gerade gekommen sein und mustert mich wieder einmal mit ihrem Kühlschrankblick. »Elsie, die Fenster in der Bibliothek sind dermaßen staubig, dass man fast nicht mehr durchsehen kann. Bitte kümmern Sie sich nach der Gästeführung darum.« Sie wirft mir einen herablassenden Blick zu. »Unsere Allrounderin kann Ihnen dabei ja sicher zur Hand gehen.«

Ehe wir etwas antworten können, hat Lady Chatham sich schon wieder umgedreht und schreitet davon, nur ein Hauch teuren Parfums bleibt zurück.

Elsie zuckt mit den Schultern und sieht auf ihre Armbanduhr. »Gehen wir zum Eingang. Vielleicht sind die Gäste schon da.«

»Wie lange dauert eine Führung denn normalerweise?«, frage ich interessiert.

»Etwa eine Dreiviertelstunde«, antwortet Elsie. »Früher, als Lord Chatham noch gelebt hat, haben wir die Besucher auch durch den Garten geführt. Er hat dann von seinen Pflanzen erzählt, er wusste so viel darüber. Die Leute waren immer total begeistert.«

Elsie öffnet die Eingangstür. Draußen wartet bereits ein adrettes Trio älterer Damen, die sich ehrfürchtig umschauen. Sonst ist niemand zu sehen.

»Sind das schon alle?«, raune ich Elsie verwundert zu. Sie nickt verhalten und tritt hinaus.

»Herzlich willkommen auf Chatham Place!«, begrüßt sie die Damen freundlich. »Mein Name ist Elsie Trelawney, und ich darf Sie heute durch das Schloss führen. Treten Sie doch bitte ein!«

»Darf man hier fotografieren?« Eine der Damen zückt eine Kamera.

Elsie nickt. Die Dame macht gleich einige Bilder von der Eingangshalle, während Elsie die Eintrittskarten austeilt und das Geld dafür entgegennimmt.

»Gut – wenn Sie erlauben, möchte ich jetzt mit einer kurzen Einführung beginnen.« Elsie steckt das Geld gewissenhaft in ihre Hosentasche, greift nach dem Klemmbrett und räuspert sich.

»Die Geschichte der Familie Furley beginnt offiziell im Jahr 1205. Damals wurde der Name erstmals auf einer Urkunde erwähnt. Sie wurde vom 4. Duke of Kent ausgestellt, und es handelte sich um einen Pfandbrief zum Verleih von exakt 367 Pfund, die bis zum 4. Dezember 1210 mit Zinseszins zurückzuzahlen wären. Im Jahr 1215 erfolgte dann die Schenkung von Chatham Place an die Familie, ebenfalls durch den Duke of Kent, als Dank für den wertvollen Beistand in einer kriegerischen Auseinandersetzung, und zeitgleich die Ernennung von William Furley zum ersten Baron Chatham.« Elsie blickt kurz auf und blättert dann um.

»Henry Furley, dem Sohn und Erben des ersten Baron Chatham, war kein glückliches Schicksal beschieden. Im Jahre 1220, seinem 26. Lebensjahr, starb er an einer Lungenentzündung. Glücklicherweise hatte er bereits zwei Söhne, sodass der ältere der beiden, Henry Furley II., im Jahr 1232, dem Jahr seiner Volljährigkeit, den Titel und damit auch das Schloss und die Ländereien erbte. Dessen Sohn Archibald wiederum, der 1233 ...«

Elsies Stimme entfernt sich weiter und weiter. Ich bin mit meinen Gedanken komplett woanders. Die drei

Damen haben ebenfalls einen leicht glasigen Blick. Ich sehe mich in der Eingangshalle um. Sie ist wirklich imposant. Man könnte hier hervorragend eine Riesenparty veranstalten, es hätten garantiert zwei- oder dreihundert Leute Platz. Ich stelle mir vor, wie ein DJ auf der Balustrade seinen Sound mixt und die Menge wie elektrisiert tanzt. Vielleicht in stylishen Zwanzigerjahre-Klamotten? Oder im opulenten Barock-Look? Eine Kostümparty, ja, das wär's. Ich kann das bei der nächsten Gelegenheit ja mal Colin vorschlagen.

»... kommen wir jetzt zur vorvorletzten Generation der Familie und damit zum 14. Baron Chatham. Er war ein bedeutender Botaniker und importierte zahlreiche Pflanzen aus dem Fernen Osten nach England, fertigte Zeichnungen an und veröffentlichte eine kleine Schriftenreihe über sein Fachgebiet. Dafür wurde er sogar von Queen Victoria persönlich ausgezeichnet. Und nun folgen Sie mir bitte!« Elsie setzt sich in Bewegung.

Ich atme auf, die Damen ebenfalls. Wir betreten das Zimmer, in dem ich gestern mein erstes Gespräch mit Colin geführt habe.

»Das ist der grüne Salon. Die Holzvertäfelung stammt aus dem 17. Jahrhundert und wurde vom 10. Baron Chatham persönlich entworfen. Wenn Sie genauer hinsehen, entdecken Sie liebevoll gestaltete Jagdmotive in den Intarsien. Er war ein begeisterter Jägersmann und wollte seine Leidenschaft verewigt wissen. Auch sein Lieblingshund ist hier zu finden.« Elsie deutet auf eine undeutliche Schnitzerei in der Vertäfelung. Die Damen treten näher und betrachten sie mit angestrengter Miene.

Elsie wirft wieder einen Blick auf das Manuskript. »Ebendieser Lord Chatham war auch ein glühender Verfechter des Kanons zu einer Zeit, als die Barocksuite gerade in Mode kam. Er ist der Verfasser mehrerer Kanons in D-, E- und G-Dur. Leider sind keine Originalnoten von ihm überliefert.«

Ich habe zwar keine Ahnung von Musik, nicke aber trotzdem interessiert. Ich glaube, Elsie braucht dringend moralische Unterstützung.

»Gehen wir weiter zur Bibliothek«, sagt sie, führt uns zurück in die Eingangshalle und öffnet die große Tür zur Bibliothek.

Wieder liest sie vom Klemmbrett ab: »Der Buchbestand hier ist einer der größten im Süden Englands. Der 5. Baron Chatham war ein großer Literaturliebhaber und gilt als Begründer der Bibliothek. Er hat unter anderem eine Ausgabe des Erstdrucks von Dantes *Inferno* erworben. Außerdem war er ein versierter Kenner der ...«, Elsie kneift die Augen zusammen, um ihr Manuskript besser entziffern zu können, »... elisabethanischen Dramenliteratur des 16. Jahrhunderts und hat sich mit mehreren Essays darüber ausgezeichnet. Leider wollte niemand in der Familie sein Werk fortführen, und so sind seine Verdienste ein wenig in Vergessenheit geraten.«

Die Damen sehen desinteressiert an den Bücherregalen hoch. Eine hat Mühe, sich ein Gähnen zu verkneifen.

»Und nun weiter zur Ahnengalerie.« Elsie tritt aus der Bibliothek und führt uns einen Gang entlang.

Huch, ich habe noch gar nicht bemerkt, dass hier so viele Bilder hängen!

»Sie sehen die bedeutendsten Porträts der Familie. Hier gleich rechts zum Beispiel ist Lady Chatham, Gattin des 6. Baron Chatham, abgebildet.«

Eine verschlagen aussehende Dame mit Rokokokleid und weiß gepuderter Turmfrisur blickt uns entgegen.

»Der 6. Baron Chatham war bereits ihr dritter Ehemann, seine zwei Vorgänger starben unter ungeklärten Umständen ...«

Fünf Porträts und drei spärlich dekorierte Räume später wünsche ich mir sehnlichst das Ende der Tour herbei. Und den drei Damen steht ins Gesicht geschrieben, dass es ihnen genauso ergeht.

Ob es wohl sehr unhöflich wäre, wenn ich kurz in mein Zimmer ... Ich reiße mich zusammen. Ja, das wäre wirklich sehr unhöflich. Aber ich kann mir nicht helfen – die Führung ist einfach sterbenslangweilig. Es ist eine einzige Aneinanderreihung von Anekdoten über längst verblichene Familienmitglieder, und davon ist eine fader als die andere. Wenn es wenigstens Anekdoten über Colin wären, dann könnte ich ein paar wertvolle Infos sammeln.

»Und was ist mit dem Boudoir von Lady Emma?«, fragt die Dame mit der Kamera schüchtern. »Deswegen sind wir ja eigentlich gekommen.«

Elsie nickt. »Den Höhepunkt der Führung behalten wir uns immer bis zum Schluss auf. Wir machen noch einen kurzen Abstecher in den blauen Teesalon, und dann gehen wir direkt ins berühmte Schlafzimmer.«

Jetzt bin ich aber doch gespannt. Nicht auf den blauen Teesalon natürlich. (Der ist eher langweilig eingerichtet, mit noch mehr Porträts, taubenblauen Teppichen und mehreren zierlichen Chippendale-Tischchen, an denen in früheren Jahrhunderten jeden Tag um Punkt siebzehn Uhr ein Tässchen Earl Grey genossen wurde. Inzwischen nagt deutlich sichtbar der Holzwurm an ihnen.) Aber auf Lady Emmas Schlafzimmer!

»Das ist es also.« Elsie öffnet schwungvoll die Tür zum berühmten Boudoir, was ihrer Erklärung nach so viel wie »Schmollraum« bedeutet, und wir treten neugierig ein.

Wir stehen in einem Zimmer, meinem nicht unähnlich, nur mit einem noch größeren Himmelbett an der Stirnseite und sehr vielen roten Plüschpolstern. Eine silbern durchwirkte Tagesdecke liegt wie ein erlegter Tiger schlapp über dem Bett, und auf dem Nachtkästchen ist ein Porträt von George III. platziert. Ob Lady Emma so wohl gut einschlafen konnte? Schließlich war der König nicht gerade eine Augenweide.

Wir treten näher an das Bett heran.

»Sind das denn die originalen Textilien?«, fragt die Dame, die vorhin gegähnt hat, und will eines der Plüschpolster anfassen.

»Bitte nicht berühren!«, geht Elsie nervös dazwischen. Sie sieht so aus, als würde sie der Besucherin am liebsten auf die Finger klopfen.

»Gab es denn im 17. Jahrhundert schon Plüsch?«, frage ich interessiert.

Elsie schüttelt den Kopf. »Nein, gab es nicht, und das

sind auch nicht die Originaltextilien. Wir hatten sie, bis vor etwa fünf Jahren, aber es gab dann leider einen starken Mottenbefall, und wir mussten sie entsorgen.« Sie blickt verlegen in die Runde. »Lady Chatham hat sie daraufhin durch diesen ... stilvollen Mix ersetzt.«

Wir stehen ehrfürchtig um das geschichtsträchtige Bett herum.

»Kaum zu glauben, dass George, der *Bauer*, tatsächlich eine Geliebte hatte«, flüstert die Dame mit dem Fotoapparat. Ihre Begleiterinnen nicken fasziniert.

Ich persönlich finde die Geschichte von Lady Emma und King George ja etwas ... reißerisch. Während seiner zahlreichen Besuche auf Chatham soll er des Öfteren Lady Emmas Schlafzimmer aufgesucht und dabei ein uneheliches Kind gezeugt haben. Er, der König von England! Dabei war er laut der Geschichtsbücher ein Ausbund an Frömmigkeit. Fast ein Heiliger. Gut, ich gebe zu, das weiß ich nicht aus Geschichtsbüchern, sondern aus dem Internet. (Ich hab gestern im Zug noch ein bisschen über Chatham recherchiert.) Und jetzt ist der arme George mausetot und kann sich nicht mehr wehren.

Das Besucherinnentrio macht noch einige Fotos, und dann gehen wir wieder zurück in Richtung Eingangshalle.

»Somit sind wir auch schon am Ende unserer Tour angekommen. Ich hoffe, es hat Ihnen gefallen und Sie empfehlen uns weiter!« Elsie schaut herzlich in die kleine Runde.

»Und was ist mit dem Garten?«, fragen die drei unisono.

»Uns wurde erzählt, er sei ein wahres Kleinod!«, fügt eine von ihnen hinzu.

»Nun ja, das stimmt, allerdings hat die Pflege des Gartens seit dem Tod von Lord Chatham ein wenig ... nachgelassen.« Elsie windet sich unbehaglich. »Deswegen bieten wir zurzeit keine Führungen an. Aber Sie können ihn natürlich gerne auf eigene Faust erkunden.«

Die Damen nicken, etwas enttäuscht, und verabschieden sich.

Als die Eingangstür hinter ihnen ins Schloss fällt, atmet Elsie tief aus. »Puh, geschafft!« Sie streicht sich eine widerspenstige Locke aus der Stirn. »Wie fandst du's? Ich hab irgendwie kein richtiges Talent für diese Führungen ...«

»Doch, doch, es war sehr ... lehrreich«, beeile ich mich zu sagen. Wenn man vorhat, eine Doktorarbeit über den Stammbaum der Furleys zu schreiben.

»Wirklich?« Elsie sieht mich erleichtert an. »Ich finde ja, das Manuskript könnte an einigen Stellen ein paar Kürzungen vertragen.« Sie blickt auf ihre Armbanduhr. »Hast du auch Hunger? Sollen wir uns aus der Küche ein paar Sandwiches holen und uns raus in den Garten setzen? Es ist sowieso gleich Mittagspause.«

»Welche Mittagspause?«, frage ich verdutzt.

Elsie sieht mich vielsagend an. »Lady Chatham ist der Meinung, dass zur Mittagszeit keine Besucher im Schloss umherwandeln dürfen. Deshalb haben wir jeden Tag von zwölf bis halb drei geschlossen.«

»Wir sperren doch erst um zehn auf – und schließen um sechs. Und dann gibt es noch zweieinhalb Stunden

Mittagspause?« Ich rechne erstaunt nach. Bleiben fünfeinhalb Stunden Öffnungszeit für Besucher.

»Natürlich ist das kompletter Blödsinn.« Plötzlich steht Rob hinter mir.

Ich zucke zusammen. Wie machen das die Leute hier bloß, dass ich es nie mitbekomme, wenn sie sich nähern? Zuerst Lady Chatham, jetzt Rob.

»Wenn ich an Lady Chathams Stelle wäre, würde ich das Schloss von Sonnenaufgang bis Mitternacht öffnen, nur um mehr Besucher hierherzulocken.« Rob schüttelt den Kopf und verschwindet, genauso schnell wie er gekommen ist, in Richtung Bibliothek.

Elsie zuckt ratlos mit den Schultern. »Die Öffnungszeiten sind neu. Früher, als Lord Chatham noch gelebt hat, war das Schloss sechs Tage die Woche von früh bis spät geöffnet. Im Sommer haben wir sogar manchmal Picknickabende veranstaltet.« Ihr Blick wird ein wenig wehmütig. »Lady Chatham wird sicher ihre Gründe haben, aber ich glaube nicht, dass die neuen Öffnungszeiten uns sonderlich helfen.«

»Und warum sagt Colin nichts dazu? Er hat doch erst heute Morgen selbst zugegeben, dass Chatham ein paar mehr Besucher vertragen könnte.«

»Er versucht es ja«, Elsie senkt die Stimme und sieht sich verstohlen um, »aber er kann sich einfach nicht gegen seine Mutter durchsetzen. Er ist viel zu nett.«

Interessant. Das deckt sich haargenau mit meinem Eindruck von Colin. Da wartet noch ein gutes Stück Arbeit auf mich.

Wir finden in der Küche zwei von Ernies leckeren Eier-Kresse-Sandwiches und gehen damit hinunter zum Rondell. Etwas abseits davon steht, versteckt zwischen mehreren Büschen, eine kleine Marmorbank, die von einem schmiedeeisernen Rosenbogen überdacht wird.

»Elsie, weißt du, was es mit diesem National Trust genau auf sich hat?«, frage ich, während wir uns setzen. Diese Frage geistert schon den ganzen Tag in meinem Hinterkopf herum.

»Soweit ich weiß, kümmert er sich um den Erhalt von historischen Gebäuden.« Sie beißt herzhaft in ihr Sandwich. »Wenn der Trust ein Anwesen aufnimmt, bekommen die Eigentümer finanzielle und oft auch personelle Unterstützung, so hat es mir zumindest Colin erklärt. Meistens werden diese Gebäude dann auch für die Öffentlichkeit zugänglich gemacht – was bei uns ja schon der Fall ist – und professionell vermarktet.«

»Haben Colin und seine Mutter denn eine solche Unterstützung nötig?«, frage ich verdutzt.

Elsie zuckt mit den Schultern. »Ich weiß es nicht, aber ich glaube, dass es heutzutage echt schwierig ist, ein so großes Anwesen am Laufen zu halten. Und wie gesagt, Besucher waren auch schon mal wesentlich mehr hier.«

»Und welche Rolle spielt Rob in dem Ganzen?«

»Er soll prüfen, ob und wie Chatham Place in den National Trust integriert werden könnte. Er sucht wohl nach Quellen, die beweisen, dass die Legende um King George und Lady Emma wahr ist, denn das wäre für den Trust anscheinend ein Grund, Chatham zu unterstützen. Colin sagt, dass wir ein Riesenglück haben, dass sie uns Rob geschickt haben. Er soll einer der besten Mitarbeiter des Trusts sein.«

Und garantiert auch einer der unfreundlichsten. Obendrein noch ziemlich pessimistisch. Müssen die Furleys sich das wirklich gefallen lassen? Ich meine, wie schlecht kann es ihnen denn gehen? Immerhin haben sie ein Schloss inklusive Schlosspark, Pferdestall und Bediensteten. Und sie werden wohl auch einiges auf der hohen Kante haben: ein paar Aktienpakete da, Beteiligungen dort, vielleicht auch ein Goldschließfach bei der Bank of England. So läuft das doch in diesen Kreisen. Genau. Je länger ich darüber nachdenke, desto sicherer bin ich, dass es um Chatham Place gar nicht so schlecht bestellt sein *kann*.

Geistesabwesend schnuppere ich an den dunkelroten Rosen über uns.

»Sind sie nicht wunderschön?« Elsie berührt liebevoll eine Blüte. »Man müsste sie jetzt stutzen. Es wäre gerade die richtige Zeit, damit sie im Sommer wieder voll blühen.«

»Du kennst dich mit Pflanzen aus?«, frage ich verwundert.

Elsie nickt begeistert. »Als ich klein war, hat mich Großvater oft hierher mitgenommen, und ich durfte ihm helfen. Er hat mir gezeigt, wie man Rosenbüsche zurechtschneidet, Sträucher für den Winter bereit macht, Blumenrabatte bepflanzt und solche Dinge. Nichts Großartiges, aber es hat mir immer gefallen, im Freien zu arbeiten.« Sie schaut sich um, und ihr Blick wird traurig. »Es tut richtig weh, diesen wunderschönen Garten so verwildert zu sehen. Er war immer der prachtvollste weit und breit.«

Ich kann gut verstehen, was sie meint. Ich habe nun wirklich keinen grünen Daumen, aber sogar mir versetzt es einen Stich, wenn ich all das Gestrüpp sehe, das früher einmal kunstvoll in Form geschnitten war. Wie muss das erst für jemanden sein, der das Gärtnern wirklich liebt? Nachdenklich betrachte ich Elsie, die ihr Sandwich zu Ende isst und sich dann die Mundwinkel abwischt.

»Und du?«, fragt sie. »Vermisst du London schon? Für eine Großstadtpflanze muss es bei uns doch sehr eintönig sein.«

Ich schüttle den Kopf. »Ehrlich gesagt war mir das Leben dort in der letzten Zeit eh viel zu hektisch.« Das ist nicht mal gelogen. Es hat in der Tat etwas äußerst Hektisches an sich, wenn man schweißgebadet hinter seiner Wohnungstür lauert, um nicht auf der Straße zu landen. »Dann der ständige Lärm«, fahre ich fort, »und erst der Verkehr! Als Fotografin braucht man Phasen der Ruhe, der Inspiration ... Deswegen hatte ich das Gefühl, etwas mehr Stille und Verbindung zur Natur würden mir ganz guttun.«

Elsie nickt. »Ich glaube, mir würde das Stadtleben auf Dauer auch zu stressig werden. Deshalb liebe ich Chatham. Aber manchmal wäre ein bisschen Abwechslung nicht schlecht. Bei uns sagen sich ja wirklich Fuchs und Has' gut' Nacht.«

»So wenig Abwechslung gibt es hier doch gar nicht«, sage ich trocken. »Wenn man im Garten vorne fertig gejätet hat, ist hinten schon wieder das Unkraut gewachsen.«

Elsie lacht. »Da hast du recht.«

Sie steht auf. »Komm, wir holen uns noch was Süßes aus der Küche.«

Sie ist wirklich schwer in Ordnung. Ich ignoriere mein aufkommendes schlechtes Gewissen, so gut es geht, und folge ihr hinauf zum Schloss.

Kurz vor dem Abendessen betrete ich erschöpft mein Zimmer, nachdem Elsie und ich den ganzen Nachmittag die wirklich schmutzigen Fenster in der Bibliothek geputzt haben. Ich will gerade in die Wanne steigen (die Handbrause benimmt sich seit dem ersten Intermezzo äußerst manierlich), da läutet mein Handy. Es ist Patricia. Wer auch sonst.

»Hi, Patricia!«

»Hi, Trix! Los erzähl, wie ist es? Wie ist er?« Ich kann durchs Telefon förmlich spüren, wie aufregend sie das alles findet.

»Nun, es gefällt mir echt gut hier. Das Schloss ist toll ... und der Garten erst! Die Arbeit ist anstrengend, aber schön ... und Colin ist wirklich nett ... aber das muss unter uns bleiben, okay?«

»Jaja«, sagt sie ungeduldig. »Hör mir jetzt gut zu, meine Liebe!« Sie atmet tief aus, als ob sie sich selbst und mich gleichzeitig damit beruhigen wollte. »Du musst unbedingt rasch und entschlossen handeln. Denk dran: Das Vieh gehört schon vor dem ersten Regentropfen in den Stall!«

Und schon bereue ich es, ihr so viel verraten zu haben. »Patricia, ganz so einfach ist es nun auch wieder nicht. Ich muss ihn doch erst richtig kennenlernen ... Vertrauen zwischen uns aufbauen ... herausfinden, ob wir wirklich zueinander passen. Das braucht Zeit!«

»I wo!« Patricia schnaubt abfällig. »Das soll eine Zweckgemeinschaft werden, keine Nicholas-Sparks-Romanze. Du musst dich beeilen, Trix! Fackel nicht zu lange herum. Wer weiß, wer es noch auf ihn abgesehen hat!«

Ich erwidere nichts darauf, denn jeder weitere Einwand wäre zwecklos.

»Ich habe übrigens auch Neuigkeiten.« Sie legt eine effektvolle Pause ein. »Es gibt eine heiße Spur zu Alex!«

Alex?!? Seinen Namen zu hören versetzt mir einen Stich. Ich will nichts von ihm wissen, nicht hier, in meiner sicheren südenglischen Oase.

»Patricia, ich finde es wirklich sehr nett, dass du dich so engagierst, aber ich will ihn eigentlich gar nicht mehr finden«, sage ich lahm.

Ein empörtes Schnauben folgt. »Was soll das heißen, du willst ihn nicht mehr finden? Lässt du ihn einfach so davonkommen? Wie gesagt, ich habe eine wirklich heiße Spur ...«

Ich bin plötzlich unglaublich geschafft. »Patricia, mein Akku ist gleich alle. Ich melde mich, wenn es was Neues gibt. Grüß Harold schön!« Ich lege einfach auf und schalte schnell das Handy aus.

Ich fühle mich ein wenig schuldbewusst, aber auch

erleichtert. Das Kapitel mit Alex ist für mich abgeschlossen, und damit Schluss, aus, Ende.

Eine halbe Stunde später will ich, frisch gebadet und schon wieder mit knurrendem Magen, gerade in Richtung Küche abbiegen, als sich hinter mir jemand laut vernehmlich räuspert.

Ich drehe mich um. Es ist Lady Chatham.

»Ja, bitte?«, sage ich höflich.

»Sie haben doch heute die Fenster in der Bibliothek saubergemacht.« Es ist mehr eine Feststellung als eine Frage.

»Ja, das haben wir«, sage ich, immer noch um einen höflichen Tonfall bemüht.

»Interessant, denn das Fenster hinten rechts war immer noch schmutzig, als ich vorhin nachgesehen habe.« Sie lächelt mich kühl an. »Vielleicht könnten Sie noch nachbessern? Jetzt sofort?«

Die Kuh. Sie weiß ganz genau, dass es gleich Abendessen gibt. Aber diese Blöße gebe ich mir nicht.

»Natürlich, Mylady, sehr gerne«, erwidere ich dienstbeflissen und gehe zur Abstellkammer, wo sich die Putzutensilien befinden.

Mit Lappen und Eimer bewaffnet stehe ich zwei Minuten später vor dem besagten Fenster. Da ist absolut nichts zu sehen, außer vielleicht einem verschwommenen Streifen, aber ich wische sicherheitshalber noch einmal darüber. »Wenn sie jetzt noch was findet, kann ich ihr auch nicht mehr helfen«, murmle ich vor mich hin. Aber sie wollte mich ja sowieso bloß schikanieren.

Mein Blick fällt auf den gemütlichen antiken Ohrensessel aus Leder, der unter dem Fenster steht. Ich wollte mich schon heute Nachmittag hineinsetzen, hab mich aber nicht getraut, weil auch Ms Miller zu uns gestoßen ist und das sicher nicht gutgeheißen hätte. Aber jetzt habe ich mir eine kleine Belohnung verdient, finde ich. Ich setze mich also hin, lehne mich zurück und lege die Füße auf den kleinen Hocker, der vor dem Sessel steht. Ah, herrlich ist das, wirklich bequem! Ich merke, dass meine Augenlider schwer werden. Es war aber auch wirklich ein anstrengender Tag heute …

Ich weiß nicht, wie lange ich gedöst habe, aber plötzlich wache ich auf, weil ich gedämpfte Stimmen näher kommen höre. Unwillkürlich rutsche ich ein Stück tiefer in meinen Sessel.

»… hier rein, es müssen uns nicht alle hören.« Das ist Colin, eindeutig, und er klingt ziemlich erregt.

»Es gibt bis dato keinerlei Beweise, dass nicht irgendeiner eurer Vorfahren die Geschichte um King George und Lady Emma einfach erfunden hat, um damit Aufmerksamkeit zu erregen. Die Fakten halten keiner ernsthaften wissenschaftlichen Überprüfung stand.« Ich erkenne Robs rauen Akzent.

»Und was ist mit dem Eintrag im Ahnenbuch und dem Vermerk in den Akten von 1797? Sind das keine Beweise?« Colin klingt aufgebracht. »Und wie erklärst du dir die Tatsache, dass sich die Furleys bis zu genau dem Zeitpunkt, zu dem sich der König und Lady Emma kennengelernt haben, immer nur gerade so über Wasser halten konnten und dann plötzlich genug finanzielle

Mittel hatten, um das Schloss zu restaurieren und sogar zu erweitern?«

»Colin, das kann ein Dutzend Gründe haben.« Robs Stimme ist jetzt eindringlich. »Es ist eine Sache, ob ihr irgendwelchen deutschen Bustouristen weismacht, dass hier ein unehelicher Nachfahre eines der bedeutendsten Herrscher Großbritanniens gezeugt wurde, aber eine komplett andere, wenn diese Legende den Trust dazu bringen soll, Hunderttausende in die Renovierung des Anwesens zu stecken!«

Colin atmet laut hörbar aus. »Ich verstehe ja, dass der Trust nichts investieren kann, solange keine Beweise vorliegen. Aber für uns ist die Geschichte von King George und Lady Emma wahr, sie ist Teil unserer Familientradition. Wahrscheinlich ist das für jemanden von außen ziemlich schwer zu verstehen.«

»Allerdings.« Rob macht eine Pause. »Nun, noch ist ja nichts entschieden. Aber du weißt, wie es um euch steht. Wir müssen einen stichhaltigen Beweis finden. Und das bald.«

»Ja, das weiß ich. Und ich weiß deine Hilfe wirklich sehr zu schätzen, Rob.« Ich höre, wie er die Tür öffnet. »Ich muss jetzt zum Essen. Mutter wartet sicher schon.«

»Gut, dann sehen wir uns später.«

Die Tür fällt zu, und ihre Schritte entfernen sich. Vorsichtig richte ich mich auf und luge über den Sesselrand. Die Luft ist rein.

Du weißt, wie es um euch steht.

Das klingt ja gar nicht gut. Und das Gespräch war eindeutig nicht für fremde Ohren bestimmt. Stecken

Colin und seine Mutter etwa wirklich in Schwierigkeiten?

Mit einem unguten Gefühl verlasse ich ebenfalls die Bibliothek.

»Trix, wo warst du denn? Wir haben mit dem Essen auf dich gewartet«, begrüßt mich Elsie in der Küche.

»Ich musste noch mal in die Bibliothek, weil Lady Chatham ein Fenster nicht sauber genug war«, sage ich und setze mich an den gedeckten Tisch.

Elsie zieht eine Grimasse. »Sie kann manchmal wirklich unausstehlich sein, nicht wahr?«

Ernie grinst, während er einen monströsen Suppentopf in der Tischmitte platziert. »Auf jeden Fall hat man den Eindruck, dass Colins größte Aufgabe nicht das Schloss ist, sondern seine Mutter bei Laune zu halten.«

Wir müssen alle drei lachen. Doch während ich die Suppe löffle, komme ich wieder ins Grübeln. Was hat Rob gemeint? Ich muss das unbedingt in den nächsten Tagen herausfinden.

Kapitel acht

Die nächsten Tage vergehen wie im Flug. Meine Hilfe wird an allen Ecken und Enden gebraucht, da hat Colin nicht übertrieben. Ich bange immer noch, dass er mich wieder in den Stall beordert oder zu einer Reitpartie einlädt, aber das ist bisher nicht passiert. Was auf der einen Seite eine echte Erleichterung ist, auf der anderen aber auch etwas ungünstig, weil er so immer alleine ausreitet. Gestern habe ich gesehen, wie er auf Pamina die Auffahrt runtergeprescht ist. Er hat dabei eine richtig gute Figur gemacht.

Von Lady Chatham sehen wir wenig. Sie ist meistens auswärts beschäftigt, was uns allen nur recht ist. Sobald sie auftaucht, sinkt die Stimmung nämlich ein paar Grad unter den Gefrierpunkt.

Auch Rob habe ich schon länger nicht mehr zu Gesicht bekommen. Er war für ein paar Tage in London, um etwas für den Trust zu recherchieren (weiß ich von Elsie) und ist erst gestern spätnachts wieder zurückgekommen (weiß ich, weil ich vom hintersten Fenster meines Zimmers aus über die Gartenmauer bis zu seinem Cottage blicken kann). Ich bin von einem Motorengeräusch geweckt worden und habe gesehen, wie sein

Wagen in den Weg zum Cottage eingebogen ist. Nicht dass mich das sonderlich interessieren würde.

Ich habe andere Sorgen. Bis jetzt verläuft »Mission Colin« nämlich nicht ganz nach Plan. Oder besser gesagt: überhaupt nicht nach Plan. Nicht dass ich jemals einen wahnsinnig ausgeklügelten gehabt hätte. Ich weiß nur, dass ich offensiver an die Sache herangehen müsste. Ich sollte Gelegenheiten schaffen, noch und nöcher. Aber das gelingt mir nicht ganz, und ich weiß auch, weshalb: Erstens verbringen Colin und ich kaum einen ungestörten Moment miteinander. Immer ist jemand anders da – Elsie, Ernie, Ms Miller … Zweitens leidet meine Kreativität etwas unter dem Umstand, dass ich jeden Tag wie eine Verrückte rackere und abends todmüde ins Bett falle. Und drittens habe ich ein schlechtes Gewissen. Schließlich liegen meiner Mission zutiefst unmoralische Absichten zugrunde, und das macht mir immer mehr zu schaffen.

Auch wenn ich also in dieser Hinsicht ein klein wenig entmutigt bin: Je länger ich hier auf Chatham bin, desto besser gefällt es mir. Nehmen wir zum Beispiel mein Zimmer: Wenn man sich erst einmal an die komischen Geräusche und die ständige Zugluft gewöhnt hat, ist es überhaupt nicht mehr seltsam. Ich finde es inzwischen sogar ganz beruhigend, die Fensterläden klappern zu hören.

Außerdem merke ich, wie gut mir die körperliche Aktivität und die viele frische Landluft tun. Mein Gesicht hat eine gesunde Farbe angenommen, und ich wage zu behaupten, dass auch meine Putzkünste wesentliche Fortschritte gemacht haben. Ms Miller hat mich neulich sogar ausdrücklich gelobt: Die Silberwappen in der Eingangshalle hätten noch nie mehr geglänzt als nach meiner gründlichen Politur.

Was mir aber am allerbesten gefällt, ist die Tatsache, dass ich meilenweit entfernt von London bin. Schon bei der bloßen Vorstellung einer Rückkehr ziehen sich meine Eingeweide zusammen, und mein linker kleiner Zeh beginnt zu jucken, was etwas lästig ist. Also denke ich besser nicht dran. Nie.

Nicht dass ich sehr viel Zeit zum Nachdenken hätte. Auch wenn mir die Schufterei echt Spaß macht: Niemals hätte ich mir ausgemalt, dass in einem Schloss so viel Arbeit wartet. Oder zumindest in diesem Schloss.

Heute sind beispielsweise die Vorhänge aus dem grünen Salon dran – unendlich lange Stoffbahnen aus Samt, Leinen und Brokat. Dem Grauschleier nach zu urteilen, ist die letzte Wäsche schon eine ganze Weile her – Elsie tippt auf die späten Sechziger und Ms Miller auf die Zeit kurz nach dem Zweiten Weltkrieg. Das Problem ist, dass wir nicht einmal genau wissen, wie wir sie von den Gardinenstangen herunterbekommen sollen. Und dann?

»Man kann doch unmöglich eine halbe Tonne Stoff auf einmal in die Waschmaschine stopfen.« Ms Miller betrachtet die monströsen Vorhänge mit ratloser Miene.

»Vielleicht könnten wir einem Herrenhaus in der Nachbarschaft einen Besuch abstatten und uns dort unauffällig nach deren Vorhangwaschgewohnheiten erkundigen?«, schlage ich vor.

Elsie hält das für eine gute Idee, aber Ms Miller ist nicht gerade begeistert. Sie meint, dass es doch ziemlich peinlich für die Furleys wäre, wenn andere Schlossbesitzer herausfänden, wie lange die Vorhänge hier schon nicht mehr gewaschen wurden.

»Nein, Mädchen, wir müssen sie draußen reinigen und dann in der Sonne trocknen lassen«, sagt sie bestimmt.

Wir steigen also auf einer wackeligen, schwankenden Leiter hinauf zu den Vorhangstangen, werkeln umständlich an ihnen herum, schaffen es nach einer halben Ewigkeit, die Vorhänge abzunehmen, und schleppen sie nach draußen in den Garten.

»Puh, sind die schwer!«, ruft Elsie mit knallrotem Kopf, während sie ein moosgrünes Ungetüm aus Brokat auf den Rasen hievt.

Ich nicke nur angestrengt, da ich selbst gerade einen überdimensional großen Samtvorhang hinter mir herschleife. Aus den Augenwinkeln sehe ich, wie Rob quer über den Rasen auf mich zukommt.

»Kann ich dir helfen?«, fragt er, bleibt vor mir stehen und deutet auf den Vorhang. »Der sieht verdammt schwer aus!«

»Nein, es geht schon«, bringe ich mit Müh und Not hervor.

»Ganz wie du meinst.« Er zuckt mit den Schultern und geht weiter in Richtung Cottage.

Ich blicke ihm kurz nach. Nun, er wollte meine Hilfe nicht, also brauche ich seine auch nicht. Vielen Dank auch.

Elsie und ich breiten die riesigen Stoffbahnen auf dem Rasen aus und nehmen große Bürsten zur Hand. Ms Miller schafft inzwischen einige Eimer heran und leert literweise Wasser über die Vorhänge.

»Jetzt fest bürsten, Mädchen, fest bürsten!«, ruft sie uns zu, während sich ein weiterer Schwall Wasser auf die Stoffbahnen ergießt.

Ich schrubbe, so fest ich nur kann, bis mir der Schweiß in Strömen über die Stirn läuft.

Die Sonne steht schon tief am Himmel, als wir endlich fertig sind und auch der letzte Vorhang wieder sauber und duftend im Salon hängt.

»Ich bin komplett erledigt!«, stöhnt Elsie und massiert sich den Nacken. »Ich glaube, ich geh direkt nach Hause unter die Dusche.«

Auch Ms Miller sieht ziemlich abgekämpft aus. »Ihr wart wirklich fleißig, Mädchen, vielen Dank für eure Hilfe!«

Auch ich bin erledigt, aber das sanfte Abendlicht ist geradezu ideal für Fotos. Deshalb schnappe ich mir meine Kamera und gehe in den Garten, um noch ein paar Aufnahmen zu machen. Jetzt, wo der Druck wegfällt, mit meinem Hobby Geld verdienen zu müssen, kann ich das Fotografieren wieder genießen. Vielleicht liegt es aber auch daran, dass ich hier keine lärmenden Kindergruppen knipsen muss, sondern einfach drauflos fotografieren kann. In den letzten Tagen habe ich die Felder und die Lindenallee abgelichtet, die Schlossfassade und den Garten, dessen morbider Charme auf einigen Bildern richtig gut zur Geltung kommt. Sogar zu den Ställen habe ich mich neulich gewagt und Pamina porträtiert (aus sicherer Entfernung, mit einem Zoomobjektiv).

Gestern hatte ich die Idee, dass auch der Rosenbogen über der Marmorbank ein schönes Motiv abgeben könnte. Ich suche noch nach einem passenden Winkel, um ihn zu fotografieren, als mich urplötzlich eine unglaubliche Müdigkeit überkommt. Die Vorhangwascherei war wirklich anstrengend. Ich könnte mich ja nur ganz kurz ins Gras legen ...

Herrlich. Über mir ist nichts zu sehen als der blassblaue Himmel, geschmückt mit ein paar zartrosa Schäfchenwolken. Ich schließe die Augen. Es ist so friedlich hier, die Abendsonne streichelt sanft meine Augenlider, und ich bin kurz davor einzudösen.

Plötzlich fällt ein Schatten auf mich. Unwillig öffne ich ein Auge. Rob steht vor mir.

Ich öffne auch das andere Auge. Er trägt Shorts und ein eng anliegendes Sportshirt, das wenig Raum für Fantasie lässt. Ich richte mich auf.

»Hi!« Er wirkt etwas verlegen. Was er absolut nicht nötig hat, denn sein Auftreten ist ... nun ja ... ziemlich – nein: umwerfend attraktiv.

Die Hemden, die er normalerweise trägt, verbergen recht gut, was er zu bieten hat: einen wohlgeformten Oberkörper, muskulöse Arme und breite Schultern. Ich liebe breite Männerschultern. Alex hatte auch solche Schultern, denke ich mit einem Anflug von Wehmut. Um dann gleich wieder verstohlen die von Rob zu betrachten. Es ist mir etwas unangenehm, das zuzugeben, aber: Er sieht einfach nur heiß aus. Wie ertappt löse ich meinen Blick von ihm und hoffe, dass er ihn nicht bemerkt hat.

»Warst du joggen?«, frage ich lahm. Blöde Frage. Er trägt Laufschuhe, Laufkleidung und ist ziemlich verschwitzt.

Er nickt. »Es gibt hier ein paar tolle Trails durch den Wald. Wie zu Hause.«

»In London?«, frage ich verwundert. Vielleicht wohne – korrigiere: wohnte – ich im falschen Teil der Stadt, aber auf Waldwegen war ich in London nie unterwegs.

Rob schüttelt den Kopf und grinst. »Ich komme ursprünglich aus Schottland.«

Eine etwas unangenehme Gesprächspause entsteht. Ich bemühe mich redlich, nicht wieder auf seinen Oberkörper zu starren. Was trägt er aber auch dieses enge Shirt?

»Wir hatten keinen idealen Start, oder?« Wieder sieht er mich verlegen an. »Ich war, glaube ich, etwas unfreundlich zu dir.« Er deutet neben mich. »Darf ich?«

Ich nicke verdattert.

Rob lässt sich ins Gras fallen. »Als du ankamst, warst du bereits die fünfte Allrounderin in nicht einmal vier Wochen. Ehrlich gesagt dachte ich mir: Schon wieder jemand, der nur im Weg steht und nach ein paar Tagen wieder verschwindet. Von deinen Vorgängerinnen konnte ich mir teilweise nicht einmal die Namen merken, so schnell waren sie wieder verschwunden. Sie waren übrigens alle entweder hoffnungslose Schloss-Romantikerinnen oder Goldgräberinnen auf der Suche nach einem reichen Mann – oder beides.« Er schüttelt ungehalten den Kopf. »Nur gut, dass Colin gegen solche Avancen komplett immun ist.« Jetzt grinst er. »Ich glaube, die meisten Flirtversuche hat er nicht einmal registriert, der Gute!«

Ein leicht mulmiges Gefühl macht sich in meinem Magen breit. Als Goldgräberin würde ich mich nun wirklich nicht bezeichnen. Wobei ich die ungute Ahnung habe, dass mein Vorhaben der Definition schon ziemlich nahe kommt. Ich schlucke unwillkürlich.

»Im Gegensatz dazu gehst du ja schon fast als Veteranin durch.« Rob schlägt nun einen scherzhaften Tonfall an. »Und wie du heute die Vorhänge im Garten bearbeitet hast ... über fehlenden Tatendrang darf sich sicher niemand beschweren!« Er blickt mich amüsiert an.

Ich bin immer noch verwirrt. Und auch ein wenig überfordert von der Situation. Unauffällig gleitet mein Blick wieder zurück zu seinem Oberkörper. Mann, der ist wirklich durchtrainiert.

Reiß dich zusammen, Trix!

»Vielleicht würdest du noch einen Namen wissen, wenn du dich einmal länger mit einer meiner Vorgängerinnen unterhalten hättest«, kontere ich.

Rob macht ein zerknirschtes Gesicht. »Touché! Ich habe nicht unbedingt ein Talent dafür, schnell mit anderen ins Gespräch zu kommen.«

Jetzt muss auch ich grinsen. »Du brauchst einfach Zeit zum Auftauen, würde meine Mutter sagen.«

Er lacht laut auf. »Das klingt ja so, als ob ich ein Eisblock wäre!«

Mir fällt auf, dass ich ihn noch nie zuvor lachen gehört habe. Es gefällt mir.

Ich lache ebenfalls. »Das vielleicht nicht, aber manche Leute brauchen eben länger, um mit anderen warm zu werden.«

»Zu dieser Sorte gehörst du definitiv nicht.« Rob sieht mich von der Seite an.

Ich zucke mit den Schultern. »Ich mag Menschen, und es interessiert mich, was sie zu sagen haben. Meistens jedenfalls.«

»Das merkt man.« Robs Blick ruht jetzt nachdenklich auf mir. »Ich glaube, ich bin normalerweise auch nicht so ... düster. Aber die ganze Situation hier auf Chatham kann einem schon aufs Gemüt schlagen. Noch nie hatte ich eine ähnlich widerwillige Auftraggeberin und einen derart dürftigen historischen Hintergrund. Dabei würde ich Colin wirklich gerne dabei helfen, das Gebäude in den Trust zu integrieren. Nur wird das unter diesen Voraussetzungen sehr schwierig.«

»Aber die Furleys sind doch felsenfest davon überzeugt, dass die Geschichte von King George und Lady Emma wahr ist«, überlege ich laut.

»George III. hatte den Spitznamen ›der Bauer‹«, sagt Rob trocken. »Das klingt für mich nicht gerade nach einem Womanizer.«

Ich zucke mit den Schultern. »Stille Wasser sind oft tief.«

»Nun, selbst wenn die Geschichte wahr wäre: Normalerweise gibt es immer irgendeinen Beweis, und sei es nur eine zuverlässige Quelle, ein Dokument ...«

»Und der Trust verlangt diesen Beweis, um Chatham unterstützen zu können?«, frage ich und muss an das Gespräch in der Bibliothek denken, das ich unfreiwillig mitgehört habe.

Rob nickt. »Ja, unbedingt. Ohne hinreichende Belege fließt kein einziger Penny. Du musst dir vorstellen, dass den Trust jedes Jahr über fünfzig Förderungsanfragen erreichen, und die Mittel werden von Jahr zu Jahr gekürzt. Während es früher noch gereicht hat, ein altes Gemäuer zu besitzen, müssen wir jetzt wirklich genau hinsehen. Es muss eine soziokulturelle oder historische Bedeutung gegeben sein. Und die ist hier, zumindest bis jetzt, in meinen Augen nicht wirklich erkennbar.« Er spielt nachdenklich mit einem Grashalm. »Mit unseren Ressourcen im Rücken hätte Chatham Place natürlich eine Riesenchance, sich zu konsolidieren. Aber wie gesagt, dafür müssten wir etwas Hieb- und Stichfestes finden, und das bald.«

»Aber genau deshalb bist du doch hier, oder?«, frage ich hoffnungsvoll. »Um etwas zu finden, das der Trust als Förderungsgrund akzeptiert?«

»Ja, genau deshalb bin ich hier.« Rob lächelt mich schief an und steht dann schwungvoll auf. »Also ... nimmst du meine Entschuldigung an?«

»Sicher«, erwidere ich großzügig und komme mir dabei sehr edel vor.

»Gut. Wir sehen uns.« Er nickt mir zu und geht raschen Schrittes davon.

Ich sehe ihm nach. Das war doch jetzt sehr nett. Hätte ich ihm gar nicht zugetraut. Und dieser Körper ...

Unwillig schüttle ich den Kopf. Ich bin wegen Colin hier, nicht wegen eines durchtrainierten Denkmalschutzexperten. Entschlossen stehe ich auf, greife zur Kamera und nehme wieder den Rosenbogen ins Visier.

Kapitel neun

Am nächsten Tag stauben Elsie und ich die Regale in den Gesellschaftsräumen ab und nehmen uns danach die beiden großen Treppen in der Eingangshalle vor. Die Arbeit hier im Schloss nimmt wirklich niemals ein Ende. Kaum hat man eine Ecke saubergemacht, ist die nächste schon wieder schmutzig.

»So, geschafft!« Elsie streicht sich eine Locke aus der Stirn. »Ich schütte noch schnell das Putzwasser weg, du kannst ruhig schon Feierabend machen, Trix.«

Erleichtert reiche ich ihr meinen Eimer und die Latexhandschuhe und gehe hinaus in den Garten. Puh, tut das gut, frische Luft zu schnappen! Es ist wirklich unglaublich, wie viel Dreck sich auf Treppenstufen ansammeln kann. Ich bin absolut dafür, dass wir in Zukunft ein Straßenschuhverbot einführen – wobei genau genommen sowieso fast nie Besucher kommen.

Bei den windschiefen Hecken, an deren Anblick ich mich inzwischen schon richtig gewöhnt habe, sehe ich einen alten Mann etwas ungelenk mit einem Rechen hantieren. Das muss Mr Trelawney sein. Dann ist er also wieder gesund. Neugierig gehe ich zu ihm hinüber.

»Hallo, junge Dame!« Er richtet sich langsam auf, als ich näher komme, und mustert mich interessiert. »Sie müssen Trix sein, Elsie hat mir schon von Ihnen erzählt. Haben Sie sich gut bei uns eingelebt?«

»Danke, das habe ich«, erwidere ich höflich. »Sie können mich ruhig duzen. Mr Trelawney, nehme ich an?«

Er nickt und streckt mir die Hand entgegen. »Archie Trelawney. Sehr erfreut, Trix!« Die freundlichen rehbraunen Augen hat Elsie offenbar von ihm geerbt. In seine wettergegerbten Wangen haben sich tiefe Lachfältchen eingegraben.

»Ein wirklich schöner Garten«, sage ich und mache eine ausladende Geste.

»Ja, in der Tat.« Mr Trelawney schaut sich um und seufzt. »Natürlich war er früher noch viel prachtvoller, aber seit James – ich meine, Lord Chatham – tot ist ... und ich bin natürlich auch nicht mehr ganz der Alte ...« Seine Stimme verliert sich.

»Elsie hat mir erzählt, dass der Garten früher bei den Gästen richtig beliebt war?«, sage ich aufmunternd.

Mr Trelawney nickt und stützt das Kinn auf dem Rechenstiel ab. »Meiner Meinung nach war der Garten immer schon der heimliche Star des Anwesens. Natürlich, es gibt die Geschichte von King George und Lady Emma – alles Humbug, wenn man mich fragt –, und natürlich hat jeder Besucher einen Blick ins Schloss geworfen, aber vom Garten sind alle begeistert gewesen.« Sein Blick wird ganz nostalgisch. »Viele haben sich nach der Führung irgendwo hier draußen hingesetzt und an den Rosen geschnuppert. Ab und zu, wenn sie sich unbeobachtet gefühlt haben, haben die Besucher sich auch mitten auf die Wiese gelegt.« Er schmunzelt und zeigt den Abhang hinunter. »Da unten, wo man vom Schloss aus nicht hinsehen kann.« Er greift wieder nach seinem Rechen. »Natürlich ist mir bewusst, dass das Haus die Hauptrolle spielt. Aber dieses Juwel so verkommen zu lassen, das ist einfach nicht richtig.« Mr Trelawney schüttelt entschlossen den Kopf. »Es ist einfach nicht richtig. James hätte das nicht gewollt.«

Ich stelle mir Colins Vater vor, wie er Tag für Tag den Garten pflegt und sich an den Büschen, Sträuchern und Bäumen erfreut, die jetzt schief und krumm vor sich hin wachsen. Ein Rufen reißt mich aus meinen Gedanken. Ich blicke hinauf zum Haus und sehe Elsie auf uns zukommen.

»Grandpa! Mum lässt fragen, ob du heute zum Essen kommen willst? Es gibt Irish Stew.«

Mr Trelawney schüttelt den Kopf. »Nein danke, ich mache mir ein paar Schnittchen und eine Tasse Tee.«

Elsie legt ihren Arm fürsorglich um seine Schultern. »Bist du dir sicher, Grandpa? Ich fahre gleich zu ihr und kann dich mitnehmen. Sie würde sich freuen.«

Er winkt ab. »Nein, wirklich, Kind, du weißt doch, dass ich abends gerne zu Hause bin. Ich wünsche euch einen schönen Abend, Mädchen. Bis morgen!« Er dreht sich um und beginnt, den Rasen mit seinem Rechen zu bearbeiten.

»Bis morgen, Grandpa!« Elsie sieht ihn liebevoll an. Nachdenklich gehe ich mit ihr zurück zum Haus.

Als ich eine halbe Stunde später aus der Wanne steige, spüre ich, aller ländlichen Idylle zum Trotz, ganz deutlich: Ich bin mit meiner Geduld langsam, aber sicher am Ende. Seit über zwei Wochen bin ich jetzt schon hier und immer noch keinen Schritt vorwärtsgekommen mit meiner »Mission Colin«. Ich muss Taten sprechen lassen und darf nicht zu lange herumfackeln, da hat Patricia schon recht. Das Dumme daran: Ich weiß immer noch nicht, wie ich Colin dazu bringen soll, sich in mich zu verlieben. Er ist flirttechnisch ein ganz schön harter Brocken. Außerdem hat sich nach wie vor kaum eine Gelegenheit ergeben, ihn mal alleine zu erwischen.

Gerade als ich mich abtrockne, läutet mein Handy. Es ist Mum. Ich seufze, zögere einen Moment und gehe dann ran.

»Hi, Mum!« Ich schlage meinen fröhlichsten Tonfall an. Ich habe mich schon bei ihren letzten beiden Anrufen damit herausgeredet, dass ich viel zu viel zu tun und absolut keine Zeit hätte. Ich fürchte, das funktioniert nicht schon wieder.

»Trix, Schatz?!« Die Stimme meiner Mutter klingt aufgeregt. »Wo um Himmels willen bist du?«

»In London, Mum, wo denn sonst?« Meine Stimme wird unnatürlich hoch. Ich bin ziemlich schlecht im Schwindeln. Und meine Mutter kennt mich genau.

»Lüg mich nicht an, Beatrix! Die Bradleys waren heute in London und wollten dich überraschen. Sie sagen, dass sich die Post vor deiner Tür stapelt, und deine Nachbarin meinte, dass sie dich schon seit einer halben Ewigkeit nicht mehr gesehen hat!«

Welche Nachbarin? Ich kenne gar niemanden, der bei mir im Haus wohnt. Wobei, mit der netten betagten Dame aus dem ersten Stock habe ich hie und da ein paar Worte gewechselt. Wie war noch mal ihr Name? Ms Dinkle? Pinkle? Egal. Und was machen unsere Nachbarn, die Bradleys, überhaupt in London? Normalerweise kommen die nie weiter als bis zum Lake District.

»Na gut, ich bin für ein paar Tage ... weggefahren. Brauchte mal ein bisschen Abstand«, höre ich mich sagen und weiß im selben Moment, dass ich nicht im Geringsten überzeugend klinge.

»Wohin denn?«, fragt Mum misstrauisch. »Ich dachte, du hast so viele Aufträge? Musst unentwegt arbeiten? Und kannst deswegen nie nach Hause kommen? Wir würden dich hier auch gerne mal wieder zu Gesicht bekommen!«

»Ich weiß, Mum.« Ich seufze.

»Also, wo bist du? Ist alles in Ordnung?« Sie lässt nicht locker.

»Ich bin in Kent, Mum. Ich habe hier einen größeren Auftrag.« Genau genommen ist das ja gar nicht mal gelogen.

»Und wieso sagst du das nicht gleich? Dein Vater und ich haben uns Sorgen gemacht!«

»Es ist ein ... geheimer Auftrag«, bleibe ich vage, »ich kann leider nicht mehr darüber sagen.« Insgeheim frohlocke ich über diese Eingebung. Hoffentlich hört sie jetzt auf zu fragen.

»Geheim? Du fotografierst aber hoffentlich nicht irgendwelche Schmuddelsachen?« Ich höre meine Mutter nach Luft schnappen. Dazu muss man wissen, dass für sie jedes Foto, auf dem jemand weniger trägt als ein hochgeschlossenes Shirt und einen mindestens knielangen Rock, in die »Schmuddel«-Kategorie fällt. »Du bist so talentiert, Schatz.« Sie ist jetzt richtig aufgebracht. »Es wäre doch schade, wenn du später einmal mit solchen Aufnahmen in Verbindung gebracht wirst. Und für so etwas Zwielichtiges war das Geld aus dem Barker-Familien-Zukunftsfonds sicher nicht gedacht!«

Rums!

Fast hatte ich es schon erfolgreich verdrängt, doch jetzt holt es mich mit voller Wucht wieder ein. Der Barker-Familien-Zukunftsfonds. Es war nicht wirklich ein Fonds, nur ein simples Sparbuch, aber Mum fand, dass Fonds einfach nach mehr klinge. Tja, und jetzt ist das Geld daraus weg. Sonst wäre ich nämlich schon vor einem halben Jahr auf der Straße gelandet, gleich nach Alex' Verschwinden. Aber für mehr als zwei Monate Lebensunterhalt hat das Geld, das meine Eltern jahrelang gespart und mir vor meiner Abreise nach London feierlich überreicht haben, leider nicht gereicht.

Das ist auch der wahre Grund, wieso ich seit Monaten nicht mehr zu Hause war. Ich habe Angst, dass Mum und Dad mir an der Nasenspitze ansehen, was passiert ist. Sie sind immer noch im festen Glauben, dass ich mir in London eine erfolgreiche Existenz aufgebaut habe und total glücklich bin.

»Mum, ich mache keine Schmuddelbilder«, beteure ich. »Der Auftraggeber will nur nicht, dass etwas an die Öffentlichkeit gerät. Das ist alles.«

»Ach so! Ein Promi?« Plötzlich klingt sie ganz aufgeregt. »Oder sogar ein Mitglied der Königsfamilie? Haben die denn einen Landsitz in Kent?«

»Wie gesagt, viel mehr kann ich dir leider nicht verraten. Aber meine Auftraggeber sind tatsächlich adelig.« Ich hoffe inständig, dass sie sich damit zufriedengibt.

»Tatsächlich?« Ich höre die Ehrfurcht in ihrer Stimme. »Dann verstehe ich natürlich, dass sie ihre Privatsphäre hüten wollen, die Presse macht ja ganz fürchterliche Sachen mit solchen Leuten. Ich persönlich lese ja nichts von dem Schund, aber was man so hört …«

»Genau darum geht es«, bekräftige ich. »Ich bin froh, dass du verstehst, dass ich wirklich zu hundert Prozent diskret sein muss.«

»Natürlich«, sagt Mum eilig. »Dann lass ich dich mal wieder in Ruhe arbeiten. Ich bin wirklich wahnsinnig stolz auf dich, mein Schatz! Pass auf dich auf!«

»Mach ich, Mum«, erwidere ich müde.

Ich habe ein furchtbar schlechtes Gewissen. Aber ich kann Mum und Dad einfach nichts von meiner Misere erzählen. Ich kann es einfach nicht. Von den mageren Aufträgen. Vom ständigen Pleitesein. Von der ausstehenden Miete und der gekündigten Wohnung. Sie hätten wahrscheinlich sogar Verständnis, würden sich vor allem um mich und meine geplatzten Träume sorgen anstatt um ihr verlorenes Geld. Aber das ertrage ich nicht. Nein. Ich bin fest entschlossen, den Schlamassel alleine in Ordnung zu bringen.

Lustlos mache ich mich wenig später auf den Weg in Richtung Küche. Heute ist Donnerstag, Ernies freier Tag, und wir müssen uns selbst um unser Abendessen kümmern. Obwohl, letzte Woche hat er extra was zum Aufwärmen vorbereitet. Hoffnungsvoll inspiziere ich den Kühlschrank. Dieses Mal nicht. Ich seufze. Meine Motivation, selbst etwas zu kochen, tendiert gegen null. Außerdem wird man bei Ernies hervorragender Verpflegung ganz schön schnell ziemlich anspruchsvoll. Kein Vergleich zu den spärlichen Mahlzeiten in London.

Elsie hat es gut: Die sitzt jetzt bei ihrer Mutter und schmaust Stew. Und Rob isst sicher wieder alleine in seinem Cottage. Ich will gerade zurück in mein Zimmer gehen, um mir eine Pizza zu bestellen, da kommt mir ein lautes Klappern entgegen. Es ist Lady Chatham höchstpersönlich, in einem schicken Designerabendkleid und auf schwindelerregenden Absätzen. Sie nickt mir kurz hoheitsvoll zu und zieht von dannen.

Halt – einen Moment! Ich sehe ihr sinnend nach.

Elsie, Rob und Lady Chatham sind nicht da. Ernie hat frei. Das heißt – wer befindet sich noch im Schloss? Ein triumphierendes Lächeln breitet sich auf meinem Gesicht aus. Genau. Nur Colin und ich.

Vielleicht sollte ich einen Abstecher zu den Pferden machen? Er hat heute Nachmittag irgendetwas von einem lahmenden Fohlen gemurmelt. Aber was, wenn er dann mit mir ausreiten will? Hm. Ich könnte ihn ja – ganz unkompliziert – auf ein Glas Wein einladen? Seinen Wein in seiner Küche? Hm. Irgendwie auch blöd.

Ich stehe immer noch grübelnd in der Eingangshalle, als ich plötzlich jemanden aus dem oberen Stockwerk rufen höre.

»Trix? Bist du das?« Das ist eindeutig Colins Stimme.

»Ja, ich bin hier unten«, rufe ich verdutzt zurück. Er ist also gar nicht mehr bei den Pferden? Ich bin auf einmal ganz aufgeregt.

Colin kommt die Treppe herunter, Pip schwanzwedelnd neben ihm. Er sieht mich treuherzig an. Pip, nicht Colin. Der wirkt dafür äußerst vergnügt.

»Mutter ist für den Abend verabredet, und da Ernie ja heute freihat: Sollen wir ins Pub gehen und dort eine Kleinigkeit essen? Ich habe überhaupt keine Lust, mich hinter den Herd zu stellen.«

Jackpot.

Ich setze mein charmantestes Lächeln auf. »Gib mir fünf Minuten.«

Wenn es eine Chance gibt, das Feuer zwischen Colin und mir so richtig zum Lodern zu bringen, dann ist sie jetzt gekommen. Ich stürme hoch in mein Zimmer, zerre den Koffer, den ich immer noch nicht ganz ausgepackt habe, unter dem Bett hervor und nehme das rosafarbene Chiffonkleid heraus. Ich ziehe es an, hüpfe ins Bad, lege ein bisschen Make-up auf und versuche, mit Föhn und Rundbürste rasch einen verführerischen Schwung in meine Haare zu bekommen. Zufrieden werfe ich einen Blick in den Spiegel: Für weniger als zehn Minuten ein durchaus akzeptables Resultat. Kritisch betrachte ich die silberfarbenen Riemchensandalen. Soll ich sie anziehen? Wir gehen schließlich ins

Pub, da wirken sie wahrscheinlich etwas overdressed. Ich entscheide mich für flache Ballerinas und stehe kurz darauf, etwas außer Atem, wieder in der Eingangshalle.

»Das ging aber flott!«, sagt Colin und sieht mich bewundernd an. »Toll siehst du aus!«

Ich winke bescheiden ab. »Hab mich nur schnell frisch gemacht.«

»Gehen wir?« Colin setzt sich in Bewegung.

Als wir das Schloss durch die Eingangstür verlassen und er zielstrebig die Auffahrt ansteuert, wird mir klar: Er will wirklich zu Fuß gehen. Und Pip macht keinerlei Anstalten, von seiner Seite zu weichen.

»Darf Pip denn überhaupt mit ins Pub?«, erkundige ich mich unschuldig.

»Ach, er kann dort vor dem Eingang liegen bleiben. Das haben wir schon öfter gemacht.« Colin deutet in Richtung Lindenallee. »Du hast doch nichts gegen einen kleinen Spaziergang? Danach ist er hundemüde und schläft sicher gleich ein.«

Zweifelnd sehe ich den fröhlich auf und ab hüpfenden Pip an. »Ganz wie du meinst.« Ich nicke, nicht gerade überzeugt. Wieso können wir nicht einfach wie jeder normale Mensch mit dem Auto fahren? Andererseits bin ich schon froh, dass kein gesatteltes Pferd auf mich wartet.

Wir gehen also los, und im Laufe dieses Spaziergangs mache ich zwei äußerst interessante Entdeckungen.

Erstens: Colins Kleidungsstil als Country Chic zu bezeichnen fällt selbst bei überaus wohlwollender Betrachtung schwer. Er trägt schon wieder ein verblichenes blassgrünes Jackett, das ursprünglich mindestens zwei Nuancen dunkler war, und eine ausgebeulte Hose, die um seine Knie schlottert.

Zweitens: Mir ist noch nie vorher aufgefallen, dass der Weg zum Dorf so lang sein kann. Vor allem, wenn man nicht genügend Stoff für eine Unterhaltung findet. Schweigend trotten wir nebeneinander den Schotterweg entlang, während ich gleichzeitig versuche, ja nicht zu nahe an Pip heranzukommen. Was wiederum bedeutet, dass ich auch einen ziemlich großen Abstand zu Colin halten muss. Ich zermartere mir das Gehirn auf der Suche nach einem passenden Gesprächsthema, aber mir fällt nichts Sinnvolles ein. Und je länger das Schweigen andauert, desto unruhiger werde ich. Dabei sollte ich doch gerade jetzt mit klugen, amüsanten Gedanken brillieren!

Colin scheint indes von meiner Not nichts zu ahnen. Heiter lässt er seinen Blick über die Felder ringsum schweifen und summt leise vor sich hin.

Los jetzt, Trix, mach schon!

Unauffällig zupfe ich meine Haare zurecht und räuspere mich.

»Es ist wirklich ... wunderschön hier«, sage ich schließlich. Wie lahm.

Colin nickt begeistert. »Ich möchte nirgendwo anders leben. Sicher, manch einem mag unser Landleben etwas eintönig erscheinen, aber ich bin jeden Tag glücklich darüber, hier aufzuwachen.« Er sieht mich neugierig an. »Und du? Sehnst du dich schon zurück nach London, in dein altes Leben?«

»Nein, kein bisschen.« Ich schüttle energisch den Kopf.

Colin wirkt erleichtert. »Das freut mich zu hören. Weißt du, es war gar nicht so leicht, jemanden für die Stelle zu finden. Für viele ist es einfach unattraktiv, so weit entfernt von den Annehmlichkeiten einer Stadt zu leben.«

Auf zum Angriff, Trix! Das ist die *Gelegenheit.*

»Gerade das finde ich schön: dass man so weit weg ist von allem ... allem Stress und den Problemen der ... Zivilisation«, sage ich zögerlich.

Konkreter, Trix!

»Und natürlich ist es perfekt, wenn man diese ... Idylle mit Menschen teilen kann, die sie ebenso schätzen.« Ich versuche mich an einem unschuldigen Augenaufschlag. Du meine Güte, ich fühle mich wie eine komplette Idiotin.

Aber Colin nickt enthusiastisch. »Da hast du recht. Ich finde auch, mit den richtigen Leuten an seiner Seite ist gleich alles noch viel besser. Nimm zum Beispiel Elsie und Ernie. Ich kann mir Chatham ohne sie gar nicht mehr vorstellen. Oder Ms Miller – was täten wir ohne sie? Wir würden wahrscheinlich im Staub ersticken!« Er gluckst fröhlich.

Hm. Irgendwie geht das Gespräch nicht ganz in die beabsichtigte Richtung. Muss ich noch konkreter werden? Soll ich es tatsächlich riskieren, Colin direkt mit meinen Gefühlen zu konfrontieren?

Ich mustere ihn von der Seite. Irgendwie habe ich den Verdacht, er würde mit einem derart radikal-emotionalen Geständnis nicht zurechtkommen. Ich seufze kaum hörbar, und dann herrscht wieder Stille.

Schön. Dann probieren wir es doch mit einem unverfänglicheren Thema.

Ich räuspere mich abermals. »Gehst du oft ins Pub?«

Colin sieht mich erstaunt an. »Aber nein, wenn Mutter da ist, muss ich ihr ja Gesellschaft leisten. Ins Pub gehe ich nur, wenn sie verabredet ist.«

Wie Elsie gesagt hat: Er ist einfach viel zu nett.

»Und deine Mutter würde wahrscheinlich auch nicht mitkommen, nehme ich an?«, frage ich leichthin.

Colin schüttelt den Kopf und grinst. »Wohl eher nicht.«

Die Sonne versinkt gerade am Horizont und taucht alles um uns herum in warmes rötliches Licht. Ein Windhauch streicht über die Wiesen und lässt die Grashalme sanft hin und her wiegen. Es ist unglaublich romantisch. Ich bin ergriffen und bleibe unwillkürlich stehen. Colin ebenfalls.

Ist jetzt der Moment gekommen? Soll ich mich trauen? Wozu eigentlich viele Worte verlieren, wenn es auch anders geht? Ich sehe Colin bedeutungsvoll an, das Herz schlägt mir bis zum Hals.

Er lächelt freundlich zurück.

Halt! *Freundlich?*

Er soll doch jetzt nicht freundlich sein, sondern leidenschaftlich, emotional, wild.

Ich bin hin- und hergerissen. Ach, was soll's! So eine Gelegenheit kommt wahrscheinlich nie wieder. Ich fasse mir ein Herz, mache einen entschlossenen Schritt auf ihn zu und will gerade zu einem Kuss ansetzen, als ich plötzlich zwei riesige Pratzen auf meiner Brust spüre, die mich buchstäblich umhauen.

Ich lande unsanft auf dem Hintern und sehe Pips zahniges Maul über mir, nur eine Handbreit entfernt.

»Hilfeee!« Panisch sehe ich zu, wie sich die Zähne meinem Gesicht nähern. »Colin, tu doch was!«

»Pip!«, ruft Colin entsetzt. »Pip, weg da! Platz!«

Pip bellt aus vollem Hals und macht keine Anstalten, von mir herunterzugehen.

»Pip! Platz jetzt! Was soll denn das?« Colin nimmt ihn entschlossen am Halsband und zieht ihn von mir weg.

Schwer atmend liege ich am Boden.

»Entschuldige, Trix!« Colin streckt mir eine Hand entgegen und hilft mir auf die Füße. »Das ist gar nicht typisch für Pip, er macht so etwas normalerweise nie.« Er sieht den Hund kopfschüttelnd an.

»Schon gut«, krächze ich, während ich mich möglichst würdevoll aufrappele und mein Kleid betrachte. Es hat mehrere Dreckflecken abbekommen und ist ganz staubig.

»Wahrscheinlich war er überrascht, weil du so unvermittelt an mich herangetreten bist. Ich habe mich auch etwas erschrocken, muss ich zugeben.« Colin lacht nervös.

»Du ... du hattest da was im Auge«, sage ich schnell. Mein Gott, ist das peinlich!

»Oh, wirklich?« Colin reibt sich unsicher das Augenlid. »Ich spüre gar nichts.« Er macht einen zaghaften

Schritt in meine Richtung. »Willst du denn noch mal nachsehen?«

Kann es noch unangenehmer werden? Meine Nasenspitze ist jetzt knapp fünfzehn Zentimeter von seinem Gesicht entfernt, und ich tue so, als würde ich sein wasserblaues Auge intensiv begutachten. »Nein, jetzt sehe ich auch nichts mehr. Hab mich wohl getäuscht.«

Wir setzen unseren Spaziergang fort, schweigend. Ich könnte im Boden versinken vor lauter Scham. Hat Colin gemerkt, dass ich ihn küssen wollte? Er gibt keinen einzigen Ton von sich und sieht beim Gehen auf den Boden.

Ich kann gar nicht sagen, wie heilfroh ich bin, als wir endlich das Dorf erreichen.

Der *Limping Farmer* ist hell erleuchtet und sieht mit seiner urigen Steinfassade richtig gemütlich aus. Als wir näher kommen, sehe ich, dass Elsie vor dem Eingang steht.

»Sieh mal, Elsie ist auch hier!«, sage ich verdutzt.

»Ich weiß! Ich hab sie vorhin noch schnell angerufen und gefragt, ob sie mitkommen will«, antwortet Colin fröhlich.

Na toll! Damit löst sich meine Hoffnung, mit Colin einen romantischen Abend zu verbringen, endgültig in Luft auf.

»Trix, du siehst aber toll aus!« Elsie mustert mich bewundernd. Dann entdeckt sie die Flecken auf meinem Kleid. »Was ist denn da passiert?«

Ich winke eilig ab. »Pip wollte nur spielen.«

Auch Elsie hat sich zurechtgemacht, das sehe ich sofort. Zu einer bordeauxfarbenen Chino trägt sie eine jadegrüne Schluppenbluse, die ihre Augen perfekt zur Geltung bringt.

»Du bist aber auch hübsch heute!«, gebe ich das Kompliment zurück.

»Findest du?« Elsie schaut kritisch an sich herunter.

»Sehr hübsch sogar«, beeilt sich Colin zu sagen.

Ihre Miene erhellt sich. »Heute ist übrigens Pub Quiz.«

»Oh, super!«, rufe ich erfreut. Ich liebe Pub Quiz. Ich meine, was gibt es Lustigeres, als gemütlich zusammen im Pub zu sitzen, etwas zu trinken und ein wenig zu rätseln? Die heitere Atmosphäre, die lockere Stimmung – und es zählt einzig und allein das Dabeisein.

Colin hat Pip inzwischen vor der Tür angebunden. Der Hund rollt sich sofort auf dem Boden zusammen und vergräbt den Kopf zwischen den Pfoten.

»Gehen wir rein?« Neugierig öffne ich die Tür.

Ein Schwall warmer, abgestandener Luft schlägt mir entgegen. Ich sehe mich in dem dunklen, mit Eichenholz getäfelten Raum um: Es sieht wirklich gemütlich aus – und ziemlich voll, aber im hinteren Teil finden wir noch einen freien Tisch.

Elsie und ich setzen uns, während Colin direkt auf die Bar zusteuert. »Ich spendiere die erste Runde!«

Mein Magen knurrt gewaltig, und ich will gerade einen Blick in die Speisekarte werfen, als mich Elsie antippt. »Schau mal, da drüben, ist das nicht Rob?«

Tatsächlich, er sitzt alleine an einem Ecktisch am

Fenster, offensichtlich in irgendwelche Unterlagen vertieft.

»Rob!« Elsie hebt den Arm und winkt ihm zu.

Das wird ja immer besser. Unser Rendezvous mutiert gerade endgültig zum Mitarbeitertreff.

Rob blickt auf, sieht uns, und ich merke, wie er kurz zögert. Schließlich scheint seine Geselligkeit zu siegen, denn er steht auf, packt seine Sachen, nimmt sein Glas und kommt auf uns zu.

»Hallo, Rob!«, ruft Colin, der gerade vollbeladen von der Theke zurückkehrt. »Das ist ja eine Überraschung!«

»Hallo«, sagt Rob. »Habt ihr denn noch einen Platz frei?«

Wir rücken zusammen und sitzen nun also zu viert am Tisch. So viel zu meiner Mission.

Colin scheint das nicht zu stören, im Gegenteil. Fröhlich grinst er Rob an. »Entschuldige! Wenn ich gewusst hätte, dass du hier bist, hätte ich dir natürlich auch was zu trinken mitgebracht.«

Rob deutet auf sein volles Glas. »Ich hab grad erst bestellt. Aber die nächste Runde kannst du gerne übernehmen!«

Colin lacht und nickt.

»Was hast du denn da für Unterlagen dabei, Rob?« Elsie deutet auf den Stapel neben seinem Glas.

»Ach«, er winkt ab, »das sind nur ein paar alte Urkunden zu den Besitzverhältnissen auf Chatham.«

Elsie sieht zuerst den Papierstapel, dann Rob nachdenklich an. »Du nimmst deine Arbeit wirklich sehr ernst, oder?«

»Na, wenn er sie sogar mit ins Pub nimmt ...« Colin schmunzelt und nimmt einen Schluck von seinem Pint.

»Ich weiß, ich übertreibe manchmal.« Jetzt schmunzelt Rob ebenfalls. »Habt ihr schon was zu essen bestellt?«

Haben wir nicht, und ich bin inzwischen wirklich unglaublich hungrig und deshalb heilfroh, als die Bedienung unsere Bestellung aufnimmt (Cheeseburger für Rob und mich, Fish and Chips für Colin, während Elsie nach dem Irish Stew bei ihrer Mutter pappsatt ist).

Wenig später beiße ich genüsslich in den besten Burger, den ich seit Langem gegessen habe. Ich schlecke gerade genießerisch einen Klecks Soße von meinen Finger, als ich merke, dass Rob mir dabei zusieht. Auf einmal fühle ich mich etwas unbehaglich und greife schnell zur Serviette. In diesem Moment ertönt ein lauter Gong.

»Es fängt an!«, ruft Elsie begeistert.

Schnell stopfe ich mir den restlichen Burger in den Mund, wische meine fettigen Finger an der Serviette ab und rücke den Antwortbogen vor mir zurecht.

»Hat jemand einen Kugelschreiber?« Ich blicke hektisch in die Runde.

Rob zieht einen aus seiner Hemdtasche und schiebt ihn mir über den Tisch.

»Danke!« Eilig mache ich ein paar Probestriche auf meinem Bogen.

»Eins, zwei ... eins, zwei ...« Der Quizmaster, ein rothaariger Kerl mit beachtlichem Bierbauch, klopft mit dem Finger energisch auf sein Mikrofon. Er nickt zufrieden. »Ladies and Gentlemen, wir beginnen in Kürze mit unserem Pub Quiz! Unser Preis heute«, er deutet auf den Tresen, auf dem ein prall gefüllter Weidenkorb steht, »ist ein Genießerkorb für zwei mit feinstem Champagner, Obst und Delikatessen, gestiftet von Ms Pridmores Feinkostladen in Burley!«

Eine zierliche Endsechzigerin im lindgrünen Strickpullover steht kurz auf und verbeugt sich. Applaus brandet auf.

»Bravo, Ms Pridmore! Den werde ich mir für mich und meine Frau schnappen!«, ruft ein stämmiger, glatzköpfiger Mann zwei Tische weiter. Allgemeines Gelächter.

»Fantastisch! Das ist der Kampfgeist, den ich sehen will!« Der Quizmaster lacht dröhnend ins Mikrofon. »Um die ganze Angelegenheit noch spannender zu machen, bilden wir statt der üblichen Mannschaften heute Abend Zweierteams. Konkurrenz belebt schließlich das Geschäft!«

Instinktiv drehe ich mich zu Colin und merke, dass Elsie dasselbe tut.

»Colin, mir scheint, du bist der gefragtere Quizpartner von uns beiden«, sagt Rob trocken.

»Wie schmeichelhaft!« Colin lacht etwas verlegen. »Aber Trix, da du bereits neben Rob sitzt, wollt nicht ihr beide ein Team bilden?«

»Sicher!« Ich gebe mir Mühe, mir meine Enttäuschung nicht allzu deutlich anmerken zu lassen.

Rob will noch etwas sagen, verkneift es sich aber.

Wieder ertönt der Gong. Der Quizmaster zieht mit einer großen Geste seine Moderationskärtchen aus der Hemdtasche. »Macht euch bereit für die erste Runde: Sport!«

Mist, das ist nicht gerade mein Spezialgebiet. Dennoch blicke ich den Quizmaster gespannt an. Schnelligkeit ist beim Pub Quiz die halbe Miete!

»Wer gewann bei Olympischen Spielen die meisten Goldmedaillen aller Zeiten?«

Hektisch schaue ich zu Rob. Er runzelt die Stirn. Elsie tuschelt aufgeregt mit Colin.

Denk nach, Trix!

Da war doch dieser Schwimmer. Und der Läufer ... der superschnelle. Colt ... nein ... Bolt!

»Usain Bolt!«, rufe ich aufgeregt.

Rob schüttelt den Kopf. »Nein, der hat nicht die meisten Medaillen ... Ich glaube es war Phelps, der Schwimmer.« Den letzten Satz flüstert er.

»Bist du sicher?«, frage ich nicht sehr überzeugt. Ich glaube, es ist doch Usain Bolt.

Rob denkt noch einmal kurz nach und nickt dann. »Doch, ich bin mir sicher. Es ist Michael Phelps.« In seinem Blick liegt etwas, das mich überzeugt. Ich schreibe also die Lösung auf und lege den Stift beiseite.

»Alle Antworten notiert?« Der Quizmaster schaut in die Menge. »Gut, dann geht es gleich weiter mit der zweiten Frage. Die nächste Kategorie: Musik! Nach welcher Band sind zwei Kinofilme und ein Musical benannt, das am Broadway aufgeführt wird?«

Ich wedele aufgeregt mit dem Stift. »Ich weiß es!«, rufe ich und habe Mühe, die Lösung nicht lautstark hinauszuposaunen. Ha! Schnell kritzle ich sie auf unseren Bogen.

Rob wirft einen Blick darauf und schaut mich dann erstaunt an. »Darauf wäre ich nie gekommen. Dabei habe ich das Musical sogar am Broadway gesehen.« Ich schaue ihn überrascht an und bemerke dann, wie Elsie auf unseren Zettel späht.

»Du schummelst, Elsie!«, rufe ich empört.

Beschämt wendet sie den Blick ab und sieht Colin an, der ratlos mit den Schultern zuckt.

Der Quizmaster greift wieder zum Mikrofon. »Sehr gut! Jetzt ist es Zeit für eineeeee ... Blitzrunde!«

Okay, egal, was ich vorher behauptet habe: Ich pfeif aufs Dabeisein. Mein Siegerinstinkt ist geweckt. Mir geht's ums Gewinnen.

Ich setze mich kerzengerade hin, den Stift fest in der Hand, bereit, die nächste Lösung zu notieren. Ich merke, wie Rob sich neben mir ebenfalls unwillkürlich aufrichtet.

Der Quizmaster schießt eine Frage nach der anderen heraus, in rasendem Tempo. Wir stecken die Köpfe zusammen, beratschlagen, schätzen, diskutieren.

»... vierunddreißig! Ganz sicher, vierunddreißig!«

»... ich glaube ... Nordirland? Nordirland!«

»... Marilyn Monroe!«

»... acht ... nein, schreib besser neun!«

»... keine Ahnung ... Wahrscheinlichkeitsrechnung?«

»... pst, leiser! Elsie lauscht schon wieder!«

Runde um Runde verfliegt, mit viel Gelächter und spritzigen Wortgefechten. Rob ist spitze, er weiß viel und antwortet schnell. Seine Augen glänzen inzwischen – ich kann sehen, dass auch ihn das Quizfieber gepackt hat. Vor dem letzten Durchgang liegen wir super im Rennen. Nur der Glatzkopf und sein Partner haben noch mehr Punkte. Colin und Elsie bemühen sich redlich, sind aber weit abgeschlagen.

»Wir sind irgendwie viel zu langsam«, höre ich Elsie bedauernd zu Colin sagen. Der nickt betrübt.

»Damit kommen wir zur letzten Runde!« Der Quizmaster wedelt bedeutungsvoll mit seinem Kärtchen. »Eine Schätzfrage: Wie viele Henges gibt es im Süden Englands?«

»Henges?«, frage ich ratlos.

»Monumente«, gibt Rob zurück und überlegt angestrengt. »Es müssten um die hundertzwanzig sein«, raunt er dann. »Schreib auf, ich bin mir ziemlich sicher.«

Ich notiere die Lösung und sehe ihn überrascht an. »Woher weißt du das?«

»Ich war während der Oberstufe auf einem Internat in Südengland …«

Ha! Ich wusste es! Daher der gebändigte Akzent.

»… und in dieser Zeit haben wir gefühlt jedes dieser hundertzwanzig Monumente besichtigt.«

»Alle Antworten notiert?«, fragt der Quizmaster, während sein Assistent die Zettel einsammelt. »Dann werden wir bald einen Sieger haben.«

»Es könnte wirklich sein, dass wir gewinnen!«, sage ich aufgeregt zu Rob. Der nickt und wirkt ebenfalls gespannt. Ich blicke zum Quizmaster, der gerade zusammen mit dem Assistenten die Auswertung vornimmt.

Wenig später greift er zum Mikrofon. »Tja, es sieht so aus, als hätten wir zwei punktegleiche Teams. Das bedeutet, dass wir ein Stechen brauchen.« Der Quizmaster schaut auf seinen Notizzettel. »Im Finale stehen: Team Trix und Rob sowie Team Allen und Peter!«

Rob und ich blicken uns erfreut an.

»Das Stechen funktioniert folgendermaßen: Wir spielen jetzt einen Song an, und das Team, das den Titel schneller errät, hat gewonnen.«

»Los, ihr holt euch den Sieg!«, feuert Colin uns an.

Die Musik beginnt.

»Das Lied kenne ich!«, rufe ich bereits nach wenigen Sekunden, aber mir will der Titel nicht einfallen.

Rob sieht mich ratlos an. »Ich muss passen.«

Doch, ich weiß, dass ich das Lied kenne. Es ist von Prince. Und es ist irgendwas Fruchtiges. Blueberry, Strawberry, Raspberry …

»*Raspberry Beret!*«, ruft da schon einer aus dem gegnerischen Team. »Es ist *Raspberry Beret*!«

»Und diese Antwort ist vollkooommmen … richtiiiig!«, ruft der Quizmaster, und stürmischer Beifall brandet auf.

»Tja, das war knapp.« Ich versuche, meine Enttäuschung zu verbergen, während Allen, der Glatzkopf, mit stolzer Brust den Geschenkkorb entgegennimmt. »Aber wir haben uns wirklich tapfer geschlagen, oder?«

Rob nickt. »Das würde ich auch sagen. Und dafür, dass ich heute Abend nur gekommen bin, um eine Kleinigkeit zu essen und noch ein bisschen zu arbeiten, hatte ich richtig viel Spaß. Darauf trinken wir noch eine Runde!« Er geht zur Bar und kommt vollbeladen mit Pints zurück.

Es ist schon nach elf, als wir bester Stimmung aufbrechen. Wir verabschieden uns von Elsie, die nur fünf Minuten vom Pub entfernt wohnt, und machen uns auf den Heimweg. Pip läuft einträchtig neben Colin her. Ich halte trotzdem lieber etwas Abstand und bleibe in Robs Nähe. Falls Pip doch noch auf die Idee kommen sollte zuzubeißen.

»Ihr zwei wart ein tolles Team heute«, sagt Colin zum wiederholten Mal. »Wirklich fantastisch!«

Rob grinst. »Vielen Dank für die Blumen! Und du hast sicher ziemlich schnell bereut, dass du mir Trix so leichtfertig als Quizpartnerin überlassen hast, was? Sie war großartig.«

Colin nickt ernsthaft. »Das stimmt allerdings. Wirklich großartig.«

»Hört auf, ich werde noch ganz verlegen«, wehre ich lachend ab. »Wie bist du eigentlich dazu gekommen, *Mamma Mia* am Broadway zu sehen?«, frage ich Rob.

»Ich habe ein halbes Jahr in New York gelebt. Da hat es sich mal ergeben.« Sein Blick ist unergründlich.

»Ach so«, sage ich, immer noch verwundert. In New York hätte ich ihn ja eher in einer Sonderausstellung des MoMa vermutet oder bei einer geführten Tour durch die Finanzmarktaufsicht. »Ich hätte gar nicht gedacht, dass du Musicals magst. Oder Abba.«

»Mag ich auch nicht besonders«, erwidert Rob, plötzlich kurz angebunden. »Weder Musicals noch die Band. Aber meine damalige Freundin wollte es unbedingt sehen.«

Damalige Freundin? Das heißt – er hat aktuell keine Freundin?

Verstohlen mustere ich sein markantes männliches Profil. Die dichten dunklen Haare. Die breiten Schultern. Ach was, er ist sicher vergeben. Er ist gut aussehend, intelligent und erfolgreich. Ein Machertyp. Und, wenn man erst hinter die düstere Fassade blickt, wirklich nett und lustig. So jemand wandelt nicht alleine durchs Leben.

Auf dem restlichen Rückweg lachen und scherzen wir übermütig, und ich bin ganz überrascht, als Chatham Place vor uns auftaucht – der Hinweg kam mir mindestens doppelt so lang vor. Colin und ich verabschieden uns in der Auffahrt von Rob und betreten das Schloss.

»Hast du noch Lust auf einen letzten Drink? Meine Hausbar hat immer geöffnet.« Colin deutet auf die Bibliothek.

»Gern.«

Er holt aus einem unscheinbaren Sideboard eine Flasche Whisky und zwei Gläser hervor. »Das ist mein geheimer Vorrat.« Er zwinkert mir zu. »Davon muss Mutter nichts wissen. Magst du Whisky? Es ist ein Glenfarclas, ein fünfundzwanzigjähriger.«

Colin schenkt ein, reicht mir ein Glas und lässt sich in den antiken Sessel fallen, in dem ich Rob und ihn neulich unfreiwillig belauscht habe.

»Ach, ab und zu ein lustiger Abend wie heute, das tut richtig gut.« Er trinkt einen Schluck und seufzt. »Weißt du, es ist kein Zuckerschlecken, sich um ein so großes Anwesen kümmern zu müssen.«

»Das kann ich mir gut vorstellen«, sage ich.

Er sieht mich nachdenklich an. »Trix, ich glaube, ich kann ehrlich zu dir sein. Unsere Situation … die Situation von Chatham Place … Es steht nicht gerade zum Besten.« Er macht eine Pause. »Du hast sicher bereits gemerkt, dass wir eigentlich das halbe Schloss reparieren müssten, aber du ahnst gar nicht, wie teuer das ist … Außerdem kommen viel zu wenig Besucher, und wenn wir nicht achtgeben, verwildert der Garten komplett …«

»Deswegen braucht ihr die Unterstützung des Trusts, oder?«, frage ich.

Er nickt. »Wir hätten sie wirklich bitter nötig. Wenn wir einen Beweis finden würden, dass die Geschichte um King George und Lady Emma wahr ist, würde der Trust uns mit hoher Wahrscheinlichkeit unterstützen.« Er blickt betrübt in sein Glas. »Leider haben wir bis jetzt nichts Nennenswertes gefunden, und das ist gar nicht gut.«

»Rob hat mal so etwas erwähnt«, sage ich zögerlich.

Colins Gesicht hellt sich auf. »Er ist großartig, oder nicht? Wenn jemand einen Beweis findet, dann er, ganz sicher.«

»Glaubst du denn, dass die Legende wirklich wahr ist?«, frage ich.

Colin sieht mich an. »Ja, sie gehört zu unserer Familie,

seit ich denken kann, und noch viel länger. Aber das reicht dem Trust natürlich nicht.«

»Und was passiert, wenn der Trust sich gegen eine Unterstützung entscheidet?«, frage ich vorsichtig.

Colin nimmt noch einen Schluck Whisky. »Dann kann uns nur noch der Himmel helfen.« Er bemüht sich um einen heitereren Tonfall. »Aber noch ist längst nicht aller Tage Abend. Und wie gesagt, ich bin zuversichtlich, dass Rob bald etwas findet.«

Schweigend trinken wir unseren Whisky aus.

»Jetzt bin ich aber wirklich reif für die Kiste.« Colin steht auf und reibt sich die Augen. Er räumt die Gläser auf, und wir verlassen gemeinsam die Bibliothek. »Also, Trix, schlaf gut!« Er nickt mir freundlich zu, als wir das obere Stockwerk erreichen.

»Du auch, Colin«, erwidere ich. »Du auch.«

Kapitel zehn

Da ist keine Chemie zwischen Colin und mir, absolut keine. Und ich kann mir schwer vorstellen, dass sich das jemals ändert. Diese Erkenntnis tut sich am nächsten Morgen vor mir auf, als ich leicht verkatert in den Spiegel schaue. Es nützt nichts. Ich muss der Wahrheit, so hart sie ist, ins Auge sehen.

Ich versuche, mir meinen ursprünglichen Vorsatz in Erinnerung zu rufen. Sinn, Verstand, Kaltschnäuzigkeit – das war doch das Triumvirat, das mich zum Erfolg führen sollte. Nur bezweifle ich inzwischen stark, ob das Ganze den Preis wert ist. Ein Leben ohne Liebe? Ohne Leidenschaft? Ohne echte, wahrhaftige Verbundenheit?

Ich sinniere den ganzen Vormittag darüber nach, während ich vorsichtig die Bilder im Gang abstaube (die hinterhältige Rokokodame wäre mir das letzte Mal beinahe heruntergefallen) und dabei gedankenverloren verfolge, wie Elsie eine kleine Gruppe in der Halle empfängt. Sie wirkt wie immer sehr aufgeregt und liest beinahe alles von ihrem Manuskript ab.

Patricias Worte spuken in meinem Kopf herum: *Liebe vergeht, Hektar besteht.*

Ich komme ins Wanken. Spielt Liebe denn wirklich eine so große Rolle? Kann man denn nicht auch mit Zuneigung glücklich werden? Mit solider Freundschaft?

»Miss Barker!« Eine scharfe Stimme reißt mich aus meinen Gedanken.

»Ja?« Ich drehe mich um und sehe Lady Chatham vor mir stehen, wie immer mit missbilligender Miene. »Haben Sie gesehen, wie schmutzig der Läufer auf der Empore ist?«

Ich nicke. »Ich staube hier noch rasch fertig ab und kümmere mich gleich darum, Mylady.«

Sie scheint sich damit zufriedenzugeben, denn ich ernte nur ein knappes Kopfnicken. Dann stolziert sie davon.

Ich sehe ihr nach. Es ist wirklich faszinierend, wie unterschiedlich Colin und seine Mutter sind.

Er hat so rein gar nichts von ihrer Bissigkeit und Arroganz – im Gegenteil. Colin ist einer der arglosesten und freundlichsten Menschen, die ich kenne. Ich muss daran denken, wie herzlich und vorbehaltlos er mich auf Chatham aufgenommen hat. Wie sehr er sich bemüht, damit ich mich hier wohlfühle. An seine Ehrlichkeit. Nein, denke ich schuldbewusst, Colin hat wirklich etwas Besseres verdient, als zum Spielball meiner materiellen Ambitionen zu werden.

Und außerdem, meldet sich eine fiese kleine Stimme, ist Colin ja womöglich gar nicht der vermögende Erbe, für den ich ihn ursprünglich gehalten habe.

Meine Entscheidung ist gefallen: Ich muss mich von meinem adeligen Traum verabschieden. Seltsamerweise macht mich das nicht ansatzweise so unglücklich, wie ich gedacht hätte. Ich bin selbst ganz erstaunt – sind doch gerade sämtliche Gin Tonics, Chesterfieldsofas und nachmittäglichen Tennisturniere den Bach runtergegangen.

Ich wische das letzte Staubkörnchen von einem Porträt und mache mich an den Läufer auf der Empore. Meine Hilfe wird hier jedenfalls dringend gebraucht, und ich sehe absolut keinen Grund für eine Rückkehr nach London. Absolut keinen.

Am späten Nachmittag stehe ich mit Elsie in der Eingangshalle. Sie hat gerade die zweite Führung beendet (es waren tatsächlich zwei an einem Tag, zwar nur mit jeweils einer Handvoll Besucher, aber immerhin), und wir besprechen, ob es sich noch lohnt, mit dem Bohnern der Treppenstufen anzufangen (Elsies Vorschlag), oder ob wir nicht doch lieber bei einem Stück Kuchen Ernie in der Küche Gesellschaft leisten sollten (meine Idee), als Lady Chatham und Colin auf uns zukommen.

»Elsie, wir müssen noch die Besucherliste für das Wochenende durchgehen.« Lady Chatham zieht einen akkurat gefalteten Zettel aus der Tasche ihres Blazers.

Elsie nickt gehorsam.

Während sie die Liste besprechen, beobachte ich einen dicklichen Mann, der gerade Elsies Führung mitgemacht zu haben scheint. Er diskutiert hitzig mit seiner Frau und wirft immer wieder ziemlich böse Blicke in unsere Richtung. Schließlich setzt er sich in Bewegung und kommt auf uns zu. Er bleibt hinter Lady Chatham stehen und räuspert sich.

Keine Reaktion.

Der Mann räuspert sich noch einmal, dieses Mal so laut, dass ihn nicht einmal Lady Chatham ignorieren kann.

»Ja bitte?« Sie dreht sich um und sieht ihn mit ihrem typisch herablassenden Blick an.

»Ich möchte gerne mit der Geschäftsführung sprechen! Bin ich da bei Ihnen richtig?« Er sieht sie ungehalten an.

Lady Chatham richtet sich kerzengerade auf und hebt das Kinn. »Ich bin Lady Chatham, die Hausherrin, ja.«

»Ausgezeichnet, die Hausherrin höchstpersönlich!« Die Augen des Besuchers blitzen wütend. »Dann ist ja meine Beschwerde bei Ihnen goldrichtig!«

Lady Chatham sieht ihn immer noch mit demselben herablassenden Ausdruck an, und ich bewundere ihn fast dafür, dass er sich überhaupt nicht einschüchtern lässt.

»Die Führung, die wir gerade mitgemacht haben, war grottenschlecht! Ein stupides Herunterbeten von Jahreszahlen und lauter verstaubte Porträts – vom sogenannten ›Höhepunkt‹ der Führung, dieser mottenzerfressenen Bettstatt, ganz zu schweigen!« Der Mann redet sich richtig in Rage. Ich merke, wie Elsie neben mir immer betretener aussieht. »Und dann diese hanebüchene Legende, dass King George hier einen Sprössling mit Lady Emma gezeugt haben soll! Was für ein

Schwachsinn!« Er hebt drohend den Zeigefinger. »Was Sie betreiben, ist bewusste Täuschung von gutgläubigen Besuchern!«

»Die Liaison von King George III. mit Lady Emma Furley ist ausreichend belegt«, erwidert Lady Chatham kühl, völlig unbeeindruckt von seiner Tirade. »Sie ist in der Familienchronik klar und deutlich vermerkt.«

Der Mann schnaubt verächtlich und zeigt auf den Reiseführer in seiner Brusttasche. »Und wenn wir schon dabei sind«, ruft er empört, »hier steht dick und fett geschrieben: ›Die Gartenanlage von Chatham Place ist ein Kleinod und schon für sich genommen einen Besuch wert. Die Eigentümerfamilie hat über Generationen hinweg in liebevoller Kleinarbeit seltene Pflanzenarten gesammelt und gehütet.‹« Er deutet abwertend in Richtung Garten. »Kleinod? Dass ich nicht lache! Da ist jede Grünanlage in Croydon gepflegter! Eine Frechheit, dafür auch noch Eintritt zu verlangen!«

Lady Chatham hat jetzt ein gefährliches Glitzern in den Augen, was offenbar auch Colin nicht entgangen ist. »Jetzt beruhigen Sie sich doch!«, versucht er, den aufgeregten Mann zu beschwichtigen.

»Nein, ich beruhige mich ganz sicher nicht! Diese Führung war ein Witz, einfach nur ein Witz!«

Neben mir bekommt Elsie feuchte Augen.

»Archibald, jetzt ist es aber genug!« Die Frau des aufgebrachten Besuchers tritt zu uns und bedeutet ihm peinlich berührt, still zu sein.

»Das würde ich auch sagen«, pflichtet Colin ihr bei. »Sie bekommen selbstverständlich Ihr Eintrittsgeld zurück, Sir, wenn Sie das wünschen. Aber ich würde Sie bitten, die Professionalität meiner Mitarbeiterin nicht so impertinent infrage zu stellen.« Demonstrativ platziert er sich neben Elsie, die ihn dankbar anschaut.

Der dicke Archibald schnaubt laut, sagt aber nichts mehr.

»Komm, Elsie.« Ich nehme sie am Arm und bugsiere sie aus der Gefahrenzone nach draußen in den Garten. »Mach dir nix draus!«, sage ich tröstend. »Die Geschmäcker sind eben verschieden.«

Sie sieht mich niedergeschlagen an. »Das ist lieb, Trix, aber ich merke ja selber, dass meine Führungen nicht gerade berühmt sind. Ich wollte sie ja auch gar nicht übernehmen! Ich finde es furchtbar, vor Menschen zu sprechen.« Sie wischt sich eine Träne aus dem Augenwinkel. »Aber Lady Chatham hat darauf bestanden. Sei jetzt bitte ehrlich: Findest du meine Führungen auch langweilig?«

Ich zögere. Irgendwie hat der dicke Archibald ja recht, sie sind fade.

»Ich finde, du hast einfach einen ... sehr eigenen Stil«, höre ich mich sagen und hoffe, dass sie es nicht in den falschen Hals bekommt. »Was ich meine, ist, dass du alles sehr ... sachlich präsentierst«, führe ich aus. »Das kann einem gefallen oder eben auch nicht.«

»Also sind sie langweilig.« Elsie schnieft jetzt wieder lautstark.

Ich schlucke. Ich kann ihr die Wahrheit in ihrem jetzigen Zustand beim besten Willen nicht zumuten. »Weißt du, Elsie«, ich lege einen Arm um sie, »ich glaube, dass deine Talente bei anderen Aufgaben einfach viel besser zum Tragen kommen. Vielleicht sollten wir mal mit Colin darüber sprechen?«

Sie sieht mich zweifelnd an. »Meinst du wirklich, dass das etwas bringen würde?«

Ich nicke zuversichtlich. »Aber sicher doch.«

Als wir uns wenig später zu Ernie in die Küche setzen (wir haben beschlossen, dass die Treppenstufen ruhig noch warten können), tischt er uns zusammen mit einem Teller köstlicher Sahneschnitten erfreuliche Neuigkeiten auf.

»Ich habe mir überlegt, dass wir heute einen Grillabend im Hof machen!« Er sieht uns gespannt an. »Was haltet ihr davon? Das Wetter ist fantastisch, und es wär doch mal eine nette Abwechslung.«

»Das ist eine tolle Idee, Ernie!« Elsies Gesicht hellt sich auf. »Das haben wir noch nie gemacht.«

»Dann speist Lady Chatham heute wieder außer Haus, nehme ich an?« Ich ziehe gespielt hoheitsvoll eine Augenbraue hoch.

Elsie kichert. »Darauf kannst du Gift nehmen, dass wir sonst niemals einen Grillabend veranstalten könnten!«

Ernie schmunzelt und reibt sich die Hände. »Gut, dann werde ich mal mit den Vorbereitungen loslegen.«

Als Elsie und ich gegen halb acht den Hof betreten, tragen Colin und Rob gerade Brennholz aus dem Schuppen und schichten es zu einem riesigen Stapel auf. Wir stellen drum herum ein paar Bänke auf, und Colin holt die erste Runde Getränke, die Ernie vorausschauend in der Pferdetränke kühl gestellt hat (Bier für Rob und ihn, Pimm's für Elsie und mich).

Da kommt Ernie auch schon mit einem Tablett voller Würstchen, Koteletts, Kartoffelsalat und anderen Leckereien beladen aus dem Haus und baut auf einem Gartentisch ein provisorisches Büfett auf.

Elsie und ich sind bereits bei unserem zweiten Gläschen Pimm's angelangt. Ich fühle mich leicht und unbeschwert und auch schon ein wenig beschwipst. Was soll's? Es ist Freitagabend, Lady Chatham ist aus dem Haus, und die Mäuse – äh, wir – tanzen auf dem Tisch. Beziehungsweise im Hof.

Rob entzündet geschickt das Feuer. Bald knackst das Holz munter vor sich hin und taucht alles in ein stimmungsvolles Licht.

Wir setzen uns auf die Bänke, und jeder bekommt von Ernie einen Metallspieß. Ich stecke ein Würstchen darauf und halte es erwartungsvoll ins Feuer. Schon nach kurzer Zeit strömt ein herrlicher Duft in meine Nase. Jetzt erst merke ich, was für einen Hunger ich habe. Ich nehme noch ein Schlückchen Pimm's. Okay, jetzt bin ich richtig beschwipst.

Habe ich eigentlich schon erwähnt, dass ich zu ... ähm ... unklugem Verhalten neige, wenn ich zu viel getrunken habe? Zum Beispiel vor fünf Jahren, da hatte gerade mein damaliger Freund mit mir Schluss gemacht. Er war weder besonders nett noch besonders toll, deswegen hielt sich der Verlust in Grenzen. Aber trotzdem, die Niederlage nagte an mir, und so stürmte ich spontan mit meiner damals besten Freundin eine Bar in unserem Heimatort und bestellte Tequila. Viel Tequila. Bis ich genug Mut hatte, mich vor das Haus meines Ex-Freundes zu stellen und laut »Du schlappschwänziges Würstchen! Trau dich nur heraus!« zu rufen. Das Dumme daran: Er wohnte noch bei seinen Eltern, und seine Mutter, die mich sowieso nie besonders mochte, hörte mich. Sie jagte mich davon, und ich war wochenlang Gesprächsthema Nummer eins in unserer beschaulichen Kleinstadt. Na ja, aber es war die Wahrheit.

»Ich hole mir noch etwas Kartoffelsalat«, sagt Elsie und steht auf. »Soll ich dir was mitbringen?«

Ich lehne dankend ab. Mein Blick schweift zu Rob, der schräg gegenüber neben Colin auf einer Bank sitzt. Heute trägt er ein rot-grün kariertes Hemd, das lässig bis zu den Ellbogen aufgekrempelt ist und den Blick auf seine muskulösen Unterarme freigibt. Er wirkt vollkommen entspannt, ein Bier in der einen, den Teller in der anderen Hand, und unterhält sich angeregt.

Ich betrachte ihn nachdenklich. Er ist wirklich attraktiv. Irgendwie süß, vor allem mit den kleinen Lachfältchen um die Mundwinkel, die ihn gleich viel freundlicher wirken lassen. Aber auch männlich. Meine Augen wandern seinen geschmeidigen Körper entlang. Sehr männlich.

Plötzlich merke ich, dass er mich auch ansieht. Schnell senke ich den Blick wieder auf mein Würstchen und beiße etwas ungeschickt davon ab.

Als ich wieder aufsehe, steht Rob direkt vor mir.

»Ist der Platz hier noch frei?«, fragt er in gespieltem Ernst und deutet auf die ungefähr drei Meter leere Bankfläche neben mir.

»Sicher«, sage ich und spüre, wie ich auf einmal etwas nervös werde, was mich im selben Moment ärgert, weil es absolut keinen Grund dazu gibt. Ich beiße noch einmal herzhaft in mein Würstchen, um nichts sagen zu müssen.

»Du isst gerne, oder?« Rob setzt sich neben mich und betrachtet interessiert das halbe Würstchen in meiner Hand und meinen leeren Teller.

Dann bemerkt er offenbar meinen entgeisterten Blick, denn er hebt erschrocken die Hände. »Bitte versteh mich nicht falsch, ich wollte damit nur sagen, dass mir aufgefallen ist, dass du wirklich genießen kannst.«

Ich lache erleichtert. »Und ich dachte schon, man sieht es mir an.«

Rob macht eine schuldbewusste Miene. »Ich benehme mich manchmal wirklich wie ein Elefant im Porzellanladen.« Er sieht mich schelmisch von der Seite an. »Und nur fürs Protokoll: Du siehst toll aus ...«, er zögert einen winzigen Moment, »... auch nackt.«

Ich schaue ihn entgeistert an.

Dann prusten wir beide gleichzeitig los. Es ist wahrscheinlich dem Alkohol zu verdanken, dass ich die Situation gerade unheimlich komisch finde. Ich schlage die Hände vor dem Mund zusammen, lasse dabei mein Würstchen fallen und kann mich vor lauter Lachen fast nicht mehr auf der Bank halten.

»Ich wäre am liebsten im Erdboden versunken, als du

plötzlich vor der Tür standst«, sage ich und wische mir die Lachtränen aus den Augenwinkeln. »Es war wirklich unglaublich peinlich.«

Rob trinkt, ebenfalls lachend, sein Bier aus. »Glaub mir, dein Anblick war alles andere als peinlich.« Er grinst. »Aber ich wusste ehrlich gesagt auch nicht ganz, wie mir geschieht.«

Ich weiß nicht recht, was ich darauf antworten soll, und spiele stattdessen, jetzt wieder eine Spur verlegen, mit meinem leeren Glas.

»Willst du noch was zu trinken?« Rob schaut mich an. »Noch ein Gläschen Pimm's vielleicht? Oder lieber was anderes?«

»Ich glaube, Wasser wäre die klügere Wahl«, antworte ich leichthin und gebe ihm mein Glas. Ich neige, wie gesagt, zu Dummheiten, wenn ich zu viel trinke.

Er nickt. »Gut, dann Wasser.«

Als er mit dem Glas Wasser für mich und einem Bier für sich selbst wieder zurückkommt, scheint das Eis zwischen uns endgültig gebrochen. Wir reden und reden, und die Zeit vergeht wie im Flug.

Dass Rob ursprünglich aus Schottland stammt, weiß ich ja bereits. Inzwischen lebt er der Arbeit wegen in London (Pimlico, Apartment im siebten Stock, wahrscheinlich eine supertolle Aussicht über die Themse), ist aber die meiste Zeit für Projekte des Trusts irgendwo im Land unterwegs.

»Aber wenn man ständig woanders ist, ist das nicht schwierig mit dem Privatleben?«, frage ich. »Man ist dann doch meiste Zeit ziemlich ... allein, oder nicht?«

Rob zuckt mit den Schultern. »Kann sein. Um ehrlich zu sein, habe ich noch nie großartig darüber nachgedacht. Meine Freunde wissen, wie mein Job ist, und akzeptieren es. Wenn wir uns wiedersehen, ist es, als ob ich nie weg gewesen wäre.« Er trinkt nachdenklich einen Schluck Bier. »Meine Ex-Freundin hingegen hat meine dauernde Abwesenheit nicht ganz so entspannt gesehen.«

Ich sehe ihn fragend an.

»Als ich letztes Jahr von einem längeren Projekt aus Wales zurückgenommen bin, war sie weg. Inzwischen wohnt sie mit ihrem Physiotherapeuten zusammen.« Er verzieht das Gesicht zu einer vielsagenden Grimasse.

Ich muss kichern und ringe mir dann ein mitfühlendes »Oh, echt blöd!« ab.

Er hat also keine Freundin, halte ich fest, und bemerke, dass ich über diese Tatsache nicht unerfreut bin. Obwohl es ja absolut keine Rolle spielt.

Rob winkt ab. »Wenn es die große Liebe gewesen wäre, wäre das nicht passiert.« Er zögert. »Ich glaube, wenn es in einer Beziehung wirklich passt, dann findet man einen gemeinsamen Weg. Egal, wie weit man voneinander entfernt ist. Oder nicht?« Forschend blickt er mich an.

Ich werde leicht verlegen. »Wahrscheinlich schon, ja ... Obwohl man viel zu oft glaubt, es wäre die große Liebe.«

Rob nickt und lacht. »Da hast du allerdings recht.«

»Und deine Familie?«, frage ich interessiert.

Er hört auf zu lachen. »Meinen *Erzeuger* habe ich nie kennengelernt. Aber mein *Dad* ist ein toller Kerl. Mum hat ihn geheiratet, als ich noch ganz klein war, und er hat mich immer wie seinen eigenen Sohn behandelt.« Ein Schatten legt sich auf sein Gesicht. »Auch nachdem Mum ... nachdem sie letztes Jahr gestorben ist.«

»Oh ... Das tut mir leid!«, sage ich mitfühlend. »Was ... was ist passiert? War sie ... krank?«

Rob schüttelt den Kopf. »Es war ein Unfall, ein ganz banaler Verkehrsunfall. Sie war mit dem Fahrrad unterwegs, und als sie auf einer Kreuzung abbiegen wollte ... ein Kleintransporter ... er hat sie nicht gesehen. Er hat sie erwischt und ein Stück mitgeschleift.« Ich sehe ihm an, wie viel Kraft es ihn kostet weiterzusprechen. »Jede Hilfe kam zu spät. Ihre Lunge war zu stark gequetscht ... Sie ist einige Stunden später im Krankenhaus gestorben.«

»Wie furchtbar!«, sage ich geschockt.

Rob sieht auf einmal sehr müde aus. »Ja, das war es. Ich war zu der Zeit gerade für den Trust auf den Aran-Inseln, und es war ein stürmischer Tag. Keine Fähre wollte übersetzen, und der Flugverkehr war lahmgelegt. Ich kam erst einen Tag später in Glasgow an.« Er macht eine lange Pause. »Einen Tag zu spät. Es tut mir immer noch leid, dass ich in den letzten Stunden nicht bei ihr sein konnte.«

Ich sehe ihn mitfühlend an. Von Eisblock keine Spur mehr. Alles, was ich sehe, ist ein Mann, der um einen geliebten Menschen trauert. Unwillkürlich lege ich meine Hand auf seinen Arm.

Er hebt den Blick und schaut mich an. Schnell ziehe ich die Hand wieder zurück.

»'tschuldige«, sage ich rasch und komme mir idiotisch vor.

»Schon gut.« Rob wendet den Blick ab und starrt ins Feuer. »Meine Mutter war Sozialarbeiterin in einem Problemviertel.« Er schluckt hörbar. »In ihrer Freizeit hat sie sich um die Kinder von Einwanderern gekümmert und ihnen beim Englischlernen geholfen. Sie hat immer gesagt, nur wenn jemand die Sprache beherrscht, hat er auch eine Chance auf einen guten Job, ein gutes Leben hier.« Er lächelt unwillkürlich.

»Das klingt, als ob sie ein wunderbarer Mensch war«, sage ich mit belegter Stimme.

Rob nickt wehmütig. »Ja, das war sie. Sie war ein Engel. Das sagt jeder, der sie gekannt hat.«

Wir schweigen, aber es fühlt sich nicht unangenehm an, sondern irgendwie ... richtig.

Kapitel elf

»Du machst das sicher fantastisch«, sagt Elsie zuversichtlich. »Es sind Amerikaner, die wissen erfahrungsgemäß nicht allzu viel über englische Geschichte, also bloß keine Sorge.«

Sorgfältig befestige ich das Namensschild, das Elsie mir gemacht hat, am Revers meiner Bluse und streiche meinen Rock glatt. Für heute hat sich eine größere Reisegruppe aus Amerika angemeldet, und Elsie muss zum Zahnarzt. Ich soll für sie die Führung übernehmen. Meine erste eigene Führung.

Elsie drückt mir ihr Klemmbrett in die Hand. »Halt dich einfach strikt an das Manuskript.«

Ich blicke zweifelnd auf den dicken Papierstapel. Ob das eine gute Idee ist? Nicht ganz überzeugt mache ich mich auf zum Eingang, atme noch einmal tief durch und öffne dann das Schlossportal.

»Einen schönen guten Morgen und herzlich willkommen auf Chatham Place!« Ich strahle die Besucher an.

Es ist eine bunt gemischte Gruppe. In der ersten Reihe steht eine Großfamilie mit vier Kindern, eines blonder und rotwangiger als das andere. Dahinter sehe ich zwei ältere grauhaarige Ehepaare, drei rüstige Senioren und ein Grüppchen von Damen um die fünfzig, die interessiert die Fassade begutachten.

»Können Sie uns sagen, wieso es Chatham *Place* heißt? Ich dachte, das ist ein *Schloss*«, meldet sich eine der Damen neugierig zu Wort.

»Ist es auch«, entgegne ich und bin froh, gleich mit meinem Wissen glänzen zu können. »Es galt früher als vornehm, sich nicht das Etikett eines Schlossherrn umzuhängen, auch wenn es für jedermann ersichtlich war, dass man eines besaß. Stattdessen wählte man die Bezeichnung ›Place‹, die als elegant und zurückhaltend galt.« Ich sehe, wie die Leute interessiert nicken.

»Adel verpflichtet!«, ruft ein korpulenter Herr und lacht lauthals.

Der Rest der Gruppe stimmt mit ein. Ich bin erleichtert – die Stimmung ist schon mal ganz gut.

»Beginnen wir also mit der Führung. Bevor wir aber hineingehen«, ich schenke den Besuchern einen bedeutungsschweren Blick, »muss ich Ihnen noch etwas mit auf den Weg geben: Dieses Schloss ist mehr als siebenhundert Jahre alt, und die Schlossmauern bergen mehr Geheimnisse, als die meisten von uns vertragen können. Wenn Ihnen also etwas Ungewöhnliches auffällt, wundern Sie sich nicht.«

Das Damengrüppchen sieht sich unwillkürlich um.

»Folgen Sie mir nun also in die Bibliothek.«

Wir durchqueren die Eingangshalle, und ich öffne die schwere Holztür zur Bibliothek. Ein ehrfurchtsvolles Raunen wandert durch die Gruppe. Dieser Raum ist aber auch wirklich eindrucksvoll, mit den Hunderten, wenn nicht Tausenden von Büchern, alten und neuen, Wälzern und Enzyklopädien, Atlanten und Lexika.

Ich denke an Elsie, die vielen ermüdenden Jahreszahlen und den endlosen Stammbaum der Furleys. Spontan beschließe ich, das Manuskript über Bord zu werfen. Ich weiß doch inzwischen wirklich genügend interessante Details.

»Die Bibliothek war schon immer der Dreh- und Angelpunkt eines jeden herrschaftlichen Hauses«, erkläre ich. »Und diese hier ist natürlich etwas ganz Besonderes.«

Ratlose Gesichter. Gut.

»Hier nämlich«, ich lege eine kurze, effektvolle Pause ein, »und das ist den wenigsten bekannt, hier trafen King George III. und Lady Emma Furley das erste Mal aufeinander. Der Beginn einer Liaison mit weitreichenden Konsequenzen.« Ich werfe einen dramatischen Blick in die Runde. Dann kommt mir plötzlich eine geniale Idee.

Ich gehe auf einen unscheinbaren älteren Herrn mit randloser Brille zu. »Könnten Sie mir vielleicht assistieren?«, frage ich höflich, nehme ihn am Arm und führe ihn in die Mitte des Raumes.

Die anderen bilden gespannt einen Halbkreis um uns.

»Stellen Sie sich vor: Der mächtige, reiche und eigentlich auch glücklich verheiratete King George kommt hierher, um auf die Jagd zu gehen«, sage ich und deute auf meinen frisch erkorenen Hauptdarsteller. »Sie sind jetzt King George.«

»Und was muss ich machen?«, fragt er mit ratlosem Gesicht.

»Das überlasse ich ganz Ihrer eigenen Interpretation.« Ich wedele großzügig mit der Hand.

»King George« nickt, und seine Augen fangen an zu glänzen. Ha, ich wusste es! Der war früher sicher im Schultheater.

»King George trifft also im Jahre 1778 auf Chatham Place ein, nicht ahnend, dass er hier die Liebe seines Lebens treffen wird. Er betritt mit seinem Gefolge das Schloss und sieht sich um.« Ich werfe meinem Darsteller einen ermutigenden Blick zu.

Dieser strafft die Schultern, lässt seinen Blick durch den Raum schweifen und schreitet würdevoll Richtung Bücherregal.

»Genau so.« Ich nicke ihm anerkennend zu. »Er steht in der Eingangshalle, ganz alleine. Dann eilt ein Diener ihm entgegen und bittet um Entschuldigung. Der Hausherr, Lord Chatham, sei noch im Dorf, weshalb nur seine Frau den König empfangen könne. Sie warte in der Bibliothek.«

Mein Hauptdarsteller schreitet immer noch würdevoll umher.

»King George betritt also die Bibliothek, den Raum, in dem wir jetzt gerade stehen.« Ich deute theatralisch um mich. »Er ist etwas pikiert, nicht gleich am Schlosseingang gebührend empfangen worden zu sein ...«

»King George« runzelt die Stirn, setzt einen etwas hochnäsigen Blick auf und geht dann zielstrebig auf eine der Damen zu.

»… und plötzlich sieht er sie, versunken in einen Roman von Alexander Pope.«

»Und das wissen Sie so genau, welchen Roman die Dame gelesen hat?«, ertönt eine kritische Stimme von links.

»Pst!«, zischt die Mutter der vier Rotschöpfe sofort. Ich schenke ihr einen dankbaren Blick.

»Lady Emma bemerkt den Besucher zuerst gar nicht«, fahre ich fort, »aber dann spürt sie seinen Blick auf sich ruhen, seinen *royalen* Blick, und dreht sich um.«

Die Dame, vor der mein King George stehen geblieben ist, findet nun ebenfalls Gefallen an ihrer Rolle. Sie dreht sich langsam um und wirft ihm dabei einen schmachtenden Blick zu.

»Sie machen das ausgezeichnet!«, sage ich begeistert.

King George und Lady Emma sehen sich tief in die Augen. Dann nimmt King George ihre Hand und führt sie galant an seine Lippen.

»Aaahhh«, raunt das Publikum.

»Ausgezeichnet!« Ich freue mich über so viel Improvisationstalent. Die beiden sind wirklich gut. Ich bin selbst ganz fasziniert.

»So hat es sich zugetragen – ab diesem Zeitpunkt waren die beiden ineinander verliebt und verbrachten noch viele gemeinsame Stunden auf Chatham Place.« Ich unterstreiche meine Worte mit dramatischen Gesten. »Zwar war der König nicht sonderlich oft abkömmlich, aber wann immer sich die Gelegenheit ergab, reiste er nach Kent zu seiner geliebten Lady Emma.«

Inzwischen halten sich King George und Lady Emma innig an den Händen. Ich glaube, King George überlegt kurz, ob er sie vielleicht sogar küssen sollte, traut sich dann aber nicht.

Schade eigentlich.

»Großartig, einfach großartig!« Ein Herr fängt an zu applaudieren. »So wird Geschichte lebendig!«

Die anderen stimmen begeistert in den Applaus mit ein. King George und Lady Emma verbeugen sich wie auf einer Bühne.

»Vielen Dank!« Ich lächle bescheiden und will die Gruppe gerade zurück in die Eingangshalle führen, als ich Rob bemerke. Er steht in der offenen Tür, an den Rahmen gelehnt, und wirkt äußerst amüsiert. Hat er meinen ganzen Auftritt mitbekommen?

»Das ist ja wirklich eine einzigartige Perspektive auf die Geschichte von King George und Lady Emma«, raunt er mir zu, als ich mich an ihm vorbei durch die Tür schieben will. »Da bekomme ich richtig Lust, auch mal eine Führung mitzumachen!«

Mir fällt auf, dass sein Gesicht gerade ziemlich nah an meinem ist. So nah wie noch nie. So nah, dass ich sehe, dass seine braunen Augen kleine goldfarbene Sprenkel haben.

»Nun – ich stehe jederzeit gerne zur Verfügung!«, sage ich keck und erschrecke im gleichen Moment. Was rede ich denn da? Ich meine – da habe ich gerade erst meine »Mission Colin« aufgegeben, und schon flirte ich mit Rob?

»Das müsste dann aber eine private Führung sein. Als

Denkmalschutzexperte erwarte ich natürlich eine bevorzugte Behandlung«, sagt Rob in einem übertrieben formellen Tonfall. »Außerdem könnte es durchaus sein, dass einige Details, nun ja, ausführlicher besprochen werden müssen.«

Wenn mich nicht alles täuscht, flirtet *er* jetzt definitiv mit *mir*!

»Private Führungen sind meine Spezialität, Mr Turner«, antworte ich im gleichen professionellen Ton, »aber natürlich nur für ausgewählte Gäste.«

»Es wäre mir eine Ehre, Ms Barker«, erwidert er und zwinkert mir zu. »Ich werde auf jeden Fall auf Ihr Angebot zurückkommen.«

»Mit Vergnügen, Mr Turner.« Mir wird etwas heiß. Er steht wirklich verdammt dicht vor mir.

Hinter mir räuspert sich jemand. Ups, ich habe ganz vergessen, dass meine Gruppe hinter mir wartet. Wie schade!

»Ich muss weiter«, raune ich Rob zu und kann ein leichtes Bedauern in meiner Stimme nicht verbergen.

Er tritt demonstrativ einen Schritt zur Seite. »Lass dich von mir nicht aufhalten.«

Nach dem gelungenen Auftakt in der Bibliothek ist das Schlafgemach von Lady Emma nur noch die Draufgabe. Die Besucher machen eifrig Fotos, und ich lasse »King George« als Dank für seinen tapferen Einsatz sogar unerlaubterweise über die Absperrung steigen, damit er sich kurz auf das Bett setzen kann. Die weiteren Räume und die Ahnengalerie spare ich mir. Die Gäste sind blendend gelaunt, man könnte sagen, beinahe aufgekratzt. Nach der Führung posieren »King George« und »Lady Emma« im Garten für Fotos.

Auch ich bin bester Laune, weil ich ständig an das Gespräch in der Bibliothek denken muss. Wenn das kein Flirt war, weiß ich auch nicht mehr.

Schließlich verabschiedet sich die Gruppe überschwänglich und hinterlässt mir ein stattliches Trinkgeld. Ich schließe gerade mit einem zufriedenen Lächeln das Schlossportal, als ich Schritte hinter mir höre. Ich drehe mich um – und das Lächeln gefriert mir schlagartig auf den Lippen.

Lady Chatham steht vor mir, mit verschränkten Armen und ihrer typischen Eiskönigginnen-Miene.

»Was war denn das bitte für ein Affentheater?« Sie zieht die rechte Augenbraue hoch.

Ups, sie hat die Führung also mitbekommen.

»Ich wollte nur etwas ... Schwung hineinbringen«, verteidige ich mich.

»Unsere Führungen brauchen keinen Schwung«, versetzt sie eisig. »Dieses Schloss ist der Stammsitz der Furleys, einer der ältesten Adelsfamilien Großbritanniens, und das schon seit mehr als siebenhundert Jahren. Das dürfte doch wirklich Grund genug für einen Besuch sein.« Lady Chathams Augenbraue ist immer noch hochgezogen. Faszinierend, dass sie dafür gar keine Muskeln zu brauchen scheint, die Braue bleibt wie von selbst oben. »Gerade für Amerikaner, die selbst keinen Adel haben.« Abfällig sieht sie in Richtung Eingangstür.

Ich atme tief durch und verkneife mir jeden Widerspruch. »Sicher, Lady Chatham«, murmle ich unterwürfig. »Es wird nicht wieder vorkommen.«

Am Abend liege ich auf meinem Bett, alle viere von mir gestreckt. Ich bin satt. Sehr satt. Mein Magen ist komplett gefüllt mit Erbsen-Minze-Suppe, Rinderfilet mit Frühlingsgemüse sowie himmlischen Brownies mit flüssigem Karamellkern. Hat es alles zum Abendessen gegeben. Wobei Abendessen ein viel zu bescheidener Ausdruck ist für das, was Ernie aufgetischt hat. Ehrlich, er sollte einen Orden für sein Essen bekommen. Oder zum Ritter geschlagen werden.

Ich bin wirklich pappsatt. Warum musste ich auch noch einen zweiten und dritten Brownie nehmen? Ich richte mich mühsam auf, wälze mich vom Bett und öffne ein Fenster. Tief atme ich die laue, fast schon frühsommerliche Luft ein. Es ist beinahe dunkel, nur ein letzter orangefarbener Streifen ist noch am Horizont zu sehen. Wahrscheinlich würde mir ein kleiner Verdauungsspaziergang guttun. Auf jeden Fall besser, als hier wie ein vollgefressener Käfer auf dem Bett zu liegen.

Ich schnappe mir meine Jacke und gehe raus in den Garten. Ich will gerade hinunter zum Rondell spazieren, als ich sehe, wie sich ein schemenhafter Umriss bei den Hecken, gleich neben der Marmorbank, zu schaffen macht. Ich kneife die Augen zusammen. Wer kann das bloß sein? Mr Trelawney?

»Der ist doch schon vor Stunden nach Hause gegangen«, murmle ich vor mich hin und habe plötzlich ein mulmiges Gefühl.

Ich nähere mich langsam der Gestalt, die vollkommen vertieft wirkt. Sie hält einen länglichen Gegenstand in der Hand und scheint damit ... *die Hecke zu schneiden?*

Ich gehe noch näher heran und stutze. Das gibt's doch nicht! Vor mir steht ...

»Elsie!«, rufe ich erstaunt.

Erschrocken lässt sie die Gartenschere fallen. Sie trägt einen grünen Overall und hat sich eine Schürze umgebunden.

»Ach, du bist es, Trix!« Sie sieht mich erleichtert an.

»Was machst du denn hier?«

Hektisch blickt sie sich um. »Kein Wort zu niemanden, schon gar nicht zu Grandpa!«

Ich schüttle eilig den Kopf.

»Ich kann einfach nicht dabei zusehen, wie der Garten verkommt. Ich weiß, Grandpa gibt sich Mühe, aber es ist viel zu viel für ihn.« Sie seufzt. »Weißt du, wie viele Leute sich früher um den Garten gekümmert haben? Fünf! Fünf Personen, die den ganzen Tag damit beschäftigt waren, alles in Schuss zu halten!«

»Und wo sind die alle hin?«, frage ich erstaunt.

»Na ja, erstens hat der alte Lord Chatham ja immer selbst mitgeholfen. Der Garten war sein Leben! Und dann wurde es mit der Zeit einfach zu teuer, so viele Leute zu beschäftigen. Mit dem Besucherbetrieb ging es bergab, und als Lord Chatham schließlich nicht mehr da war ...« Elsies Stimme verliert sich. »Und jetzt soll mein Großvater das alles alleine schaffen? Das ist unmöglich, wie man ja leider auch deutlich sieht.« Sie deutet frustriert um sich.

»Und deshalb hilfst du ihm? Heimlich?« Ich kann es nicht fassen. Elsie, die brave Elsie, schleicht sich nachts in den Garten und jätet, harkt und stutzt Hecken.

Elsie nickt, einen Anflug von Trotz im Blick. »Wie gesagt, ich konnte einfach nicht mehr zusehen, wie alles verkommt. Dieser Garten ist ein Kleinod, Trix! Ein Paradies, ein Platz zum Träumen. Oder zumindest war er das mal.« Sie hebt die Gartenschere wieder auf. »Ich weiß genau, dass Grandpa verletzt wäre, wenn er wüsste, dass ich ihm die Pflege des Gartens nicht mehr zutraue. Und meine Hilfe will er partout nicht annehmen. Er sagt, ich habe sowieso schon alle Hände voll zu tun mit meinen Aufgaben im Schloss. Was ja auch irgendwie stimmt.« Sie wischt sich eine Schweißperle von der Stirn. Erst jetzt sehe ich, dass ihr Kopf komplett rot angelaufen ist von der anstrengenden Arbeit.

»Dann ist auch noch meine Großmutter vor zwei Jahren gestorben, und seitdem ist der Garten sowieso das Allerwichtigste in Grandpas Leben! Er war hier über vierzig Jahre Obergärtner, Trix, stell dir das vor, fast ein halbes Jahrhundert!«

Sie hat recht, das ist wirklich eine unglaublich lange Zeit.

»Aber merkt denn dein Großvater nicht, dass noch jemand hier arbeitet?«

Elsie winkt ab. »Die Grünflächen sind so riesig, da verliert er schon mal den Überblick. Außerdem achte ich immer darauf, dass ich in den Bereichen des Gartens arbeite, die er gerade nicht im Fokus hat.«

»Und von den anderen hat auch noch keiner was gemerkt? Ich meine, Colin? Lady Chatham? Irgendwer?«

Elsie zuckt mit den Schultern. »Ich arbeite ja nur abends, wenn alle in ihren Zimmern sind. Keiner sieht direkt in den Garten hinaus, zumindest nicht dorthin, wo ich arbeite.«

Ich betrachte sie nachdenklich. »Und wieso fragst du die Furleys nicht einfach, ob du bei der Pflege des Gartens helfen darfst? Du kennst dich so gut aus und machst die Arbeit gerne – was kann einem Arbeitgeber denn Besseres passieren?«

Elsie zuckt mit den Schultern. »Ach, Trix, ich weiß nicht ... Ich glaube, Lady Chatham wäre nicht begeistert davon. Du weißt ja, wie sie ist ... Für sie wäre das wohl eher eine Kompetenzüberschreitung, und davon hält sie bekanntlich überhaupt nichts.« Elsie grinst schelmisch.

Ich muss ebenfalls grinsen. »Da hast du wahrscheinlich recht. Der Garten scheint sie generell eher wenig zu interessieren, oder?«

Elsie nickt. »Das kannst du laut sagen. Für sie ist es wahrscheinlich ein einziges kostspieliges Dickicht. Ich habe schon öfter überlegt, Colin einzuweihen, aber am Ende steht er doch zu sehr unter ihrer Fuchtel, fürchte ich.«

Ich schüttle entschlossen den Kopf. »Ich glaube, er würde sich sehr darüber freuen, dass du den Garten so sehr liebst und hier arbeiten willst. Und er würde es garantiert nicht deinem Großvater verraten.«

Elsie wirkt schon etwas optimistischer. »Weißt du, Trix, vielleicht sage ich es ihm wirklich.« Sie zögert kurz. »Und vielleicht sage ich ihm bei der Gelegenheit auch gleich, dass ich wirklich gerne hier bin ... hier bei ihm, auf seinem Schloss, meine ich.« Sie blickt zu Boden. »Richtig gerne, wenn du weißt, was ich meine?«

Ich sehe sie überrascht an. Colin und Elsie? Darauf wäre ich nie gekommen. Aber warum eigentlich nicht? Wenn ich genauer darüber nachdenke: Sie passen hervorragend zueinander.

Ich lächle sie verschwörerisch an. »Ja, ich glaube, ich weiß es, Elsie.«

Kapitel zwölf

Kaum zu glauben, aber am nächsten Morgen habe ich schon wieder einen gesunden Appetit. Ich sitze mit Elsie und Rob am Frühstückstisch und verputze gerade den letzten Löffel meines leckeren Joghurts mit Früchten, als Colin die Küche betritt.

»Guten Morgen allerseits!« Er strahlt uns an. »Ein wunderschöner Tag heute, nicht wahr?«

Er schenkt sich eine Tasse Tee ein und nimmt neben mir Platz. »Trix, kannst du heute vielleicht Mr Trelawney zur Hand gehen? Er möchte einige Blumenbeete umstechen, und ich glaube ehrlich gesagt, dass er dabei gut ein bisschen Hilfe gebrauchen könnte.«

Ich stehe auf. »Sicher, gerne. Ich geh gleich zu ihm raus.«

»Sag Grandpa bitte, er soll es ruhig angehen lassen, er hat doch solche Rückenprobleme!«, ruft mir Elsie besorgt hinterher. »Das letzte Mal, als er ein Blumenbeet neu bepflanzt hat, mussten wir ihn danach tagelang mit Schlammpackungen und Wärmekompressen behandeln.«

Als ich kurz darauf zu Mr Trelawney stoße, ist er bereits emsig am Werk. Er ächzt und stöhnt, tief über ein

Beet gebeugt, und ich meine fast, seine Knochen laut knacksen zu hören.

»Mr Trelawney, lassen Sie das doch mich machen!« Eilig nehme ich ihm den Spaten ab.

»Danke, Trix, das ist lieb von dir.« Er richtet sich mühevoll auf und reibt sich mit schmerzverzerrtem Gesicht den unteren Rücken. »Ich bin ja noch ganz gut in Schuss, würde ich sagen, aber dieses ständige Bücken wird in letzter Zeit wirklich etwas beschwerlich.« Er deutet auf das Beet. »Die alten Pflanzen kommen heraus, dann stechen wir die Erde um und setzten die neuen ein.«

Ich greife nach dem Spaten und beginne, das Beet zu beackern. Mr Trelawney holt derweil mit dem Schubkarren die neuen Blumensetzlinge und stellt sie in der richtigen Reihenfolge auf. Es wird ein richtig schönes Muster, mit violetten, zartlila und blassrosafarbenen Blüten.

Nachdem das erste Beet geschafft ist, sieht Mr Trelawney auf seine Uhr. »Es ist schon nach elf. Was hältst du von einer kurzen Pause?«

Ich nicke erschöpft. Gartenarbeit ist wirklich anstrengend. Ein Wunder, dass Elsies Großvater das in seinem Alter überhaupt noch schafft.

Wir setzen uns auf die Marmorbank. Mr Trelawney deutet auf das große schmiedeeiserne Tor zu unserer Rechten. »Weißt du eigentlich, was sich dahinter verbirgt?«

Ich schüttle neugierig den Kopf.

»Das ist der Indische Garten, mit lauter exotischen Pflanzen des indischen Subkontinents. Einer von Colins Vorfahren, ich glaube, es war sein Ururgroßvater, war als

Gouverneur in Ceylon, heute heißt es ja Sri Lanka, und hat sie von dort mitgebracht.«

Ich sehe Mr Trelawney gespannt an.

»Der Garten ist leider komplett verwildert, aber James hat vor seinem Tod intensive Nachforschungen angestellt. Es sind anscheinend einige kostbare Raritäten dabei.« Mr Trelawney sieht niedergeschlagen zu Boden. »Wir wollten den Garten revitalisieren, weißt du? James hatte einige großartige Ideen.«

»Wirklich?«, frage ich interessiert.

Mr Trelawney nickt. »Ja, und wir hatten schon recht detaillierte Pläne. Natürlich wäre es für uns zwei alte Knacker sehr schwer geworden, sie ohne fremde Hilfe umzusetzen, aber man wird doch noch träumen dürfen, oder nicht?« Er zwinkert mir zu. Dann wird sein Gesicht wieder nachdenklich. »Vor allem die Idee mit der Kamelienzucht, die geht mir nicht mehr aus dem Kopf.«

»Kamelien?« Wahrscheinlich erweise ich mich gerade endgültig als botanische Analphabetin, aber ich habe keine Ahnung, was eine Kamelie sein soll.

»Kamelien sind Teesträucher. Sie haben sehr hübsche Blüten, und aus den Blättern kann man Tee gewinnen.« Unbemerkt ist Elsie hinter uns getreten. Sie hält eine Thermoskanne, zwei Becher und einen Teller mit frischen Waffeln in der Hand. »Eine kleine Stärkung für die fleißigen Gärtner«, sagt sie, setzt sich neben uns und gießt Tee in die Becher. »Es ist deine Lieblingssorte, Grandpa, du weißt schon, der Darjeeling von Twinings.«

»Danke, Kind!« Mr Trelawney nimmt genüsslich einen großen Schluck aus dem Becher. »Ich weiß, sie produzieren inzwischen in riesigen Mengen, aber für mich ist Tee von Twinings der beste, schon seit ich ein Kind war. Besonders der Darjeeling.«

»Kamelien, Trix, wachsen übrigens vor allem in China und Indien, also in tropischen Klimazonen«, erklärt Elsie mit einem Seitenblick auf ihren Großvater.

»Und Sie wollten diese Pflanzen, diese ... Kamelien hier züchten? In Kent?« Ich blicke Mr Trelawney erstaunt an. Das Wetter hier mag für England ja ganz passabel sein, aber tropisch?

Er nickt enthusiastisch. »Das klingt seltsam, ich weiß, aber Kamelien sind durchaus geeignet für unsere Breitengrade. Es gibt über tausend verschiedene Sorten, und James hat herausgefunden, dass wir eine sehr seltene davon bereits im Garten haben. Man könnte Ableger züchten und eine kleine Teeplantage anlegen.«

Elsie seufzt, kaum hörbar, aber ihr Großvater bemerkt es dennoch.

»Die meisten, meine liebe Enkelin inbegriffen, halten das für eine Schnapsidee.« Seine Miene verdüstert sich. »Vielleicht ist es ja wirklich reiner Unfug. Ich habe nach James' Tod mehrfach versucht, mit Lady Chatham darüber zu sprechen, aber sie ist gar nicht darauf eingegangen.«

»Was sagt denn Colin dazu?«, frage ich.

Mr Trelawney winkt ab. »Colin ist ein lieber Junge, aber er hat genug mit den Pferden und dem Löcherflicken im Schloss zu tun. Ich kann ihm nicht auch noch mit meinen Träumereien kommen.«

Elsie sieht ihren Großvater mitfühlend an. »Mach dir

nicht zu viele Gedanken, Grandpa! Colin und seine Mutter werden schon wissen, was das Beste für Chatham ist.« Betont munter wechselt sie das Thema: »Das Blumenbeet sieht toll aus! Vor allem die zartlila Blümchen, die Sorte kenne ich noch gar nicht.«

»Das ist eine seltene Unterart einer *Cosmea*«, erwidert Mr Trelawney und lächelt seine Enkelin an. »Und wir sollten dann auch weitermachen, würde ich sagen, oder, Trix?«

Ich nicke und erhebe mich. »Auf jeden Fall!«

Mitten in der Nacht wache ich auf. Ich blicke auf meine Uhr – es ist halb drei. Ich hasse es, um diese Zeit wach zu werden, weil ich dann meistens eine halbe Ewigkeit lang nicht mehr einschlafen kann. Aber heute bin ich doch eigentlich hundemüde? Entschlossen schließe ich wieder die Augen.

Du bist müde, Trix, so müde ... Deine Glieder werden schwer ...

Jetzt knurrt lautstark mein Magen. Das kommt sicher von der ganzen Plackerei im Garten.

Deine Glieder sind schwer, und du schläfst gleich wieder ein ...

Nein, es nutzt alles nichts. Ich bin hellwach und habe schrecklichen Hunger. In der Küche müssten doch noch ein paar von den leckeren Schokoladentörtchen sein, die es gestern Abend zum Nachtisch gegeben hat ... Ernie hat sicher nichts dagegen, wenn ich mir eines davon genehmige? Als klitzekleinen Schlummer-Imbiss sozusagen.

Ich stehe auf, ziehe mir ein Sweatshirt über und gehe die Treppe hinunter. Seltsam, nachts hier zu sein, so ganz alleine in der dunklen Eingangshalle ... Ich schleiche zur Kellertreppe und weiter in die Küche und öffne den Kühlschrank. Ja – da in der Ecke steht tatsächlich noch eine ganze Platte voll mit appetitlichen Schokotörtchen. Ich nehme eines und beiße genüsslich hinein. Einfach göttlich!

Aber groß sind die ja nicht gerade. Mit gerade einmal zwei Bissen habe ich das Törtchen schon verputzt. Was, wenn ich noch eins ...? Blitzschnell schnappe ich mir ein zweites Törtchen und dann ein drittes.

Auf dem Weg zurück in mein Zimmer bemerke ich plötzlich etwas Sonderbares: Ein schwacher Lichtstrahl dringt unter der Tür zur Bibliothek hindurch.

Ich stutze. Wer ist denn um diese Zeit noch auf? Rob kann es nicht sein, der ist vorgestern für eine Recherche nach London gefahren. Leider. Denn unsere private Führung steht immer noch aus. Colin? Geht normalerweise spätestens um elf ins Bett und schläft dann wie ein Stein. Sagt er zumindest immer.

Ich bin hin- und hergerissen. Einerseits will ich jetzt, wo mein Hunger gestillt ist, so schnell wie möglich zurück in mein kuscheliges Bett. Andererseits würde es mich schon interessieren, wer sich da nachts in der Bibliothek herumtreibt.

Meine Neugier siegt. Wie ein Indianer auf Kriegspfad schleiche ich zur Tür. Sie ist nur einen kleinen Spalt geöffnet, gerade weit genug, dass ich einen Blick hineinwerfen kann. Es ist ziemlich dunkel drinnen, aber ich erkenne genau, dass jemand an Robs Schreibtisch steht und im fahlen Schein einer Taschenlampe hektisch die Unterlagen durchsucht.

Ein Einbrecher!, schießt es mir durch den Kopf. Was soll ich denn jetzt tun?

Fieberhaft versuche ich, mich an den Selbstverteidigungskurs in der zehnten Klasse zu erinnern. Wie war das noch mal? Abwehr durch Gegenwehr? Mir wird ganz schlecht vor Aufregung. Hätte ich doch damals besser aufgepasst, anstatt den Waschbrettbauch von Stephen Miller aus der Parallelklasse zu bewundern! Ich hoffe inständig, dass es nicht zum Nahkampf kommt.

Der Unbekannte hat anscheinend noch nicht gefunden, wonach er sucht, denn jetzt macht er sich an der großen Schreibtischschublade zu schaffen. Sie geht nicht auf. Man braucht einen Schlüssel dafür, der unter der ledernen Schreibunterlage liegt. Ich weiß das, weil ich schon öfter gesehen habe, wie Rob seine Unterlagen in der Schublade verstaut hat.

Kein allzu gutes Versteck, denn schon hebt der Eindringling die Schreibtischunterlage an, findet den Schlüssel und öffnet die Schublade beinahe lautlos. Dann holt er einen Stapel Unterlagen heraus und blättert sie eilig durch. Es wirkt, als ob er genau wüsste, wonach er sucht, denn jetzt legt er den Stapel beiseite und greift erneut in die Schublade. Er zieht weitere Papiere hervor, sieht sie durch und scheint dabei seltsamerweise überhaupt nicht in Eile zu sein. Im Gegenteil: In aller Ruhe verschließt er die Schublade wieder, legt den

Schlüssel zurück, nimmt die Unterlagen und wendet sich langsam Richtung Tür.

Mist!, fluche ich lautlos. Der Unbekannte kommt direkt auf mich zu! So leise wie möglich husche ich zur Treppe.

Aaaah!

Ein stechender Schmerz durchfährt mich. Das war mein linkes Schienbein, das gerade die unterste Treppenstufe gerammt hat. Am liebsten würde ich laut aufschreien. Ich beiße die Zähne zusammen und kauere mich auf der Treppe zusammen – so schaffe ich es unmöglich noch schnell genug hinauf.

Ich höre, wie die Schritte näher kommen. Der Lichtkegel der Taschenlampe wird langsam, aber sicher größer. Ich drücke mich an die Wand. Das Licht wird für einen Moment gleißend hell und wirft unheimliche Schatten. Ich halte den Atem an.

Bitte, bitte, geh einfach vorbei! Ich habe nämlich so gar keine Lust auf eine Konfrontation mit einem Einbrecher.

Einige bange Sekunden vergehen – aber meine Bitte scheint erhört zu werden. Das Licht wird langsam wieder schwächer, und ich höre, wie sich die Schritte entfernen.

Er ist weg! Erleichtert atme ich auf. Das war verdammt knapp. Ich bleibe noch einen Moment in meiner Deckung, dann schleiche ist vorsichtig die Treppe hinauf. Wohin der Unbekannte wohl verschwunden sein mag?

Eilig humple ich in mein Zimmer und schlüpfe unter

die Bettdecke. Aber an Schlaf ist jetzt erst recht nicht mehr zu denken. Mein Schienbein schmerzt, als ob ein Bulldozer darübergewalzt wäre, und die merkwürdige Szene aus der Bibliothek läuft in Endlosschleife immer wieder vor meinem inneren Auge ab.

Wie ist der Unbekannte mitten in der Nacht ins Schloss gekommen? Das Portal wird abends immer abgesperrt. Woher wusste er, wo Rob seinen Schreibtischschlüssel verstaut? Und wieso hat er bloß ein paar Papiere aus der Bibliothek mitgenommen? Es gäbe in diesem Schloss wahrscheinlich weitaus Wertvolleres zu stehlen. Fragen über Fragen, und auf keine einzige fällt mir eine plausible Antwort ein. Außerdem habe ich das Gefühl, dass ich ein wichtiges Detail übersehen habe. Etwas, das mich unterbewusst stutzig gemacht hat. Erst als es schon zu dämmern beginnt, döse ich endlich ein.

Kapitel dreizehn

Als mein Wecker klingelt, fühle mich wie gerädert. Sofort fällt mir der Einbrecher in der Bibliothek wieder ein. Habe ich alles nur geträumt? Ja, wahrscheinlich.

Doch als ich vom Bett rutsche, fährt ein dumpfer Schmerz durch mein linkes Schienbein. Ich blicke hinunter und entdecke einen großen blaugrün schimmernden Fleck.

»Also ist es *doch* passiert«, murmle ich und schlurfe ins Bad. Tief in Gedanken versunken putze ich mir die Zähne und ziehe mich an. Sosehr ich auch hin und her überlege: Ich kann mir einfach keinen Reim auf die ganze Angelegenheit machen.

Immer noch grübelnd gehe ich hinunter zum Frühstück. Colin und Elsie sitzen bereits einträchtig nebeneinander am Küchentisch, in ein Gespräch vertieft. Als ich den Raum betrete, zucken beide zusammen, als ob ich sie bei etwas Verbotenem ertappt hätte.

»Guten Morgen, Trix!«, sagt Elsie mit unnatürlich hoher Stimme.

»Gut geschlafen?«, fügt Colin hastig hinzu.

»Es geht ... doch, ganz gut ...«, erwidere ich unsicher.

Soll ich den beiden etwas von gestern Nacht erzählen? Aber was genau hätte ich denn zu berichten? Dass ich ein Phantom in der Bibliothek gesehen habe, das mitten in der Nacht etwas aus Robs Schreibtisch gestohlen hat und spurlos wieder verschwunden ist? Und dann noch zugeben, dass ich gleich drei Schokotörtchen verdrückt habe? Das ist doch oberpeinlich.

Ich nehme mir erst mal eine Tasse Tee und will mich gerade hinsetzen, als die Tür aufgeht und Rob hereinkommt. Er ist also wieder da! Mein Herz macht einen klitzekleinen freudigen Hüpfer. Aber wirklich nur einen klitzekleinen. Kaum der Rede wert.

»Morgen, allerseits«, sagt er knapp und setzt sich.

Colin schaut ihn verwundert an. »Rob! Ich wusste gar nicht, dass du schon aus London zurück bist!«

»Bin gerade angekommen«, erwidert Rob und gießt sich eine Tasse Kaffee ein. Gedankenverloren nimmt er einen Löffel und fängt an, in der Tasse zu rühren, obwohl er weder Zucker noch Milch hineingetan hat.

Colin scheint das ebenfalls zu bemerken. »Ist was, Rob?«, fragt er verwundert.

Rob blickt zerstreut auf. »Nein, nichts, nur … War jemand an meinem Schreibtisch in der Bibliothek, während ich weg war?«

Wir sehen uns an und schütteln alle den Kopf.

»Nein, niemand, wieso?«, fragt Colin.

»Nun, es ist komisch … Bevor ich gefahren bin, habe ich etwas entdeckt. Es war vielleicht eine Spur zur Liaison von King George und Lady Emma. Ich bin mir sicher, die Seiten in die Schublade gelegt zu haben«, er fährt sich zerstreut durch das wuschelige Haar, »aber da liegen sie nicht mehr.«

Ich ziehe unwillkürlich den Kopf ein und starre auf meine Teetasse. Jemand *war* gestern Nacht an Robs Schreibtisch und hat etwas von dort mitgenommen, so viel steht fest. Soll ich etwas sagen?

»Was genau hast du denn da entdeckt?«, fragt Colin.

»Tagebuchseiten, die von der Geburt eines Kindes erzählen«, antwortet Rob. »Es könnte sein, dass sie aus Lady Emmas Tagebuch stammen. Die Datumsangaben stimmen exakt überein. Ich bin leider nicht dazu gekommen, die Seiten genau zu prüfen, bevor ich nach London gefahren bin. Das wollte ich gleich nach meiner Rückkehr erledigen.«

»Na, wir können ja alle mal danach Ausschau halten«, sagt Colin hilfsbereit. »Allzu weit können ein paar Blatt Papier ja von allein nicht kommen.«

Rob schüttelt nachdenklich den Kopf. »Seltsam ist es trotzdem. Eigentlich weiß ich ganz genau, dass ich sie weggeschlossen habe. Wirklich seltsam.« Endlich scheint er zu merken, dass er grundlos in der Tasse rührt, denn er betrachtet verwundert den Löffel und legt ihn weg. »Nun, vielleicht hast du recht, Colin, und sie tauchen bald wieder irgendwo auf. Wahrscheinlich war es eh nur eine weitere Spur, die im Sand verläuft.«

Ich bin immer noch hin- und hergerissen. Soll ich nicht doch etwas sagen? Auf der anderen Seite: Geht mich das Ganze überhaupt etwas an? Mich, die Aushilfskraft, die mit äußerst unlauteren Motiven hergekommen ist und nachts in die Küche schleicht, um eine ganze Platte Schokoküchlein zu stibitzen? Eher nicht. Und außerdem hat Rob ja selbst gesagt, dass die Papiere wahrscheinlich gar nicht so wichtig waren.

»Nun«, Colin räuspert sich, »ich muss mich heute Vormittag um das Stalldach kümmern, bei Regen tropft es genau in Paminas Box, und das gefällt ihr gar nicht.« Er erhebt sich. »Trix, könntest du bitte die Gemüsebeete jäten? Das Unkraut schießt schon wieder dermaßen aus dem Boden, es ist einfach unglaublich.«

Ich nicke und stehe ebenfalls auf. »Sicher, ich ziehe mich nur schnell um.«

Als ich kurz darauf in meine Gartenmontur (kariertes Hemd und Jeans) wechsle, höre ich plötzlich einen Motor laut aufheulen. Neugierig sehe ich aus dem Fenster. Ein moosgrünes Sportcoupé prescht die Auffahrt entlang und bleibt mit quietschenden Reifen genau vor dem Eingangsportal stehen. Ein korpulenter Mann mit nicht mehr allzu vielen Haaren, die dafür aber umso rötlicher in der Sonne leuchten, steigt aus dem Wagen und geht die Treppe hinauf.

Da tritt auch schon eine von Kopf bis Fuß gestylte Lady Chatham aus der Pforte und begrüßt ihn, wie mir scheint, recht herzlich. Für ihre Verhältnisse.

Sie gehen zu seinem Wagen, er hält ihr galant die Tür auf, sie setzt sich elfengleich hinein, und kurz darauf brausen sie davon.

Interessant. Ich wusste gar nicht, dass Lady Chatham einen Verehrer hat!

Schnell ziehe ich mich fertig um und gehe dann in den Garten hinunter, wo mir Colin entgegenkommt.

»Mit wem ist denn deine Mutter da gerade weggefahren?«, frage ich neugierig.

Colin schaut mich verdutzt an. »Wie? Ich habe gar nicht mitbekommen, dass sie fort ist.«

»Es war ein rothaariger Mann in einem dunkelgrünen Sportwagen.«

»Ach so, ja – das war sicher Mr Springer.«

Jetzt bin ich verdutzt. »Nein, der hat komplett anders ausgesehen. Und außerdem, würde deine Mutter mit Mr Springer ausgehen?« Ich kann mir Lady Chatham beim besten Willen nicht an der Seite eines Kioskbetreibers vorstellen.

Colin lacht. »Nein, nicht unser Mr Springer. Sein Neffe! Er versteht sich recht gut mit Mutter. Sie spielen oft eine Partie Golf zusammen.«

Recht gut verstehen ist wohl die Untertreibung des Jahrhunderts. Das war eindeutig ein Date! Aber in solchen Dingen ist Colin wirklich äußerst unsensibel.

Von Gemüsebeeten versteht er deutlich mehr, stelle ich wenige Minuten später fest. Die Beete sehen wirklich katastrophal aus. Überall sprießt das Unkraut munter hervor und nimmt den jungen Gemüsepflanzen den Platz weg.

Ich seufze und hole mir Hacke, Schaufel und Harke aus dem Geräteschuppen. Inzwischen weiß ich schon ganz gut, wie ich dem Teufelszeug zu Leibe rücken muss. Und es ist ein seltsam befriedigendes Gefühl, am Ende ein von Unkraut befreites Beet vor sich zu haben. Als würde man sich ein Stück Land von der Natur zurückerobern. Sein Territorium abgrenzen. Seine Heimatscholle verteidigen.

»Komm, kleines Unkraut, raus mit dir ...«, summe ich fröhlich vor mich hin, während ich mit der Harke die Erde umsteche, »... raus mit dir, sonst zeig ich's dir!«

Vorsichtig zupfe ich einige Stängel Breitwegerich zwischen den kleinen Salatpflänzchen heraus.

»Quecke, Distel, Hahnenfuß,
damit ist jetzt wirklich Schluss!«

Mit der letzten Silbe erledige ich noch einen kleinen Löwenzahn. Ein Löwenzähnchen, sozusagen.

»Schöllkraut, Giersch und Löwenzahn
treiben mich noch in den Wahn!«

Aber diesen Kampf werde ich gewinnen, denke ich mit grimmiger Genugtuung.

»Quecke, Distel, Hahnenfuß,
damit ist jetzt wirklich Schluss!«

Enthusiastisch steche ich eine besonders große Brennnessel samt Wurzel aus.

»Das ist aber ein hübsches Lied.«

Ich zucke zusammen und blicke auf.

Rob steht vor mir. Er schmunzelt. »Sehr peppig. Und so ... gemüsig.«

»Danke«, erwidere ich so würdevoll wie möglich. »Das ist der ... Unkraut-Song.« Ich blinzle ihn mit einem betont unschuldigen Augenaufschlag an, und wir müssen beide lachen.

»Übrigens, Ms Barker«, er schlägt jetzt einen geschäftsmäßigen Ton an, »ich warte bereits sehnsüchtig auf meine private Schlossführung. Die haben Sie doch hoffentlich nicht vergessen?«

Mein Herz macht wieder einen freudigen Hüpfer. Dieses Mal einen nicht mehr ganz so kleinen.

»Natürlich nicht, Mr Turner«, erwidere ich im gleichen professionellen Tonfall und tue so, als ob ich einen Kalender zücken würde. »Ich hätte da noch einen Termin frei. Wie wäre es mit morgen Abend?«

Rob nickt ernsthaft. »Morgen Abend erscheint mir ideal. Es ist Freitag, und Colin hat mir zufällig erzählt, dass er und seine Mutter auf einer Wohltätigkeitsveranstaltung in Canterbury sind.«

Ich sehe ihn erstaunt an.

Rob räuspert sich. »Nur für den unwahrscheinlichen Fall, dass Sie sich bei der Führung nicht exakt an das Manuskript von Lady Chatham halten.«

Ich nicke, ebenfalls gespielt ernsthaft. »Gut, Mr Turner, dann also morgen. Um neunzehn Uhr in der Eingangshalle?«

Er grinst mich an. »Ich freue mich.«

Und wie ich mich erst freue!

Der nächste Tag vergeht in Zeitlupe, zumindest kommt es mir so vor. Als Elsie und ich gegen halb sechs endlich mit dem Gießen der Beete fertig sind, atme ich erleichtert auf.

»Hast du heute noch was vor?«, fragt Elsie belustigt. »Du siehst seit einer guten Stunde alle paar Minuten auf die Uhr!«

»Nein ... es ist nur ... Rob und ich treffen uns um

sieben in der Eingangshalle«, antworte ich und fühle mich ertappt.

»Rob und du?«, fragt sie erstaunt. »Habt ihr ... habt ihr ein Date oder so was?«

»Nein, nein«, sage ich eilig. »Er hat nur neulich einen Teil von meiner Führung mitbekommen und mich gefragt, ob ich ihn auch mal durchs Schloss führen könnte.«

Elsie legt den Kopf schief. »Seltsam. *Mich* hat er noch nie um eine Privatführung gebeten, und das, obwohl ich eigentlich für die Führungen zuständig bin! Außerdem weiß er doch sicher selbst jedes Detail über das Schloss.«

Ich zucke mit den Schultern. »Keine Ahnung.«

»Vielleicht hat er mich auch nur deshalb nicht gefragt, weil meine Führungen zum Gähnen sind.« Elsie verzieht das Gesicht, und ich muss kichern.

»Daran liegt es sicher nicht. Es war mehr ein Scherz, glaube ich.«

»Aber ihr trefft euch heute. Alleine«, stellt Elsie sachlich fest.

»Ja, doch, ich schätze schon«, erwidere ich zögerlich.

»Und es ist kein Date. Interessant.« Sie sieht mich vielsagend an.

Ist es das vielleicht doch? Der Gedanke macht mich auf einmal ganz nervös.

»Das heißt dann wohl, dass in London niemand sehnsüchtig auf deine Rückkehr wartet?«, fragt Elsie vorsichtig.

Ich schüttle den Kopf. »Nein. Auf mich wartet niemand. Nicht mehr.«

Und plötzlich ist er wieder da, der Schmerz, der jedes Mal hochkommt, wenn ich an Alex denke. An ihn und seine großartigen Pläne. Unsere Pläne. Der Laden, den Alex in Shoreditch gefunden hatte und anmieten wollte, war ziemlich heruntergewirtschaftet. Wir wollten ihn selbst renovieren, die Wände neu streichen, mit Bildern von vielversprechenden Künstlern ausstatten ... Eine schlichte, geschmackvolle Galerie sollte es werden. Und in den zwei Räumen, die zum Hinterhof hinausgehen, wollten wir eine kuschelige Wohnung einrichten.

Ich weiß noch genau, wie wir gemeinsam in den leeren Räumen standen und er zu mir gesagt hat: »Du wirst sehen, Trixie, wir zwei kommen noch ganz groß raus.« Wir zwei! Ein Künstlerpaar, das dabei war, sich seinen Traum zu verwirklichen. So habe ich uns gesehen. Nun, vielleicht ist Alex dabei, seinen wahrzumachen. Ohne mich.

»Das tut mir leid«, sagt Elsie leise, und ich bin ihr dankbar, dass sie nicht weiter nachbohrt.

Wir räumen die Geräte in den Schuppen, und ich verabschiede mich am Schlosseingang von ihr.

Eine Stunde später stehe ich unschlüssig vor meinem Koffer. Was zieht man zu einer privaten Schlossführung an, die vielleicht doch ein Date ist?

Unsinn, Trix!

Rob findet mich einfach amüsant und braucht ein wenig Abwechslung zu seinen ermüdenden Recherchen, das ist alles. Ich sollte das ganz locker sehen. Komplett entspannt und unverbindlich. Ich meine, wie lange wird er überhaupt noch hier sein? Das Projekt dauert nicht ewig, und dann zieht er weiter. Wie ein einsamer Steppenwolf. Und zudem: Wie lange werde *ich* noch hier sein?

Ich betrachte das Chiffonkleid. Zu aufgetakelt. Außerdem sind immer noch einige blasse Grasflecken darauf zu sehen.

Jeans und T-Shirt? Damit renne ich doch jeden Tag hier herum.

Schließlich greife ich zu meinem olivfarbenen Einteiler mit Wasserfallkragen und schwarzen Ledersandalen mit kleinem Stilettoabsatz.

Dann föhne ich mir die Haare ein kleines bisschen sorgfältiger als sonst und lege noch ein wenig Lippenstift auf (Nuance *Rose Blush*).

Kritisch betrachte ich mich im Spiegel.

Leger, aber nicht zu leger.

Elegant, aber nicht zu elegant.

Sportiv, aber mit einem Hauch Sexappeal. Hoffe ich zumindest.

Wieso mache ich mir eigentlich so viele Gedanken? Ich sehe gut aus, basta. Ungehalten drehe ich mich um und verlasse das Zimmer.

Rob wartet schon auf mich. Auch er hat sich Mühe mit seinem Outfit gegeben, stelle ich zufrieden fest. Er trägt ein hellblaues Henley-Shirt, das nicht so langweilig ist wie seine üblichen Businesshemden, dazu eine marinefarbene Chinohose und Loafers. Er sieht unverschämt gut aus.

»Guten Abend, Mr Turner!« Ich mache einen koketten kleinen Knicks. »Sie haben die Führung um neunzehn Uhr gebucht?«

Rob zieht eine Augenbraue hoch. »Die Privatführung, ganz genau. Und ich habe hohe Erwartungen an den Abend, das ist Ihnen hoffentlich bewusst.«

Es knistert zwischen uns, und zwar ganz gewaltig. Das spüre ich jetzt schon.

»Gut, dann darf ich Sie gleich in die Ahnengalerie bitten.« Ich deute übertrieben höflich den Gang entlang.

Während wir die Reihe verblichener Furleys abschreiten, bete ich lauter Fantasiejahreszahlen herunter und gebe komplett frei erfundene Anekdoten über die Familienmitglieder zum Besten. Rob kommentiert sie mit todernster Miene.

»... Ach ja – das berühmte Schießduell von 1310! Eigentlich wurden Pistolen ja erst zweihundert Jahre später erfunden, aber die Furleys waren ihrer Zeit schon immer weit voraus.«

»... Sicher. Vollkommen logisch, dass man, als Napoleon quasi vor der Haustür stand, keine anderen Sorgen hatte als den Bau einer Orangerie.«

»... Natürlich. Fünfzehn Sprösslinge in zwölf Jahren, das sollte mit ein bisschen Planung ja wirklich zu machen sein.«

»... Äußerst interessant. Dass William Furley Mitglied von König Arthurs Tafelrunde war, ist mir vollkommen neu. Gleich nachdem ich einen Beweis für die Liaison von Lady Emma und King George gefunden habe, werde ich mich diesbezüglich schlaumachen.«

Ich pruste los. »Eigentlich müsstest du diese Führung machen, du bist der Experte!«

Rob winkt lachend ab. »Wer will schon trockene Fakten, wenn er dieses Spektakel haben kann?«

Je länger wir unterwegs sind, desto übermütiger werde ich. Geziert schreite ich die Treppenstufen hinauf.

»Die Treppe ist übrigens auch bemerkenswert. Es war die erste doppelläufige Treppe in einem britischen Herrenhaus, und sie wurde von King George höchstpersönlich eingeweiht.«

Rob nickt ernsthaft. »Damit hat Chatham natürlich eine wahre Treppen-Trendwelle ausgelöst. Ab diesem Zeitpunkt musste die Treppe in jedem Haus, das etwas auf sich hielt, mindestens doppelläufig sein.«

»Wenn nicht drei-, vier- oder sogar fünfläufig«, trumpfe ich auf.

»Besonders die fünfläufigen Treppen haben sich ja dann dauerhaft durchgesetzt«, pflichtet Rob mir bei, ohne eine Miene zu verziehen.

Ich kichere. Es macht unheimlichen Spaß, so mit ihm herumzublödeln. Inzwischen sind wir im oberen Stockwerk angelangt.

»Wir können doch unmöglich den Höhepunkt des Schlosses auslassen – oder, was meinen Sie, Ms Barker?« Robs Augen funkeln, als er entschlossen auf die Tür von Lady Emmas Boudoir zugeht.

Ich zögere eine Millisekunde und blinzle ihn an. Er steht vollkommen unschuldig da und deutet mit einladender Geste auf die Tür. Ich fasse mir ein Herz, und wir betreten das Boudoir.

Rob geht langsam in Richtung Bett. Ich folge ihm mit Herzklopfen. Was, wenn …?

»Das ist also die Hauptattraktion? Dieser Plüsch gewordene Albtraum?« Rob zieht ein Gesicht, als ob ihm jemand einen Zahn gezogen hätte.

»Ein bisschen mehr Respekt vor dem Herzstück des Hauses, wenn ich bitten darf, Mr Turner.« Ich gebe mir alle Mühe, halbwegs ernst zu bleiben. »Das ist schließlich der Raum, in dem Geschichte geschrieben wurde. Wobei geschrieben wahrscheinlich der falsche Ausdruck ist – es waren wohl eher vergnügliche Stunden der Zweisamkeit, die hier verbracht wurden.« Ich begleite meine Worte mit einem vielsagenden Augenzwinkern und wundere mich selbst über meine Unverfrorenheit.

Rob grinst. Wir treten näher an das Bett heran und betrachten das Porträt des Königs auf dem Nachttisch.

»Ob Lady Emma ihn wohl attraktiv fand?«, höre ich mich auf einmal fragen. Er hat teigige Wangen, tiefe Sorgenfalten auf der Stirn und einen stumpfsinnigen Gesichtsausdruck.

»Es waren wohl eher Reichtum und Prestige, die Lady Emma angezogen haben«, kommentiert Rob trocken.

»Das müssen ein immenser Reichtum und unglaubliches Prestige gewesen sein«, antworte ich sarkastisch.

»Nun, Reichtum und Macht haben auch heutzutage noch einen gewissen Reiz, oder?«, sagt Rob leichthin und sieht mich von der Seite an.

Nachdenklich blicke ich auf das Bild von King George. Diese hängenden Augenlider. Das schwabbelige Doppelkinn. »Ich glaube«, beginne ich zögerlich, »wenn keine Chemie da ist, keine Anziehungskraft, dann ist es ziemlich schwer, das mit Macht oder Reichtum wettzumachen.«

Ich muss plötzlich an Colin denken. An meinen jämmerlichen Versuch, mich an ihn ranzumachen. Im Grunde bin ich genau wie Lady Emma. Auch ich hatte niedere Motive, wollte aus materiellen Gründen Gefühle erzwingen.

Aber du hast dich rechtzeitig auf das besonnen, was wirklich wichtig ist.

Ich sehe Rob nun mit festem Blick an. »Ich könnte nie mit jemanden zusammen sein, in den ich nicht verliebt bin. Ganz egal, wie reich oder mächtig derjenige wäre.«

Er erwidert meinen Blick, unverwandt und undurchschaubar, wie so oft. »Ich auch nicht.« Er zögert kaum merklich. »Aber wenn diese Chemie da ist …« Entschlossen macht er einen Schritt auf mich zu und steht jetzt ganz dicht vor mir. Ich kann wieder die kleinen goldfarbenen Sprenkel in seinen Augen sehen. Sie leuchten. »… wenn zwei Menschen sich wie magnetisch anziehen – dann spielt doch alles andere keine Rolle mehr, oder?«

Die Luft zwischen uns flirrt vor lauter Spannung.

»Nein, dann spielt es absolut keine Rolle mehr«, bringe ich noch heraus, ehe Rob mich packt und entschlossen küsst.

Wir küssen uns. *Wir küssen uns!*

Mir bleibt fast die Luft weg. Ich schmecke seine Lippen, die unvermutet weich sind, rieche sein herbes Parfum, fühle Bartstoppeln über mein Gesicht kratzen, aber es ist absolut nicht unangenehm.

Er kann wirklich gut küssen. Unglaublich gut. So gut, dass ich ihm am liebsten sofort das Shirt vom Leib reißen würde.

Schließlich löst er sich kurz von mir und sieht mich mit einem spitzbübischen Lächeln an. »Was mich immer schon brennend interessiert hat ...« Er zieht mich mit Schwung auf Lady Emmas Bett.

»Rob! Das ist *das* Bett!«, rufe ich erschrocken und schaue auf die silbern durchwirkte Tagesdecke, die schon hässliche Falten wirft.

»Es sind doch nicht die Originaltextilien«, murmelt Rob, während er zärtlich meinen Nacken küsst.

Ich bin unglaublich erregt und muss trotzdem kichern. »Hast du als Historiker denn gar kein schlechtes Gewissen dabei?«

Er hält kurz inne und sieht mich an. »Ein schlechtes Gewissen hätte ich, wenn ich dir nicht sagen würde, dass ich ...«

Plötzlich höre ich ein Geräusch. Wir richten uns kerzengerade auf.

»Was ist das?«, flüstere ich.

»Ich glaube, da kommt wer!«

Mit einem Satz springen wir von Lady Emmas Bett und blicken erschrocken zur Tür. Tatsächlich, da nähert sich jemand. Wir hören gedämpfte Schritte.

Plötzlich öffnet sich die Tür, die nur angelehnt war – und Colin steht vor uns.

»Trix! Rob! Was macht ihr denn hier?« Er sieht uns höchst erstaunt an.

Rob räuspert sich, während ich unauffällig meinen Einteiler zurechtzupfe. »Trix hatte noch einige Detailfragen, die sie im Rahmen ihrer Führungen gerne erläutern würde, und da haben wir beschlossen, diese vor Ort durchzugehen.« Schnell deutet er auf einen Fenstersims. »Wusstest du zum Beispiel, Colin, dass diese Fensterbauweise typisch für die Tudor-Ära ist und man sie nur auf sehr wenigen englischen Landsitzen findet?« Rasch sieht er sich im Raum um. »Und auch die ... Intarsien auf dem Parkett sind sehr ... geschichtsträchtig.«

Colin schüttelt verdutzt den Kopf. »Dein Fachwissen verblüfft mich immer wieder, Rob! Und von dir, Trix, finde ich es vorbildlich, dass du dich in deiner Freizeit weiterbildest.«

Ich nicke bescheiden. Aus den Augenwinkeln sehe ich, dass Rob alle Mühe hat, ernst zu bleiben.

»Wieso bist du überhaupt schon zurück?«, frage ich. »Ihr wolltet doch heute Abend auf diese Wohltätigkeitsveranstaltung?«

Colin winkt ab. »Da waren nur ältere Herrschaften, und die sind allesamt um halb neun bettreif. Kommt ihr noch mit in die Bibliothek, auf ein Glas?«

Uns bleibt nichts anderes übrig, als Colin zu folgen. Als wir den Raum verlassen, werfe ich mit Bedauern einen letzten Blick auf Lady Emmas Bett. Was wäre wohl passiert, wenn Colin nicht ...?

Ich schaue Rob an und bin ziemlich sicher, dass er gerade dasselbe denkt.

Kapitel vierzehn

Als ich am nächsten Tag aufwache, durchströmt mich eine Glückswelle. Eine Glückswelle mit kleinen Schaumkrönchen leiser Enttäuschung darauf.

Hätte doch Colin bloß nicht dazwischengefunkt! Wir sind mit ihm in die Bibliothek gegangen, haben ein Glas Rotwein getrunken, und dann hat Colin es sich nicht nehmen lassen, Rob bis zur Eingangstür zu begleiten. Wir konnten uns also nicht einmal richtig voneinander verabschieden. Ich stoße einen wohligen Seufzer aus, als ich an seinen durchtrainierten Körper denke. Nur zu gerne hätte ich ihn noch länger … erkundet.

Den Vormittag über sind Elsie und ich damit beschäftigt, die Regale in der Bibliothek abzustauben. Das ist offenbar schon eine Ewigkeit nicht mehr passiert, denn der Staub liegt fast einen Fingerbreit auf den Büchern. Colin sieht derweil irgendwelche Unterlagen durch, und Ernie stellt gerade ein Tablett mit Kaffee und Puddingteilchen ab – »kleiner Happen für zwischendurch …«. Da kommt plötzlich Rob zur Tür herein.

Als er mich sieht, leuchten seine Augen für einen Moment auf, doch noch bevor ich ihn anlächeln kann, wird seine Miene wieder ernst.

»Ich habe leider schlechte Neuigkeiten«, verkündet er. »Sehr schlechte. Ich musste letzte Woche einen Zwischenbericht abgeben, und wie ich schon fast befürchtet habe, sieht der Trust die Sinnhaftigkeit einer weiteren Recherche nicht mehr gegeben.«

Wir sehen ihn alle erschrocken an.

»Was heißt das genau, Rob?«, fragt Colin betont ruhig.

»Sie wollen mich von dem Projekt abziehen. Sofort.« Rob blickt ihn besorgt an. »Mein Chef sagt, dass sich die Beweislage äußerst dürftig darstellt und er nicht überzeugt ist, dass ich noch etwas finde. Das Gebäude an und für sich wäre zwar förderungswürdig, aber wir haben so viele Anträge aus dem ganzen Königreich, dass nur in absoluten Ausnahmefällen Gebäude ohne soziokulturellen Hintergrund gefördert werden.«

Ich starre Rob ungläubig an, und die anderen sind offensichtlich ebenso entsetzt.

Colin schlägt die Hände über dem Kopf zusammen. »Aber – ohne die Unterstützung des Trusts sind wir endgültig aufgeschmissen! Erledigt! Das kann doch nicht wahr sein!«

Das sehe ich genauso. »Rob, was müssten wir tun, um den Trust umzustimmen?«, frage ich entschlossen. »Wir müssen diese Aktenklauber doch irgendwie noch überzeugen können!«

»Trix, ich *bin* sozusagen der Trust.« Rob sieht mich etwas seltsam an. »Eigentlich sollte ich jeden Antrag unparteiisch prüfen. Das, was ich hier mache, zählt schon lange nicht mehr zu meiner Tätigkeitsbeschreibung.« Er sieht unsere enttäuschten Gesichter und seufzt.

»Wie schon etliche Male gesagt: Was wir brauchen, ist ein hieb- und stichfester Beweis, dass die Geschichte um King George, Lady Emma und den unehelichen Sprössling wahr ist. Nicht mehr und nicht weniger.«

»Dann suchen wir noch mal, und dieses Mal genauer!«, sage ich hochmotiviert. »Nicht dass du *nicht* genau gewesen wärst«, füge ich eilig hinzu, als ich Robs Blick bemerke, »aber die Bibliothek ist riesig, das kannst du alleine gar nicht schaffen.«

Rob grinst.

»Ich bin dabei«, sagt Ernie und klopft sich auf die Brust. »Wäre doch gelacht, wenn wir in all diesen Staubfängern nichts Brauchbares finden!«

Elsie nickt zustimmend.

Colin sieht uns zweifelnd, aber dankbar an. »Danke, Leute, das bedeutet mir wirklich viel! Aber ich bin mir nicht sicher, was das jetzt noch bringen soll. Hat sich der Trust nicht schon längst entschieden?«

Rob schüttelt den Kopf. »Noch nicht endgültig, nein. Sie wollen, offen gesagt, nur nicht länger meinen Aufenthalt hier finanzieren.« Er sieht in die Runde. »Ich bleibe aber trotzdem hier und helfe euch. Ich glaube an Chatham. Und dass es eine Chance verdient hat.«

»Wirklich, Rob, das würdest du tun?« Colin scheint neuen Mut zu fassen. »Wir können dir aber nichts zahlen, wie du selbst am besten weißt.« Er verzieht das Gesicht.

Rob winkt ab. »Solange ich weiter Kost und Logis bekomme, ist alles in Ordnung.«

»Ja, dann«, Colin klatscht mit neu gewonnenem Elan in die Hände, »stellen wir das Schloss auf den Kopf!«

Zwei Tage später werde ich durch ein lautes Motorengeräusch geweckt. Verschlafen ziehe ich einen Vorhang beiseite und beobachte, wie ein schickes Cabriolet die Auffahrt hinunterprescht – dermaßen rasant, dass der Kies nur so spritzt. Am Steuer sitzt Lady Chatham, ein Seidentuch um den Kopf gebunden, und auf dem Rücksitz liegen zwei Lederkoffer.

Als ich wenig später die Küche betrete, sitzen Elsie und Colin bereits beim Frühstück.

Colin wirkt überaus vergnügt. »Mutter ist bis übermorgen in einem Wellnesshotel an der Küste«, verkündet er.

»Ah ja?« Ich gebe mir Mühe, mir eine Verwunderung nicht anmerken zu lassen. Chathams Zukunft steht auf dem Spiel – und sie fährt in den Wellnessurlaub?

»Ja, sie macht das öfter. Sie kann dabei herrlich abschalten.« Colins Blick ist plötzlich bekümmert. »Die Arme hat ja auch wirklich genug Kummer mit dem ganzen Schlamassel hier.«

Elsie und ich werfen uns einen vielsagenden Blick zu.

Colin nimmt sich eine Scheibe Toast. »Nun, da ich vorerst von meinen abendlichen Pflichten befreit bin – was haltet ihr davon, wenn wir heute Abend dem *Limping Farmer* einen Besuch abstatten? Ein wenig Abwechslung haben wir uns verdient, meint ihr nicht?«

»Eine super Idee«, sage ich erfreut, und Elsie nickt begeistert.

Colin beißt gut gelaunt in seinen Toast. »Aber erst wird gearbeitet!«

Das muss er uns nicht zweimal sagen. Seit Tagen herrscht im ganzen Schloss eine geschäftige Atmosphäre. Von morgens bis abends suchen wir fieberhaft nach Beweisen, um Chatham Place zu retten. Rob hat uns genau erklärt, worauf wir achten sollen, und wir stellen wirklich alles auf den Kopf. Colin und Elsie fahren heute nach Canterbury, um dort das Landesarchiv durchzusehen, während Ernie und ich schon den dritten Tag in Folge die Bibliothek durchforsten, auf der Suche nach jedem noch so kleinen Detail.

Mein Blick fällt auf Robs Schreibtisch, und plötzlich fällt mir die nächtliche Szene wieder ein, die sich hier vor meinen Augen abgespielt hat. Ich hatte sie schon fast vergessen. Was, wenn die verschwundenen Tagebuchseiten doch wichtig waren? Andererseits hat Rob selber gesagt, dass es wahrscheinlich eine Spur ist, die im Sande verläuft. Und außerdem habe ich immer noch das Gefühl, dass mir etwas entgangen ist. Es war nur eine Kleinigkeit, aber ich komme einfach nicht darauf.

Rob ist übrigens wieder in London, wo er noch einer anderen Fährte nachgehen will. Er ist noch mindestens bis morgen weg. Leider. Ich muss nämlich dauernd an ihn denken. Und an die Szene in Lady Emmas Schlafzimmer. An unseren Kuss. Seinen Körper. So habe ich mich schon lange nicht mehr gefühlt – erregt, begehrt und mit so vielen Schmetterlingen im Bauch, dass ich einen Käfig bräuchte, um sie einigermaßen im Zaum zu halten. Wieder und wieder male ich mir aus, was passiert wäre, hätte Colin uns nicht gestört.

Ich.

Er.

Nackt.

Mein Gesicht ganz nah an seinem. Seine breiten Schultern, seine Hände auf meinem Körper, seine Augen mit den Goldsprenkeln ...

Ein lauter Rums reißt mich aus meinen Gedanken.

»'tschuldige!« Ernie steht mit schuldbewusstem Gesicht neben einem umgefallenen Stapel von Büchern.

»Keine Ursache«, sage ich und schaue wie ertappt wieder in den Wälzer, den ich gerade in der Hand halte. Eine botanische Enzyklopädie. Die botanische Abteilung ist erstaunlich umfangreich: Enzyklopädien, Lehrbücher, Lexika über Heilpflanzen ... Und in fast allen stehen kaum leserliche handschriftliche Notizen.

»Das scheint die Furleys ja wirklich brennend interessiert haben«, murmle ich vor mich hin.

Meine Bluse ist schon ganz schmutzig, und Ernie muss von dem Staub, der in der Luft liegt, andauernd niesen.

»Sollen wir mal 'ne Pause einlegen?«, schlägt er vor.

Ich nicke, lege die Enzyklopädie zur Seite, und wir gehen hinaus in den Garten.

Ernie seufzt. »Trix, meinst du wirklich, dass wir was finden? Wir suchen jetzt schon ziemlich lange ...«

Ich seufze ebenfalls. »Ich weiß es nicht. Aber wenn es doch Colins letzte Chance ist, Chatham zu behalten?«

»Colin könnte auch ohne Chatham ein schönes Leben haben«, murmelt Ernie.

Ich blicke nachdenklich auf die Rosenbüsche neben uns. Sie stehen in voller Blüte und verströmen einen betörenden Duft. Ich sehe die Pferde, die friedlich auf der Koppel grasen. Pip, der in der sonnenbeschienenen Auffahrt döst. Ich kann mir Colin ohne Chatham einfach nicht vorstellen – und Chatham auch nicht ohne ihn.

»Noch geben wir nicht auf!«, sage ich entschlossen. »Noch nicht.«

Ich stehe auf, klopfe mir den Staub von der Bluse und gehe zurück in die Bibliothek.

Stunden später beenden Ernie und ich etwas frustriert unsere Suche. Wir haben wieder nichts Nennenswertes gefunden.

Ernie geht nach Hause und ich nach oben, um mich umzuziehen. Auf dem Weg ins Bad werfe ich einen kurzen Blick auf mein Handy. Eine Nachricht von einer unbekannten Nummer. Ein ungutes Gefühl beschleicht mich – wer mag das sein: Alex, Rumpelstilzchen, die Bank? –, aber dann siegt meine Neugier. Ich tippe auf das Briefsymbol.

Leider noch nichts gefunden. Bin voraussichtlich morgen Vormittag zurück. Sagst du den anderen Bescheid? Rob x

Rob! Woher hat er meine Nummer?

Ich schreibe schnell zurück: *Ok, ich sag's den anderen. Wir gehen jetzt ins Pub. Schade, dass du nicht dabei bist. Trix.*

Ich zögere einen Moment. Dann setze ich auch ein *x* dahinter.

Rob hat mir geschrieben! Das bedeutet doch, dass er an mich denkt? Und er hat sich extra meine Nummer besorgt. Bestens gelaunt gehe ich ins Bad.

Colin hat versprochen, dass wir heute mit dem Auto ins Dorf fahren, ohne Pip, also schlüpfe ich in meine silberfarbenen Riemchensandalen. Die haben hier, in der ländlichen Umgebung von Chatham, ohnehin fast keinen Ausgang.

Als ich wenig später in die Eingangshalle hinuntergehe, warten Elsie und Colin schon auf mich. Die Fahrt mit Colins antikem Range Rover (etwa Baujahr 1976) verläuft heiter: Wir alle freuen uns auf einen Abend abseits von Rechercheorgien und Krisendiskussionen.

Im *Limping Farmer* angekommen, sucht Colin uns einen Tisch, was sich als gar nicht so leicht herausstellt, denn es ist brechend voll.

»Ich hätte wohl besser reservieren sollen«, sagt er stirnrunzelnd.

Ich entdecke Mr Springer an der Bar, missmutig in ein großes Glas Bier stierend. Er nimmt keinerlei Notiz von uns.

»Dahinten ist noch was frei!« Colin deutet auf einen winzigen Tisch, an den wir uns mit Müh und Not quetschen – Elsie und ich auf die Bank, Colin organisiert sich einen Barhocker.

»Nun, meine Damen«, er deutet eine Verbeugung an, »was wollen Sie trinken?«

Ich nehme ein Pimm's, Elsie entscheidet sich für ein Glas Pinot noir.

Während Colin an der Bar die Getränke holt, sehe

ich mich um. Die Atmosphäre ist typisch für einen Samstagabend: heiter, gelassen, und die Vorfreude auf einen Flirt oder auch nur das nächste Bier liegt in der Luft.

»Bitte schön, die Damen!« Colin stellt unsere Getränke schwungvoll ab.

»Auf die Rettung von Chatham!«, sagt er, mit leichtem Pathos in der Stimme, und hebt sein Glas.

»Auf die Rettung von Chatham!«, wiederholen Elsie und ich feierlich.

»Und auf meine unglaublichen Helferinnen, ohne die ich sowieso hoffnungslos verloren wäre!«, fügt Colin charmant hinzu.

Elsie errötet leicht.

Wir stoßen an, und ich nehme den ersten eiskalten Schluck Pimm's. Ein seliger Seufzer entfährt mir. Manchmal ist so ein Drink doch einfach das Höchste!

Colin und Elsie stecken gerade die Köpfe zusammen, um im schummrigen Licht die Speisekarte zu studieren, als die Tür aufgeht und ein weiterer Besucher das Pub betritt. Er sieht sich um. Sein dunkles Haar ist etwas zerzaust, und er wirkt müde.

»Rob!«, rufe ich überrascht, und mein Herz schlägt einen Purzelbaum. Er ist hier!

Ein Lächeln breitet sich auf seinem Gesicht aus, als er uns entdeckt.

»Hallo!«, sagt er und tritt zu unserem Tisch.

»Hallo!«, erwidere ich etwas befangen.

Er sieht trotz der zerzausten Haare wieder mal unglaublich gut aus. Er trägt noch seinen Geschäftsanzug, hat aber den obersten Hemdknopf geöffnet und die Krawatte gelockert.

»Hallo, Rob!« Nun heben auch Colin und Elsie die Köpfe und begrüßen ihn erfreut.

»Bist du denn schon zurück aus London?«, fragt Colin. »Wir haben dich erst morgen erwartet.«

»Ich bin früher fertig geworden als geplant und hab mir gedacht, ich fahre gleich schnurstracks zurück. Um diese Zeit ist auch deutlich weniger Verkehr.«

Täusche ich mich, oder flackert sein Blick immer wieder in meine Richtung? Mein Herz setzt zu einem Salto an. Wie hypnotisiert blicke ich ihn an. Unfassbar, welche Wirkung er auf mich hat.

Reiß dich zusammen, Trix!

»Habt ihr denn noch irgendwo einen Platz für mich?«, fragt Rob und deutet grinsend auf unseren Minitisch. »Das sieht ja ziemlich kuschelig aus!«

»Ein bisschen können wir sicher noch zusammenrücken«, sage ich eilig und rutsche näher zu Elsie.

Rob zwängt sich neben mich. Ich spüre seinen festen Oberschenkel an meinem und rieche sein göttliches Aftershave. Mein Herz schlägt im Staccato, und ich hoffe, dass es niemand bemerkt.

Colin blickt Rob gespannt an. »Erzähl – hast du was gefunden in London?«

Rob fährt sich durch die Haare und schüttelt den Kopf. »Leider nein. Aber einen Versuch war es wert.«

Wir sehen ihn enttäuscht an.

Colin zuckt mit den Schultern. »Nun, noch ist nichts endgültig entschieden. Lasst uns doch heute zur Abwechslung mal über etwas anderes reden. Wir haben uns alle eine Pause verdient.«

Rob nickt. »Das stimmt allerdings. Die nächste Runde geht auf mich!«

Nach der dritten Runde – Rob und Colin zahlen immer abwechselnd, obwohl Elsie und ich natürlich lauthals protestieren, von wegen Gleichberechtigung und so – sind wir alle recht angeheitert. Colin erzählt einen Witz nach dem anderen, und Elsie kichert unentwegt. Er ist aber auch wirklich lustig, wenn er beschwipst ist – seine latente Schüchternheit ist wie weggefegt. Ich merke, wie ich auch lockerer werde, und es macht mich gar nicht mehr nervös, Robs Körper so dicht an meinem zu spüren. Im Gegenteil. Ich fühle das Verlangen in mir aufsteigen, ihn anzufassen. Ihn wieder zu küssen, leidenschaftlich zu küssen. Ob es ihm wohl genauso geht?

Unauffällig schiele ich in seine Richtung. Sein Hemd ist inzwischen noch weiter aufgeknöpft (es ist wirklich heiß hier drin), er hat die Krawatte abgelegt und die Ärmel hochgekrempelt. Er lacht schallend, als Colin eine weitere Pointe abfeuert. Ich drehe den Kopf noch etwas mehr in seine Richtung, um ihn besser mustern zu können. Unvermittelt sieht er mich an.

»Ich geh kurz frische Luft schnappen. Kommst du mit?« Sein Tonfall ist gedämpft, als ob er nicht will, dass Elsie und Colin ihn hören.

Ich nicke nur und muss aufpassen, dass meine Knie nicht nachgeben, als ich aufstehe. Ist das der Alkohol, oder ist es Rob? Ich kann es nicht mehr genau sagen.

Rob hält mir die Tür auf, und dann stehen wir auch schon draußen in der klaren Abendluft, nur wir beide.

Seine Augen funkeln. »Ich hab dich noch gar nicht richtig begrüßt.«

Er nimmt mein Gesicht in beide Hände und küsst mich. Es ist genauso atemberaubend wie beim ersten Mal. Ich möchte gar nicht mehr aufhören, ihn zu küssen, nie mehr.

Als wir uns nach einer gefühlten Ewigkeit voneinander lösen, wirkt er fast verlegen. »Ich wusste nicht, ob es dir recht ist, wenn Colin und Elsie ... Bescheid wissen. Über uns.«

Uns. Er sagt uns!

Mein Herz macht einen doppelten Salto vor Freude, gleichzeitig schlottern mir die Knie.

Ich nicke. »Wahrscheinlich ist es besser so. Solange wir uns selbst nicht im Klaren darüber sind, wohin das führt.«

Rob küsst mich erneut. Entschlossen und zärtlich zugleich. Seine Hände wandern meinen Rücken hinunter, und ich spüre, dass jeder Zentimeter meines Körpers mit einer unglaublichen Hitze auf seine Berührung reagiert. Lange halte ich das nicht mehr aus, ohne ihm das Hemd vom Leib zu reißen. An Ort und Stelle.

»Vielleicht sollten wir langsam wieder reingehen«, murmelt Rob schließlich, während er mit seinem Daumen mein Kinn liebkost. »Sonst wundern die sich noch, wo wir bleiben.«

Ich nicke, wenn auch mit Bedauern.

Als wir zu unserem Tisch zurückkehren, sehe ich, dass Colin und Elsie in ein intensives Gespräch vertieft sind. Sie scheinen uns nicht im Geringsten vermisst zu haben.

Elsie wendet sich mit geröteten Wangen zu mir um. »Echt superlustig hier, oder nicht?«

Colin begrüßt inzwischen den Mann am Nachbartisch. »Hallo, Stan! Lange nicht gesehen! Was machen die Schafe?«

»Gut, gut, danke der Nachfrage.« Der vierschrötige Mann nickt. »Paar von ihnen hatten letztens die Räude, aber wir haben's wieder hingekriegt.«

Während Colin in ein angeregtes Gespräch über Schafkrankheiten verstrickt wird, sieht mich Elsie fragend an. »Manchmal wundere ich mich immer noch, wieso du London gegen Chatham eingetauscht hast. Inspiration hin, Ruhe her – du musst das Stadtleben doch schrecklich vermissen!« Sie schaut sich vielsagend um, von Mr Springer an der Bar zu den verblichenen Fotos an den Wänden und Stan, der gerade laut vernehmlich rülpst.

Mein Magen, in dem gerade noch die Schmetterlinge getanzt haben, fühlt sich plötzlich ziemlich flau an. Und mein linker kleiner Zeh juckt auch wieder. Wie immer, wenn das Thema »London« erwähnt wird. Ich glaube, ich habe wirklich eine Allergie dagegen entwickelt.

»Nein, eigentlich vermisse ich es überhaupt nicht.« Ich lächle Elsie an und versuche, den Juckreiz zu ignorieren.

»Dann kannst du ja hierbleiben, nicht wahr? Ich meine, für länger? Das wäre super!« Ich sehe ihr an, dass die Worte von Herzen kommen.

Rob, der gerade noch in die Räude-Diskussion verwickelt war, mustert mich jetzt ebenfalls aufmerksam.

»Ich bin mir nicht sicher«, antworte ich unschlüssig.

Mein Leben in London ist gerade so weit weg, als ob es in einer anderen Galaxie stattgefunden hätte. Ich kann mir nicht vorstellen, dorthin zurückzukehren. Aber bin ich bereit, meinen Traum von einer Karriere als Fotografin endgültig aufzugeben? Und will ich mein Leben lang Staub wischen und Unkraut jäten?

»Ich finde es auf jeden Fall prima, dass du hier bist.« Elsie lächelt mich an. »Wirklich, Trix!«

»Finde ich auch!«, sagt Rob mit Nachdruck und sieht mich unverwandt an.

Gott, mir wird schon wieder ganz heiß.

Colin dreht sich zu uns. »Was findet ihr?«

»Dass Trix ganz hervorragend hierher passt.«

Colin lacht und nickt. »Allerdings! Darauf trinken wir noch eine Runde!«

Aus einer Runde werden noch fünf weitere, bis wir das Pub zum Zapfenstreich in bester Laune verlassen. Elsie hüpft ausgelassen vor uns her. Sie ist eindeutig ziemlich beschwipst.

»Müssen wir wirklich schon nach Hause gehen?« Sie zieht ein langes Gesicht.

Colin sieht sich ratlos um. »Ich befürchte, es hat nichts mehr geöffnet.«

Elsie zögert kurz und sagt schließlich mutig: »Wie wäre es dann mit einem Schlummertrunk bei mir zu Hause?«

Ich halte den Atem an. Das nenne ich mal einen offensiven Vorstoß! Bravo, Elsie!

Colin blickt etwas verdattert drein.

»Das klingt doch nach einer hervorragenden Idee«, meint Rob. »Colin, geh du ruhig mit Elsie auf einen Schlummertrunk. Ich kümmere mich um Trix' Begleitschutz.« Er zwinkert mir zu.

Sollte ich jemals einem Infarkt nahe sein, dann garantiert heute Abend. Mein armes Herz ist inzwischen bei einem Salto mortale angelangt.

»Also gut.« Colin nickt, nimmt offensichtlich all seinen Mut zusammen und bietet Elsie seinen Arm an. Erfreut hakt sie sich bei ihm ein, und die beiden spazieren einträchtig davon.

Ich ziehe mein Handy aus der Tasche. »Ich rufe uns ein Taxi.«

Rob grinst. »Traust du denn meinen Fahrkünsten nicht mehr – nach fünf Runden Pimm's?« Er deutet auf sein neben dem Pub geparktes Auto.

»Du hast die zwei Whisky-Shots vergessen«, kontere ich, ebenfalls grinsend. »Ich würde es vorziehen, in einem Stück im Schloss anzukommen.«

Rob lacht. »Gut, in dem Fall nehmen wir wirklich besser ein Taxi.«

Zwanzig Minuten später ist klar: Es ist nicht nur schwierig, um diese Uhrzeit in Chatham ein Taxi zu bekommen, es ist schlichtweg unmöglich. Frustriert lege ich auf, nachdem ich bei *Teds Transport Service*, dem einzigen Taxiunternehmen im Dorf, auch nach drei Versuchen nur die Mailbox erreicht habe.

»Tja«, Rob sieht mich an, »das bedeutet wohl, dass wir zu Fuß gehen müssen.«

Ich blicke auf meine Riemchensandalen und verziehe das Gesicht. Sicher bekomme ich nach spätestens dreihundert Metern eine fette Blase. Außerdem habe ich gerade einen Regentropfen auf meiner Schulter gespürt.

»Komm schon!« Rob setzt sich in Bewegung.

Ich bleibe dicht neben ihm. Die Atmosphäre zwischen uns ist jetzt ganz anders als vorhin mit Elsie und Colin. Aufgeladener. Intensiver. Wir sprechen wenig, fast nichts. Es ist, als ob keiner von uns den ersten Schritt wagte – in eine Richtung, die wir beide noch nicht absehen können.

Heute Nacht ist alles möglich, schießt es mir plötzlich durch den Kopf. Wieder spüre ich einen Tropfen. Ich betrachte den nachtschwarzen Himmel. Es wird doch jetzt nicht wirklich zu regnen beginnen?

Wir sind noch nicht weit gegangen, aber meine Ballen schmerzen bereits ziemlich, und eines der schmalen Riemchen scheuert bei jedem Schritt an meinem Zeh.

»Ich muss diese Schuhe ausziehen«, stöhne ich schließlich und bücke mich, um die Riemchen zu lösen.

Rob sieht mich besorgt an. »Es ist noch ein ganzes Stück bis zum Schloss. Bist du sicher, dass du das alles barfuß gehen willst?«

»Von wollen kann gar keine Rede sein«, bringe ich verbissen hervor. »Aber ich kann nicht länger.«

Rob überlegt kurz, dann schlingt er seine Arme um mich und hebt mich schwungvoll hoch.

Ich schaue ihn überrascht an und bin ehrlich beeindruckt. Bin ich nicht ziemlich ... schwer?

Doch.

»Du ... du wiegst ja ganz schön was.« Rob steht die Anstrengung bereits nach wenigen Sekunden ins Gesicht geschrieben.

Ich muss kichern. »Danke für das Kompliment! Du kannst mich ruhig wieder runterlassen. Den ganzen Weg zurück – das schaffst du niemals.«

Jetzt habe ich seinen Ehrgeiz angestachelt. Er strafft die Schultern und trägt mich eisern weiter. Ziemlich langsam, aber stetig, Schritt für Schritt. Ich habe aufgehört zu kichern. Robs Gesicht ist verdammt nah an meinem, und ich würde ihn zu gerne wieder küssen.

Wenn er nur nicht ganz so rot angelaufen wäre.

»Lass mich ruhig runter, wirklich! Das ist ja unmöglich zu schaffen!« Ich sehe ihn beschwichtigend an.

»Gut.« Sanft setzt er mich auf den Boden und atmet tief durch. »Viel länger hätte ich wahrscheinlich wirklich nicht mehr gekonnt«, gibt er mit einem schiefen Lächeln zu.

Eine verlegene Stille herrscht zwischen uns, als wir langsam weitergehen. Der Weg ist zum Glück nicht sehr steinig, sodass ich auch ohne Schuhe gut vorankomme.

Um die Stimmung etwas aufzulockern, sage ich betont beiläufig: »Ich finde es super, dass Elsie jetzt endlich mal einen Vorstoß gewagt hat. Sieht ja ein Blinder mit Krückstock, dass Colin und sie füreinander bestimmt sind!«

Rob nickt, offenbar erleichtert, dass er etwas Unverfängliches erwidern kann. »Colin ist in dieser Hinsicht wirklich ein harter Brocken. Und nicht gerade gut im Zwischen-den-Zeilen-Lesen, oder?«

Ich nicke. »Wobei, es ist ja manchmal wirklich nicht leicht, jemandem seine Gefühle zu offenbaren. Vor allem, wenn man nicht sicher ist, was der andere empfindet.«

Es fängt jetzt wirklich an zu regnen. Das darf doch nicht wahr sein! Wir beschleunigen unseren Schritt.

Auf einmal bleibt Rob stehen. »Was, wenn du dir sicher wärst?«

Der Regen wird stärker, dicke Tropfen prasseln auf uns hernieder. Verlegen streiche ich mir eine feuchte Haarsträhne aus der Stirn, unfähig, Robs Frage zu beantworten.

»Was, wenn ich dir schon seit einiger Zeit etwas sagen will?« Er zögert. Ich sehe, wie sich die goldenen Sprenkel in seinen Augen verdunkeln. »Und das will ich, Trix.« Er räuspert sich. »Zum Beispiel, dass ich ständig an dich denken muss.« Er zieht mich zu sich heran. »Nicht gerade hilfreich, wenn man sich auf eine historische Recherche konzentrieren sollte.« Er verzieht den Mund zu einem schiefen Lächeln, und ich spüre, wie sich seine kräftigen Arme um mich schlingen. Dann beginnt er langsam, meinen Hals zu küssen. »Was, wenn ich dir sagen würde, dass ich verrückt nach dir bin?«

Meine Eingeweide ziehen sich zusammen, und mein Herz will zerspringen.

Inzwischen schüttet es. Wir sind schon völlig durchnässt. Robs Hemd klebt auf seiner Brust, und die Konturen seiner Muskeln zeichnen sich darunter ab. Er gleitet mit einer Hand meinen Rücken entlang und streicht mit der anderen meine nassen Haare zur Seite. Sein Gesicht ist nur Zentimeter von meinem entfernt.

»Ich bin bei Gott nicht hierhergekommen, um mich zu verlieben«, sein Ton ist schroff, »aber es ist einfach passiert.«

Und dann küsst er mich, zuerst zärtlich und sanft, dann intensiver, fordernder. Ich fange an, heftig zu atmen, und kralle mich mit den Fingernägeln in seinen Rücken. Er schiebt mein klatschnasses Kleid hoch und packt meinen nackten Oberschenkel. Ich spüre sein Verlangen mit jeder Faser meines Körpers.

»Wir sollten zurück zum Schloss«, flüstere ich heiser.

Rob nickt entschlossen.

Rob hat kein pompöses Himmelbett. Im Gegenteil, es ist schlicht, aus massivem Holz, bezogen mit frischer weißer Leinenwäsche. Die ziemlich schnell knittert, aber das ist uns beiden vollkommen egal.

Es ist nicht so hoch wie mein Bett, und man muss sich auch nicht akrobatisch hineinschwingen. Was in dieser Nacht passiert, hat aber trotzdem viel mit Akrobatik zu tun.

Am nächsten Morgen wache ich mit einem seligen Glücksgefühl auf. Ich liege da, Robs besonderen Duft in der Nase, denke an die Nacht zurück und bin wunschlos glücklich. Am liebsten würde ich nie wieder die Augen aufmachen. Wäre doch das ganze Leben wie jetzt – ein himmlischer, kuscheliger, watteweicher Traum.

Nach einer Weile schlage ich die Augen doch auf und sehe, dass Rob gar nicht mehr neben mir liegt. Jetzt höre ich auch das leise Rauschen aus dem Badezimmer nebenan.

Ich schließe die Augen wieder. Ich glaube nicht, dass ich jemals zuvor so eine Nacht erlebt habe. Mit niemandem. Es war ... episch.

Das Rauschen im Bad hört auf, und die Tür zum Schlafzimmer öffnet sich.

»Guten Morgen!« Rob kommt herein, nur ein Handtuch um die Hüften geschlungen. Seine Haare sind noch feucht, und seine Augen funkeln. »Gut geschlafen?«

»Gut, aber nicht sehr viel«, antworte ich kokett.

Er grinst, tritt näher ans Bett und beugt sich zu mir herunter. Ich fahre spielerisch die Kontur seines Schlüsselbeins nach.

»Willst du zum Frühstück rüber zu den anderen ...?«, murmelt er, während seine Lippen sanft meine nackte Schulter berühren, »... oder bleiben wir hier und frühstücken nur zu zweit?« Sein Mund wandert hinauf zu meinem Nacken.

Ich bin eindeutig für Frühstück zu zweit.

Eine geschlagene Stunde später schlüpfe ich in mein Kleid. Es ist immer noch leicht feucht. Während Rob sich im Bad anzieht, betrachte ich interessiert den Schreibtisch in seinem Wohnzimmer.

Rob tritt hinter mich. »Erinnerst du dich daran, dass ich gesagt habe, dass die Tagebuchseiten von Lady Emma aus meinem Schreibtisch verschwunden sind? Vielleicht habe ich sie doch hier irgendwo hingelegt.« Er deutet auf die Papierberge. »Ich meine, wo sollen sie denn sonst hingekommen sein? Aber es ist schon seltsam – normalerweise würde ich so etwas nie verlegen. Na ja, halb so schlimm.«

Soll ich ihm erzählen, was ich in der Bibliothek beobachtet habe? Ein Phantom, das Tagebuchseiten stiehlt? Das ist doch zu dämlich! Ich will auf keinen Fall, dass Rob mich für eine komplette Spinnerin hält.

»Gehen wir jetzt rüber zu den anderen? Ich hab einen Riesenhunger und leider so gut wie nichts da.« Er deutet auf den Kühlschrank.

Ich nicke und vertage meinen Gewissenskonflikt kurzerhand.

Als wir die Eingangshalle erreichen, schaue ich verlegen auf mein zerknittertes Kleid hinab. »Vielleicht sollte ich mich vorher noch kurz umziehen.«

»Ja, vielleicht.« Rob grinst, drückt kurz meine Schulter und verschwindet dann Richtung Küche. Ich glaube, er ist wirklich hungrig.

Als ich kurz darauf ebenfalls die Küche betrete, sitzen Colin, Elsie und Rob bereits einträchtig am Frühstückstisch. Elsie hat Mühe, ihr neugieriges Gesicht zu verbergen.

Ich setze mich betont gelassen neben sie und greife nach einer Scheibe Toast.

»Und, Trix, war ziemlich lustig gestern, oder?« Colin

sieht, wenn ich ihn näher betrachte, ziemlich verkatert aus. Er hat nur eine Tasse Tee vor sich stehen.

»Ja, wirklich lustig.« Ich schenke mir ebenfalls eine Tasse Tee ein. »Das sollten wir öfter machen.«

»Dann bekomme ich vielleicht auch etwas Übung mit diesen Shots.« Colin verzieht das Gesicht. »Mir brummt der Schädel nämlich wie verrückt.« Jetzt sieht er Rob an. »Ich bin zwar heute wahrscheinlich nicht in der Lage, vernünftig nachzudenken, aber wir sollten doch noch mal die Unterlagen aus dem Landesarchiv durchgehen. Ich habe eine Passage gefunden, die ziemlich spannend klingt.«

»Sicher.« Rob isst schnell sein Müsli auf, dann steht er auf und verlässt gemeinsam mit Colin den Raum.

Ich sehe Rob versonnen nach.

Kaum ist die Tür ins Schloss gefallen, schießt Elsie los. »Und?«

»Was, und?« Ich beiße herzhaft in meinen Toast und trinke einen Schluck Tee.

»Du warst bei Rob!«

»Woher willst du das wissen?« Ich versuche mich an einer Unschuldsmiene.

Elsie setzt ein vielsagendes Gesicht auf. »Ich habe vorhin bei dir angeklopft, weil ich dich zum Frühstück abholen wollte. Als du nicht geantwortet hast, hab ich kurz reingeschaut und gesehen, dass dein Bett unberührt war.« Sie sieht mich mit großen Augen an. »Also?«

Ich bin hin- und hergerissen. Einerseits würde ich ihr gerne alles bis ins kleinste Detail erzählen, aber andererseits bin ich mir nicht sicher, ob es Rob recht ist, wenn ich unsere gemeinsame Nacht mit Elsie am Frühstückstisch diskutiere.

Ich übe mich also in nobler Zurückhaltung. »Es war ... ziemlich gut.«

Elsie zieht ein langes Gesicht. »Ja, aber wie war *er*?« Sie sieht mich gespannt an und kichert. »Ich kann mir vorstellen, dass er sehr leidenschaftlich sein kann!«

»Kann schon sein.« Ich kichere ebenfalls. Dann fällt mir etwas ein. »Warum reden wir überhaupt von mir? Was ist denn mit Colin und dir?«

Jetzt ist es Elsie, die schweigt.

»Los, sag schon!« Ich bin wirklich gespannt. Hat Colin die Nacht bei ihr verbracht?

»Nun ...«, beginnt Elsie zögerlich, »wir haben noch ein Gläschen getrunken, lange geredet ... und dann ist er nach Hause.«

Ich schaue sie verwundert an. »Also ... ist nichts passiert?«

»Wir haben uns zum Abschied kurz umarmt, falls du das meinst«, sagt Elsie schüchtern. »Aber mehr ... Nein, mehr ist nicht passiert. Was auch komplett in Ordnung ist«, schiebt sie eilig hinterher. »Ich finde es gut, die Sache langsam angehen zu lassen. Wir arbeiten hier schließlich zusammen, und eine Beziehung würde die Dinge sehr kompliziert machen.«

Ich nicke nachdenklich. Da hat sie recht. Eine Beziehung macht die Dinge meistens kompliziert.

Kapitel fünfzehn

Auch die darauffolgende Nacht verbringe ich bei Rob im Cottage. Wir schlafen zwar nicht viel, also fast gar nicht, aber ich bin trotzdem voller Elan, als wir am nächsten Morgen gemeinsam zum Frühstück ins Schloss schlendern (Rob ist wirklich äußerst dürftig ausgestattet, was Nahrungsmittel angeht).

Wir haben gerade das Gartentor erreicht, als ein gedrungener, verkniffen aussehender Mann mit Halbglatze und dicken Brillengläsern aus der Eingangstür tritt. Er geht steif die Treppe hinunter auf den Vorplatz. Eine abgewetzte lederne Aktentasche in der Hand, schaut er noch einmal die steinerne Schlossfassade hinauf, dreht sich dann um und steigt in seinen schlammfarbenen Fiat.

Ich erstarre. Den Gang kenne ich. Den verkniffenen Blick kenne ich. Die Art von Tasche kenne ich. Ich muss unwillkürlich an Rumpelstilzchen denken, und mich beschleicht eine böse Vorahnung, dass auch dieser Typ nichts Gutes im Schilde führt.

»Was ist denn?« Rob sieht mich erstaunt an.

»Ach, nichts«, erwidere ich eilig und folge ihm mit einem äußerst mulmigen Gefühl in Richtung Schloss.

Als wir die Eingangshalle betreten, geraten wir mitten in eine hitzige Diskussion zwischen Lady Chatham und Colin. Elsie steht etwas abseits, mit bekümmerter Miene.

»... tue das nicht gerne, aber ich muss wirklich dir die Schuld dafür geben!« Colin blickt seine Mutter fassungslos an.

Lady Chatham hat die Arme vor der Brust verschränkt und funkelt ihn kampflustig an.

»Rob, Trix, ein Gerichtsvollzieher war gerade hier«, erklärt Colin, als er uns erblickt, und zieht eine Grimasse.

Ich wusste es. Mir läuft es eiskalt den Rücken hinunter.

»Und wie ich gerade erfahren durfte, sind wir bei mehreren Lieferanten massiv im Minus, stehen mit Kreditraten im Verzug und sind knapp vor der Verpfändung, wenn nicht sogar Zwangsversteigerung«, fährt Colin fort und wendet sich dann wieder Lady Chatham zu. »Mutter, *du* hattest den Überblick über unsere Finanzen und musst seit Monaten gewusst haben, dass wir mit allen möglichen Zahlungen im Rückstand sind. Warum hast du denn nicht früher Bescheid gesagt? Es müssen doch massenhaft Mahnungen gekommen sein!« Er starrt sie entgeistert an.

»Ich dachte doch niemals, dass sie wirklich Ernst machen! Wir stehen schließlich seit über hundert Jahren in Verbindung mit einigen unserer Geschäftspartner!«, verteidigt sich Lady Chatham.

»Nun, wenn nicht sofort etwas geschieht, klebt spätestens übernächste Woche der Kuckuck an den Wänden.« Colin sieht ratlos und verzweifelt zugleich aus.

»O nein!« Elsie schlägt die Hände vor dem Gesicht zusammen. Sogar Rob macht eine besorgte Miene.

Mist. Mist. Doppelmist.

Lady Chatham räuspert sich. Leise, aber gut vernehmlich.

»Ja, Mutter? Möchtest du etwas sagen?« So ungehalten habe ich Colin noch nie erlebt.

»Es gibt noch eine andere Möglichkeit.« Lady Chatham blickt zu Boden. »Wir könnten das Haus verkaufen.«

Colin schaut sie ungläubig an. »Das Haus verkaufen? Mutter, das ist Chatham Place! Das Zuhause unserer Vorfahren! Unser Zuhause!« Colin rauft sich die Haare.

»Nun, meine Familie stammt ja eigentlich aus Buckinghamshi...« Lady Chatham unterbricht sich, als sie sieht, dass das gar nicht gut ankommt. Schnell setzt sie ein sorgenvolles Gesicht auf. »Colin, du weißt, dass auch ich Chatham liebend gern erhalten würde, aber du glaubst doch selbst nicht, dass wir jetzt, in letzter Minute, noch irgendwelche Beweise finden, um den Trust zu überzeugen? Wo wir so lange und gründlich danach gesucht haben?«

Na ja, eigentlich haben *wir* gesucht, und *sie* ist in den Wellnessurlaub gefahren. Aber das möchte ich in dieser angespannten Situation nicht auch noch mit in die Waagschale werfen.

»Ich fürchte, es bleibt uns nichts anderes übrig, als

diesen Weg zu gehen, so schmerzvoll er auch sein mag«, bekräftigt Lady Chatham.

Ich betrachte ihre maskenhaften Gesichtszüge, und mir scheint es, als ob sie sich ein kleines Lächeln verkneift. Aber wahrscheinlich täusche ich mich, und sie kann mit ihrem gestrafften Gesicht ihre Mimik nicht mehr richtig kontrollieren.

»Colin, du kennst doch Mr Springer.« Ihr Tonfall ist jetzt aalglatt. »Er ist ja Immobilienmakler und war so nett, sich die Liegenschaft einmal unverbindlich anzusehen.«

Aha! Meine Augen weiten sich. Daher weht also der Wind! Deshalb die amüsanten Ausflüge. Lady Chatham will das Schloss verhökern. An Mr Springer!

Keiner sagt ein Wort.

Colin blickt seine Mutter ungläubig an. »Du hast ... du hast Chatham Place schon schätzen lassen? Warum weiß ich nichts davon?«

Lady Chatham übergeht seine Frage geflissentlich. »Er ist sich sicher, dass wir einen sehr attraktiven Preis erzielen würden. Wir könnten alle Schulden tilgen, und es würde genug für ein kleineres Haus oder auch zwei komfortable Wohnungen übrig bleiben.« Sie steht da, als ob sie kein Wässerchen trüben könnte.

»Mutter! Das kann nicht dein Ernst sein. Das hier ist unser *Zuhause*!« Colins Gesicht ist kreideweiß.

Lady Chathams Miene ist immer noch vollkommen unschuldig. »Colin, auch mir bricht es das Herz, aber wir müssen vernünftig sein. Es ist leider unsere einzige, unsere *letzte* Möglichkeit.«

»Nein! Das lasse ich nicht zu! Niemals! Wir suchen weiter, bis zuletzt!«

So kämpferisch habe ich Colin noch nie erlebt. Er steht da, mit geballten Fäusten und wilder Entschlossenheit im Blick.

Lady Chatham scheint gänzlich unbeeindruckt. »Gut, wenn du meinst – such weiter. Aber länger als ein paar Tage können wir nicht mehr warten. Ich habe Mr Springer gesagt, dass er schon einmal einen Verkaufsprospekt erstellen soll.«

Sie dreht sich um und durchquert gemessenen Schrittes die Eingangshalle in Richtung Tür. Alles, was zurückbleibt, ist eine zarte Duftwolke.

Und plötzlich fällt es mir wieder ein. Das Detail, das mich die ganze Zeit irritiert hat. Ja, das ist es.

Kapitel sechzehn

In jener Nacht in der Bibliothek lag eindeutig ein Hauch Parfum in der Luft. Teures, exklusives Parfum, das nur eine bestimmte Person im Schloss benutzt: Lady Chatham. Ich bin mir ganz sicher. Es war ihr Parfum, das ich gerochen habe.

Ich kann nicht einschlafen, obwohl ich todmüde bin. Ich liege dicht neben Rob in seinem Bett im Cottage, und mir tun alle Knochen weh. Nicht vom Bücherheben in der Bibliothek, sondern vom Stutzen des Efeus im Garten, den ganzen Nachmittag über. Kilometer von kapriziösem, sich in alle Richtungen windendem Efeu, der partout nicht gestutzt werden wollte. Wir haben gewonnen, Mr Trelawney und ich. Danach saß ich fast bis Mitternacht mit Rob in der Bibliothek. Und die ganze Zeit über habe ich mir den Kopf zerbrochen.

Könnte es wirklich Lady Chatham gewesen sein, die ich beobachtet habe? Aber wieso in aller Welt sollte sie sich mitten in der Nacht in ihre eigene Bibliothek schleichen? Was hat sie dort gesucht? Und warum sollte sie die Tagebucheinträge von Lady Emma aus der Schublade mitgenommen haben? Das passt alles überhaupt nicht zusammen.

»Rob«, flüstere ich. »Bist du noch wach?«

Ich bin zu dem Schluss gekommen, dass ich ihm jetzt von der Szene in der Bibliothek erzählen muss. Schokotörtchen hin, Schokotörtchen her.

»Rob?«, flüstere ich noch einmal, dieses Mal etwas lauter.

Neben mir grunzt es verschlafen.

»Rob, ich muss dir was sagen.«

»Kann das bis morgen warten? Bin echt erledigt.« Er gähnt und vergräbt seinen Kopf tiefer im Kopfkissen.

Ich starre an die dunkle Zimmerdecke. »Ich glaube, ich weiß vielleicht, wo die Tagebuchseiten sind. Die Seiten aus Lady Emmas Tagebuch, meine ich.«

Er dreht sich zu mir um. »Wie bitte?« Ich kann sein Gesicht nur schemenhaft erkennen, aber ich spüre, dass er mich anstarrt.

»Ich habe gesehen, wie jemand deinen Schreibtisch in der Bibliothek durchsucht hat. Das war in der Nacht, bevor dir aufgefallen ist, dass die Seiten fehlen.« Ich zögere, es klingt einfach zu unwahrscheinlich. »Und ich glaube, es könnte Lady Chatham gewesen sein.«

»Was?« Rob knipst seine Nachttischlampe an. »Lady Chatham? Wieso sollte sie ...« Offensichtlich versucht er zu verarbeiten, was ich gerade gesagt habe. »Bist du dir sicher, dass sie es war?«

»Nein, leider nicht«, antworte ich frustriert. »Das ist es ja, ich bin mir überhaupt nicht sicher, weil ich im Dunkeln nichts erkennen konnte. Aber ich habe eindeutig ihr Parfum gerochen.«

»Ihr Parfum?« Er sieht mich irritiert an. »Und was

machst du überhaupt mitten in der Nacht in der Bibliothek?«

Gut, die Stunde der Wahrheit ist gekommen.

»Ich bin aufgewacht und war ziemlich hungrig. Also habe ich mir ein Schokotörtchen aus der Küche stibitzt. Okay, es waren mehrere.« Ich muss fast kichern, als ich seine ungläubige Miene sehe. »Auf dem Weg zurück habe ich Licht in der Bibliothek bemerkt und gesehen, wie jemand einen Stapel Unterlagen mitgenommen hat. Das waren sicher die Tagebuchseiten.«

Rob legt die Stirn in Falten. »Mal angenommen, es war wirklich Lady Chatham, die du gesehen hast – wieso sollte sie etwas aus ihrer eigenen Bibliothek stehlen? Das ergibt alles überhaupt keinen Sinn.«

»Genau«, trumpfe ich auf. »Das verstehe ich auch nicht. Und außerdem ist mir erst heute wieder eingefallen, dass ich ihr Parfum gerochen habe. Deshalb habe ich bisher nichts davon erzählt.«

Rob wirft mir einen schrägen Blick zu. »Und irgendwie ist es ja auch peinlich zuzugeben, dass man mitten in der Nacht einen Berg Schokotörtchen aus der Küche stibitzt hat, oder nicht?« Er grinst.

»Ja, das auch«, murmle ich und hoffe, dass er nicht sieht, wie rot ich werde. »Und es tut mir leid. Ich meine, dass ich nicht früher etwas gesagt habe. Aber du meintest ja auch, dass es wahrscheinlich sowieso nicht wichtig war ...«

»Nun, du hättest es uns vielleicht ersparen können, das halbe Schloss auf den Kopf zu stellen«, sagt er trocken.

»Wie gesagt, es tut mir echt leid«, wiederhole ich. »Ich habe ja auch nicht wirklich etwas gesehen, nur ... gerochen.«

»Nun«, Rob seufzt, »im Grunde hast du recht. Ich bin mir wirklich nicht sicher, ob die Seiten von Bedeutung waren oder nicht. Aber dennoch finde ich es merkwürdig, dass Lady Chatham sie klammheimlich an sich nimmt.«

»Das stimmt«, pflichte ich ihm bei, erleichtert, dass er mir nicht böse ist. »Ich meine, es müssen ja nicht die Tagebuchseiten von Lady Emma gewesen sein. Vielleicht hat sie auch etwas ganz anderes mitgenommen ...«

Zum Beispiel ihre Steuererklärung. Oder die Rechnungen vom Schönheitschirurgen. Ich bin mir nämlich ziemlich sicher, dass nicht nur Mutter Natur in ihrem Gesicht am Werk war. Vielleicht wäre es ihr unangenehm, wenn jemand diese Rechnungen sehen würde.

»Das wäre ein sehr seltsamer Zufall, meinst du nicht?« Rob ist tief in Gedanken versunken. »Ausgesprochen seltsam.«

»Und was sollen wir jetzt tun?«, frage ich ratlos.

Rob lässt sich zurück auf sein Kopfkissen sinken. »Erst mal schlafen. Heute können wir sowieso nichts mehr unternehmen. Morgen sehen wir weiter.«

Erleichtert, nicht sofort aus dem Bett springen zu müssen, kuschle ich mich eng an ihn. »Das ist ein hervorragender Plan. Gute Nacht!«

»Gute Nacht!« Er beugt sich zu mir und gibt mir einen Kuss. »Und falls du wieder Hunger kriegen solltest – ich hab leider nur noch ein Stück alten Käse im Kühlschrank.«

»Haha«, murmle ich, und eine Sekunde später fallen mir die Augen zu.

Als ich die Augen wieder aufschlage, ist Rob bereits wach und sitzt verkehrt herum auf einem Stuhl neben dem Bett.

»Guten Morgen, Schlafmütze! Du siehst wirklich niedlich aus, wenn du schläfst, weißt du das?« Er hat seine Arme auf der Lehne verschränkt und grinst mich an.

»Wie spät ist es?«, frage ich, noch komplett verschlafen.

»Höchste Zeit, darüber zu reden, was wir mit deiner nächtlichen Erkenntnis anstellen.« Rob steht auf und beginnt im Zimmer hin und her zu laufen. »Ich denke schon die ganze Zeit darüber nach, was du mir gestern Abend erzählt hast. Aber ich kann mir beim besten Willen nicht vorstellen, dass es wirklich Lady Chatham war, die du gesehen hast.« Er bleibt abrupt stehen und sieht mich an. »Ich weiß, dass sie mich nicht hier haben will. Ich weiß auch, dass sie nicht der größte Fan des Trusts ist. Aber ich glaube nicht, dass sie einen Beweis verschwinden lassen würde, der vielleicht wichtig sein könnte.« Er schüttelt entschlossen den Kopf. »Das halte ich für ausgeschlossen.«

Ich richte mich etwas auf, um ihn besser ansehen zu können.

Rob beginnt wieder, auf und ab zu laufen. »Außerdem kann ich dir nicht einmal sagen, ob Lady Chatham damals überhaupt mitbekommen hat, dass ich die Tagebucheinträge entdeckt habe.«

»Das könnte sie genauso gut von Colin erfahren haben«, wende ich ein.

»Ja, das könnte sein ... aber wir wissen es eben nicht. Wir haben keinerlei Beweise für deinen Verdacht. Und ich bin ein Freund von klaren Fakten.«

Wir schweigen beide für einen Moment.

»Was, wenn wir sie einfach nach den Seiten fragen?«, schlage ich schließlich vor, obwohl ich selbst weiß, dass das keine sehr gute Idee ist.

Rob schüttelt den Kopf. »Das können wir nicht machen. Du darfst nicht vergessen, dass sie die Hausherrin ist, und das wäre doch eine sehr schwere Anschuldigung.«

»Das stimmt. Und selbst wenn sie etwas aus der Bibliothek genommen hätte, wäre das im Grunde ihr gutes Recht«, sage ich nachdenklich.

Rob nickt. »Du hast ja auch nicht wirklich etwas gesehen, das hast du selbst gesagt.« Er kniet sich aufs Bett, sodass unsere Gesichter sich auf gleicher Höhe befinden. »Ich will damit nicht sagen, dass ich dir nicht glaube, aber wir müssen realistisch bleiben, und realistisch betrachtet ergibt es überhaupt keinen Sinn, dass Lady Chatham etwas aus ihrer eigenen Bibliothek stiehlt.«

Ich seufze. »Du hast wahrscheinlich recht. Vielleicht spielt uns ja ein Schlossgespenst einen Streich.«

Rob grinst. »Das wäre natürlich auch eine Erklärung. Womöglich ist es Lady Emma höchstpersönlich, die verhindern will, dass wir ihr Geheimnis lüften. Aber wir kommen ihr schon noch auf die Schliche.«

Wenig später sitzen Rob und ich wieder in der Bibliothek. Colin und Elsie sind nach Chatham gefahren, um etwas in der Ortschronik nachzulesen. Wir verfolgen inzwischen jede noch so mickrige Spur. Hoch konzentriert arbeiten Rob und ich Stunde um Stunde schweigend vor uns hin, aber die Hoffnung, etwas Relevantes zu finden, schwindet mit jedem Buch, jeder Akte und jedem vergilbten Wisch, den wir vergebens durchsuchen.

Es dämmert bereits, als ich enttäuscht einen weiteren staubigen Wälzer zuschlage. »Wieder nichts.«

Rob sieht mich mitfühlend an. »Müde?«

Ich seufze. »Es ist so frustrierend. Ich möchte Colin wirklich gerne helfen, aber es scheint aussichtslos zu sein.«

Er berührt sanft meinen Arm. »Weißt du, man kann nichts erzwingen. Wir können uns auf jeden Fall nicht vorwerfen, es nicht versucht zu haben. Aber vielleicht sollten wir einsehen, dass der Versuch gescheitert ist.«

Ich starre ihn entsetzt an. Das kann doch nicht das Ende sein! Ich sehe Chatham schon in den Händen von Mr Springer, dem Neffen. Bestimmt würde er Pamina und die anderen Pferde zum nächsten Abdecker bringen, die Ställe abreißen und stattdessen Parkplätze für seine betuchten Kunden asphaltieren lassen. Und in den Garten käme ein protziges, edelstahlglänzendes Swimmingpool-Ungeheuer mit dekadenten Liegen und hässlichen Sonnenschirmen. Nein, ich weigere mich, die Segel zu streichen!

»Sieh mich bitte nicht so an«, sagt Rob und macht ein zerknirschtes Gesicht. »Du weißt, dass ich Colin genauso gerne helfen will wie du. Aber du musst zugeben, dass das hier die Suche nach der sprichwörtlichen Nadel im Heuhaufen ist.« Er macht eine kurze Pause. »Vielleicht soll es einfach nicht sein.«

Mir fällt nichts ein, was ich darauf erwidern könnte. Entschlossen greife ich zum nächsten Buch – einer weiteren botanischen Enzyklopädie. Planlos blättere ich darin herum, bis mir ein Kapitel ins Auge sticht, in dem einige Passagen farbig markiert worden sind: Es geht um die Zucht und Pflege von Kamelien.

Plötzlich taucht Mr Trelawney vor mir auf, sein lebhaftes, begeistertes Gesicht.

Die Idee mit der Kamelienzucht, die geht mir nicht mehr aus dem Kopf...

»Der Garten«, murmle ich.

Kann das eine Möglichkeit sein? Nicht die hanebüchene Geschichte um King George, Lady Emma und den unehelichen Sohn – ist es der *Garten*, der den Unterschied ausmacht?

In mir steigt ein kitzeliges Gefühl auf, lauter kleine Bläschen, gefüllt mit neuer Hoffnung.

»Trix?« Ich bemerke plötzlich, dass Rob mich aufmerksam beobachtet. Mein Gehirn läuft jetzt im sechsten Gang.

»Elsies Großvater hat mir erzählt, dass die Gartenanlage früher mindestens genauso beliebt war wie das

Schloss selber«, beginne ich zu erklären. »Und es soll dort äußerst seltene tropische Pflanzen geben, die Colins Ururgroßvater aus den Kolonien mitgebracht hat. Wirkliche Raritäten. Könnte das nicht ein Grund sein, Chatham zu unterstützen?«

Rob blickt mich erstaunt an. »Nun ... es ist nicht mein Spezialgebiet, aber ich kenne tatsächlich einige Anwesen, wo historische Gartenanlagen gefördert werden.« Er überlegt. »Allerdings sind das allesamt Objekte von herausragendem botanischem Wert. Die Anlage müsste einzigartig sein, damit der Trust eine Förderung überhaupt in Betracht zieht. Und dann sollte sie auch gut erhalten sein«, er runzelt die Stirn, »was man hier ja wirklich nicht behaupten kann.«

»Das stimmt. Aber man könnte den Garten doch wieder auf Vordermann bringen? Laut Mr Trelawney ist er wirklich etwas ganz Besonderes, ein Kleinod. Oder zumindest war er das mal.«

Robs Stirn ist noch immer gerunzelt. »Und warum höre ich dann das erste Mal davon? Wenn der Garten eine solche Besonderheit ist, wieso hat Colin dann nie etwas davon erwähnt?«

»Ich glaube, er hat sich nie wirklich dafür interessiert. Und Lady Chatham schon gar nicht.«

Rob wirkt nicht gerade enthusiastisch. »Wenn es so wäre, würden doch sicher detaillierte Aufzeichnungen darüber existieren. Wir haben bis dato aber nichts gefunden.«

»Wir haben auch nicht danach gesucht«, werfe ich leise ein.

Rob schüttelt den Kopf. »Sei mir nicht böse, Trix. Ich würde Colin wirklich gerne helfen, aber das scheint mir dann doch sehr weit hergeholt.« Er steht auf und nickt mir aufmunternd zu. »Es ist schon spät. Ich muss noch für morgen packen.«

»Ich komme gleich nach«, sage ich und greife entschlossen wieder zur Enzyklopädie. Vielleicht ist es ja *doch* eine Spur.

Kapitel siebzehn

Bis zwei Uhr nachts war ich gestern noch in der Bibliothek, leider ohne nennenswertes Ergebnis.

Rob ist schon frühmorgens nach London gefahren, und deshalb hocke ich jetzt, nach einem schnellen Frühstück, wieder alleine vor dicken Wälzern. Ohne ihn ist es noch frustrierender, Seite um Seite durchzublättern. Rob hat wenigstens immer wieder mal einen trockenen Kommentar abgegeben oder mir eine kleine Unverschämtheit ins Ohr geflüstert.

Ach, Rob! Beim Gedanken an ihn wird mir wohlig warm in der Magengegend – und auch ein Stück weiter südlich. Richtig warm. Ach, was sage ich? Heiß!

Ich habe heute wirklich Mühe, mich zu konzentrieren. Gerade ertappe ich mich dabei, wie ich eine Passage zum vierten Mal lese, ohne auch nur ein Wort davon erfasst zu haben. So bringt das doch nichts! Genervt stehe ich auf und gehe hinaus in den Garten, hinunter zum Rondell.

Etwas enttäuscht bin ich ja schon, dass Rob meine Idee mit dem Garten einfach so rundweg abgetan hat. Und es ärgert mich, dass ich trotz meiner Nachtschicht keinen einzigen brauchbaren Hinweis entdeckt habe.

Aber trotz alledem – mein Gefühl sagt mir, dass wir *im* Schloss auf dem Holzweg sind. Grübelnd betrachte ich den verfallenen Springbrunnen. Ist es einen Versuch wert, noch weiter nachzuforschen? Oder greife ich nur verzweifelt nach dem allerletzten Strohhalm?

»Na, Trix, heute so nachdenklich?« Elsies Großvater steht plötzlich in seiner Gärtnermontur neben mir und blickt mich aufmerksam an.

Ich sehe zu ihm auf. Doch, einen Versuch ist es allemal wert.

»Mr Trelawney«, fange ich zögerlich an. »Sie haben mir doch vor einigen Tagen etwas über die Teesträucher erzählt. Die Kamelien. Und dass Sie mit Lord Chatham darüber nachgedacht haben, sie zu züchten?«

Mr Trelawney sieht mich überrascht an. »Du erinnerst dich daran? Alle anderen halten mich ja deswegen für einen Träumer.«

»Mich würde es sehr interessieren, was Sie darüber denken«, sage ich vorsichtig.

Er räuspert sich. »Nun, ich bin nach wie vor davon überzeugt, dass unsere Camellia amplexicaulis optimal für die Teeproduktion geeignet wäre.«

»Camellia ample… wie?«, frage ich verwirrt.

»Camellia amplexicaulis.« Mr Trelawney lacht. »So heißt die Kamelienart, von der wir ein Exemplar hier im Garten haben.« Er stellt den Rechen, den er in der Hand hält, beiseite. »Colins Ururgroßvater hat einen Ableger aus Ceylon mitgebracht, das muss um 1850 gewesen sein. Es war damals verboten, Teepflanzen aus den Kolonien auszuführen, sie hatten das Monopol auf die Teegewinnung. Deswegen hat er die Kamelie hier still und heimlich eingepflanzt, bewusst außerhalb des Indischen Gartens.«

Ich lausche gespannt.

»Wie schon gesagt – James hat vor seinem Tod intensive Nachforschungen angestellt. Anscheinend gibt es auch auf Sri Lanka fast keine Exemplare mehr von dieser Kamelie. Sie ist so gut wie in Vergessenheit geraten. Tee wird heute aus robusteren, pflegeleichteren Pflanzen gewonnen.« Mr Trelawney sieht mich nachdenklich an. »Weißt du, die Camellia amplexicaulis ist ziemlich anspruchsvoll in der Pflege, eine richtige Diva. Aber der Südhang hinter dem Haus wäre perfekt geeignet für eine Plantage.«

»Und Sie meinen, dass man aus dieser Kamelie wirklich Tee gewinnen könnte? Qualitativ hochwertigen Tee?«, frage ich gespannt. Mein Herz schlägt vor Aufregung schneller.

»Auf jeden Fall!« Mr Trelawney nickt entschlossen. »James hat einmal einen indischen Kamelien-Tee aus London zum Verkosten mitgebracht.« Der alte Gärtner blickt schwärmerisch gen Himmel. »Und der war himmlisch, sag ich dir! Nuancenreich, zart im Geschmack, einfach etwas Besonderes. Aber wir müssen ja froh sein, wenn wir über die Runden kommen, ohne auch noch einen Batzen Geld in solche Luftschlösser zu stecken.« Sein Gesicht, jetzt wieder auf die Erde gerichtet, nimmt einen besorgten Ausdruck an. »Wie ich erfahren habe, ist die Lage ja noch viel ernster als angenommen. Ich hoffe, dass Colin einen Ausweg findet. Das hoffe ich wirklich.«

Mr Trelawney nimmt den Rechen wieder in die Hand und nickt mir zu. »So, jetzt muss ich weiter, die Hyazinthen warten auf mich. Einen schönen Tag noch, Trix!«

Ein Luftschloss? Mag sein. Vielleicht aber auch nicht. Ich werde dieses Thema jetzt in Angriff nehmen! Entschlossenen Schrittes mache ich mich auf den Weg zurück zum Schloss.

Gerade als ich den rechten Seitenflügel passiere, sehe ich ein Auto die Auffahrt heraufkommen. Ein Auto, das mir seltsam bekannt vorkommt. Ich kneife die Augen zusammen. Jetzt steigen zwei Leute aus. Leute, die mir ebenfalls sehr vertraut erscheinen. Die Frau, eine zierliche Mittfünfzigerin mit einer bemerkenswerten Haarfarbe (*Nuance 326, Auburn November*) blickt sich bewundernd um und führt dann zielstrebig den Mann, der sie begleitet, am Arm in Richtung Treppe. Er trägt einen grau melierten Dreitagebart und reibt sich müde die Augen. Sicher hat er am Steuer gesessen, die ganze Strecke von Derbyshire bis nach Chatham, während sie auf dem Beifahrersitz munter vor sich hin geplappert hat. Und spätestens nach eineinhalb Stunden Fahrt haben sie an einer Raststätte angehalten, weil der Mann aufs Klo musste.

Woher ich das so genau weiß? Nun, ich kenne die beiden. Schon mein ganzes Leben lang. Da unten in der Einfahrt, gerade angekommen mit dem silbergrauen Ford Focus, stehen meine Eltern.

Ich bin fassungslos. Was in aller Welt machen sie hier? Und vor allem: Wie haben sie herausgefunden, wo ich bin?

Ich überlege fieberhaft. Habe ich in einem Gespräch versehentlich meinen Aufenthaltsort erwähnt? Ich glaube nicht. Haben sie etwa mein Handy orten lassen? Nein, so technisch versiert sind sie nicht. Plötzlich lache ich grimmig auf.

Natürlich. Es kann nur eine Quelle geben. Patricia.

Als die beiden zielstrebig die Treppe zum Schloss hinaufgehen, fange ich an zu rennen. Ich muss sie unbedingt abfangen, bevor sie jemand bemerkt. Als ich kurz darauf atemlos die Eingangstür erreiche, sehe ich: Es ist zu spät.

Colin schüttelt meinen Eltern bereits herzlich die Hand, während Elsie hinter dem Empfangstresen hervorkommt und ebenfalls auf sie zugeht.

Gut, dann auf in den Kampf. Ich drücke die Schultern durch und schicke noch schnell ein Stoßgebet zum Himmel.

»Trix! Schau doch, wer hier ist!« Colin deutet erfreut auf meine Eltern. Die wiederum sehen mich entgeistert und erleichtert zugleich an.

»Hallo! Na, das ist ja mal eine Überraschung! Was macht *ihr* denn hier?«, sage ich mit übertriebener Begeisterung.

»Beatrix!« Meine Mutter stürmt auf mich zu und umarmt mich. »*Hier* bist du! Sind wir froh, dich zu sehen! Warum hast du dich nicht mehr gemeldet? Wir haben uns solche Sorgen um dich gemacht!«

Dad nickt zustimmend.

Siedend heiß fallen mir auf einmal die zwei verpassten Anrufe von Mum ein. Ich habe sie tatsächlich nicht zurückgerufen. Aber deswegen müssen sie doch nicht gleich wie ein Einsatzkommando hier anrücken?

»Woher wisst ihr eigentlich, dass ich hier bin?«, frage ich lahm, obwohl ich mir die Antwort nur allzu gut ausmalen kann.

»Patricia hat uns angerufen. Sie hat sich ebenfalls wahnsinnig um dich gesorgt, die Ärmste. Du hast dich ja bei ihr auch nicht mehr gemeldet.«

Das stimmt. Jetzt fällt mir auch der verpasste Anruf von Patricia wieder ein. Ich hatte in den letzten Tagen einfach keine Zeit zu telefonieren.

»Sie hat uns erzählt, wo du bist, und da haben wir alles stehen und liegen lassen und sind sofort hergekommen.« Mum hält mich so fest im Arm, als ob sie mich nach jahrelanger Odyssee aus den Klauen eines grausamen Zyklopen befreit hätte.

»Hast du denn deinen Eltern gar nicht gesagt, dass du hier bist?«, fragt Colin verwundert.

»Nicht direkt«, weiche ich aus.

»Gar nichts hat sie uns erzählt!«, ereifert sich da schon meine Mutter und lässt mich endlich los. »Nur dass sie irgendeinen geheimen Fotoauftrag angenommen hat.«

Dad nickt wieder. Er ist nicht der größte Redner.

Alle sehen mich an. Ich fange an zu schwitzen.

»Geheimer Fotoauftrag?« Colins Augen werden immer größer.

»Na, Sie wissen schon.« Meine Mutter schenkt ihm einen bedeutungsvollen Blick.

Colin zuckt hilflos mit den Schultern.

Plötzlich zieht Mum eine Augenbraue nach oben. »Ach so, ich verstehe!« Sie zwinkert dem armen Colin verschwörerisch zu. »Natürlich! Alles streng geheim!« Sie sieht sich um. »Wer weiß, wer sich hier alles aufhält? Vielleicht ein Mitglied der Königsfamilie?«

Ich verdrehe die Augen. »Mum, du hast das alles komplett falsch verstanden! Komm, wir trinken eine Tasse Tee, und ich erkläre euch alles.« Mit sanftem Druck versuche ich, sie und Dad in Richtung Küche zu bugsieren.

Aber da kenne ich meine Mutter schlecht. Sie bleibt mit verschränkten Armen wie angewurzelt stehen.

»Wenn du nicht fotografierst, was um alles in der Welt machst du dann hier? Und was wird aus deiner Kundschaft in London?«

»Sie ist unsere Allrounderin«, springt mir Colin hilfsbereit zur Seite. »Die beste übrigens, die wir je hatten.«

Ich wäre gerührt über sein Kompliment, wenn ich nicht so angespannt wäre.

Dad kratzt sich am Kinn. »Allrounderin? Also machst du gar keine Fotos?«

»Nein, das habt ihr falsch verstanden. Ich bin hier sozusagen das Mädchen für alles.«

Mums Augen verengen sich. »Aber du hast doch am Telefon gesagt ...«

»... dass meine Auftraggeber von Adel sind, ja«, falle ich ihr ins Wort und lächle dabei leutselig. »Wie wäre es mit einem Tee, bevor ihr wieder zurückfahrt?«

»Aber was soll denn die Eile?«, schaltet sich Colin ein. »Sie sind selbstverständlich meine Gäste – bleiben Sie doch ein paar Tage, dann hat sich die weite Reise wenigstens gelohnt!« Er lächelt Mum und Dad gewinnend an.

»Aber müsst ihr nicht zurück? Ihr werdet doch nicht einfach so spontan dableiben können?«, frage ich mit leiser Hoffnung. Meine Eltern – so gern ich sie habe – kann ich hier wirklich nicht gebrauchen.

»Aber wieso denn nicht, Liebes? Wir sind in Rente, wir haben alle Zeit der Welt.« Meine Mutter strahlt Colin an.

Dad brummelt zustimmend. »Ich habe vorhin die Pferde auf der Koppel gesehen. Schöne Tiere haben Sie da, Lord Chatham, wirklich schöne Tiere ...«

Colin schenkt meinem Vater einen begeisterten Blick. »Interessieren Sie sich für Pferde, Mr Barker?«

Mum blickt Dad skeptisch an. »Seit wann das denn bitte?«

»Nun, man lernt nie aus, meine Liebe, man lernt nie aus«, entgegnet Dad weise.

Ich wende mich an Colin. »Das ist wirklich sehr nett, dass du meine Eltern einlädst. Aber ist es nicht gerade wahnsinnig unpassend? Mit unserer Suche, dem anstehenden Verkauf und allem?« Es ist mein letzter verzweifelter Vorstoß. Und ich ahne Böses.

Colin schüttelt heftig den Kopf. »Aber nein, wie gesagt, es ist mir eine Ehre, deine Eltern hier zu haben.« Er klopft sich auf die Brust. »Am Tisch der Furleys ist stets Platz für ein weiteres Gedeck. Familiensprichwort.«

»Beatrix, man könnte wirklich meinen, dass du uns

gar nicht hier haben willst.« Mum wirkt beinahe beleidigt.

»Nein, nein, es ist toll, dass ihr hier seid«, versichere ich eilig. »Ich möchte nur nicht, dass Colin noch zusätzliche Arbeit hat.«

»Iwo! Ernie kocht sowieso immer viel zu viel, und Zimmer haben wir weiß Gott genug.« Colin winkt unbekümmert ab.

Ich füge mich in mein Schicksal. »Gut, wenn du meinst …«

»Aber sicher! Vielleicht könnt Elsie und du ihnen das Zimmer neben deinem vorbereiten?«

Mums Augen strahlen vor Begeisterung. »Das wird großartig, Beatrix! Dann können wir Zimmer an Zimmer schlafen, ganz wie früher.«

»Toll«, bringe ich halbherzig hervor. »Das wird bestimmt klasse!«

Jetzt muss ich ihnen auch noch erklären, dass ich die Nächte in letzter Zeit *nicht* in meinem Zimmer verbringe.

Mum und Dad sind jetzt schon den ganzen Tag über hier, und bis jetzt läuft es ganz gut. Jede Minute, die Dad alleine mit Colin verbringt, ist zwar eine Minute zu viel, aber ich wage zu hoffen, dass sich die beiden hauptsächlich über Pferdezucht unterhalten. Mum ist da schon ein schwierigerer Fall. Sie ist äußerst interessiert an allem, was im Schloss passiert, hat sich innerhalb von einer halben Stunde mit Ms Miller angefreundet und folgt ihr auf Schritt und Tritt.

»Da kann ich noch eine Menge lernen, Beatrix. Hettie ist wirklich eine Koryphäe, wenn es ums Saubermachen geht.«

Ich will Ms Miller nun wirklich nicht unterstellen, dass sie eine Klatschtante ist, aber über Bohnerwachs und Silberpolitur gerät man schon mal leicht ins Plaudern. Und ich will auf keinen Fall, dass Mum irgendetwas über mich ausplaudert. Peinliche Geschichten aus meiner Kindheit zum Beispiel oder wie erfolgreich ich als Fotografin bin. Also hefte ich mich ebenfalls an die Fersen der beiden, wann immer es nur geht, und wache argwöhnisch darüber, dass das Gespräch nie in eine verfängliche Richtung abdriftet. (»Hast du Ms Miller schon von deinem Superswiffer erzählt, Mum? Du erzielst doch daheim fabelhafte Ergebnisse damit!«)

Auch das Abendessen verbringe ich damit, jedes Mal, wenn das Gesprächsthema in eine für mich heikle Richtung abzubiegen droht (Fotografie! London! Was genau macht Trix hier eigentlich?), schnell ein anderes, unverfängliches Thema anzusprechen. (»Wie viel Futter braucht man noch mal pro Tag und Pferd, Colin?«) Diese Taktik ist erfolgreich, aber auch äußerst anstrengend, und so krieche ich auf dem Zahnfleisch daher, als Mum und Dad endlich ankündigen, ins Bett gehen zu wollen.

»Du wirkst etwas angespannt heute.« Elsie sieht mich prüfend an, während wir gemeinsam das Geschirr spülen.

»Wirklich?«, sage ich geistesabwesend. Ich überlege gerade, nach wie vielen Tagen es nicht mehr unhöflich ist, Mum und Dad wieder hinauszukomplimentieren.

»Ja, und zwar seit deine Eltern angekommen sind. Freust du dich denn nicht, dass sie da sind?«

»Doch, doch«, sage ich halbherzig. So wie man sich auf einen Hurrikan der Windstärke 10 freut. »Es war nur eine riesige Überraschung, das ist alles.« Ich wechsle mehr oder minder geschickt das Thema, diese Taktik hat sich ja bewährt. »Wie läuft es eigentlich mit Colin und dir? Irgendwelche Fortschritte zu verzeichnen?«

»Ich weiß nicht so recht.« Elsie macht ein leicht unzufriedenes Gesicht. »Ich meine, es ist ja gut, sich Zeit zu lassen … aber mit Colin geht so gar nichts voran.« Sie seufzt. »Er ist immer nett und aufmerksam und interessiert sich auch für mich, aber er unternimmt nichts, um mich zu erobern. Und ich bin einfach zu schüchtern, um selbst die Initiative zu ergreifen.«

Sie trocknet äußerst gründlich einen Dessertteller ab. Dann schlägt sie einen optimistischeren Ton an. »Nun, wenn es sein soll, wird es sich schon ergeben. Das sagt Großvater auch immer.«

Ich an ihrer Stelle würde das nicht so gelassen sehen. Ich würde etwas unternehmen. Aber was bloß? Ich weiß ja aus eigener Erfahrung, welch harte Nuss Colin in Liebesdingen ist.

Während ich noch darüber nachdenke, räumt Elsie die Teller in die Kommode und hängt das Geschirrtuch über die Spüle. »So, dann werde ich mal nach Hause gehen. Schlaf gut, Trix!«

Das ist ein frommer Wunsch, mit meinen Eltern nebenan.

Kapitel achtzehn

Ich muss sagen, ich bin ein bisschen stolz auf mich. Mum und Dad sind bereits seit über achtundvierzig Stunden hier, und bis jetzt ist nichts Nennenswertes passiert. Eine heikle Frage nach meiner »Karriere« in London habe ich umschifft, indem ich vorgegeben habe, mich an einem Stück Rostbraten zu verschlucken. Danach hat jeder nur noch davon geredet, wie schnell man doch einen Ernstfall vor sich haben kann und dass man eigentlich wieder mal einen Erste-Hilfe-Kurs besuchen sollte.

Von Lady Chatham fehlt übrigens jede Spur. Sie ist naserümpfend an uns vorbeistolziert, als wir gestern zum Mittagessen gegangen sind, und ward seitdem nicht mehr gesehen. Wahrscheinlich ist es unter ihrer Würde, sich mit so viel Pöbel zu umgeben.

Ich beginne langsam fast, mich zu entspannen. Ich meine, was wissen Mum und Dad schon? Doch nur, dass ich hier vorübergehend arbeite. Sie glauben, dass das Geschäft in London blendend läuft. Von meinem leeren Konto und der gekündigten Wohnung haben sie überhaupt keine Ahnung. Und was mich wirklich hierhergetrieben hat, ahnen sie schon gar nicht.

»… Das ist also das berühmte Porträt des 3. Baron Chatham …«

Ups, jetzt habe ich schon wieder nicht aufgepasst. Elsie ist nämlich gerade dabei, meinen Eltern einige historische Details über das Schloss zu erzählen, Mum und Dad machen »Ah!« und »Oh!«, und ich glaube, Elsie freut sich sehr, dass ihr mal jemand richtig zuhört.

Deshalb stehen wir gerade alle in der Eingangshalle. Colin ist auch da, und auch er hängt an Elsies Lippen.

Plötzlich klopft es an der Tür.

»Wer kann das sein?«, ruft Colin verwundert. »Es ist doch Mittagspause!«

Er geht zur Tür, schließt sie auf, und wer kommt herein? Rob!

Ich würde mich wahnsinnig über seine Rückkehr freuen – hätte er nicht jemanden im Schlepptau. Jemanden, der uns fröhlich zuwinkt und auf silbernen Stilettos durch die Halle stöckelt.

Patricia.

»Trix, sieh mal, wen ich draußen vor der Tür aufgegabelt habe!«, ruft Rob.

Ja, da schau einer an. Mir wird ganz anders. Gegen Patricia sind meine Eltern bloß ein harmloses Lüftchen. Sie ist im Vergleich dazu mindestens ein Wirbelsturm. Absolut verheerend. Ich muss sie unbedingt aufhalten, bevor es zu spät ist.

Bestens gelaunt schaut Patricia in die Runde. »Hallo, alle zusammen! Trix, bin ich froh, dich zu sehen! Wir wussten ja alle überhaupt nicht, was mit dir los ist!«

»Patricia!«, sage ich kraftlos. »Was machst du denn hier?«

»Nun, ich habe einen Anruf von deiner Mutter bekommen, einen äußerst besorgten Anruf übrigens.« Sie nickt Mum mitfühlend zu. »Und als sie gesagt hat, dass sie dich suchen wollen, hab ich mir gedacht: Na, Patricia, da fährst du doch auch mal hin und siehst nach, was die liebe Trix so treibt!« Sie zwinkert mir vielsagend zu. »Leider konnte ich erst heute kommen, ich hatte noch etwas zu erledigen. Aber wie ich sehe, bist du hier ja bestens aufgehoben.« Sie blickt sich beeindruckt um und dreht sich dann schwungvoll zu Colin. »Und Sie sind dann wohl der berühmte Lord Chatham, nehme ich an?«

Colin kratzt sich verlegen am Hinterkopf. »Nun, berühmt würde ich nicht gerade sagen, aber ja, ich bin Colin Furley, angenehm, sehr angenehm, Miss Patricia.« Er schüttelt ihr die Hand. »Es ist wirklich nett, dass Sie Trix hier besuchen. Sie bleiben doch ein wenig, hoffe ich?«

»Oh, das ist doch sicher nicht möglich, oder, Patricia?«, sage ich schnell und weiß im selben Moment, dass ich auf verlorenem Posten kämpfe.

»Aber warum denn nicht, mein Liebe?«, flötet sie. »Harold ist auf Geschäftsreise, und ich habe in den nächsten Tagen keine weiteren Verpflichtungen.« Ihre Augen fangen an zu glänzen.

Die nächsten *Tage*? Mir wird fast schlecht.

»Ausgezeichnet!« Colin nickt enthusiastisch. Warum muss er bloß so verdammt gastfreundlich sein?

»Sie können das Zimmer neben Trix' Eltern nehmen, das müsste gehen, oder was meinst du, Elsie?«, fragt er.

Elsie nickt eifrig.

»Bestens! Und nun – wollen wir nicht in der Bibliothek eine Kleinigkeit zu uns nehmen?« Colin sieht Patricia freundlich an. »Sie sind doch sicher geschafft von der weiten Fahrt, Miss Patricia.«

Das ist so ziemlich das Allerletzte, was ich im Moment will. Aber ich habe keine Chance. Patricia stolziert bereits voraus, mit Colin im Schlepptau, und ich schaffe es nicht einmal, Rob richtig zu begrüßen, denn auch ihn hat sie bereits in Beschlag genommen.

Elsie tippt mich an. »Ich sag schnell Ernie Bescheid. Ich glaube, er hat noch Scones in der Küche.«

»Danke, Elsie«, erwidere ich matt.

Als wir kurz darauf alle in der Bibliothek sitzen, komme ich mir vor wie ein Zirkusclown in der Manege, der unentwegt Bälle durch die Luft jonglieren muss. Zu viele Bälle.

Eine falsche Bewegung, und alles ist aus.

Colin und mein Vater sind mal wieder bei ihrem gemeinsamen Lieblingsthema, den Pferden.

»Trix' erster Ausritt steht ja auch noch aus, nicht wahr, Trix?« Colin nickt mir zu und blickt dann zerknirscht zu Dad. »Die Arme! Bis jetzt hat sie sich ihrem Hobby ja kaum widmen können.«

»Trix? Reiten?« Dad lacht laut auf. »Wann hast du denn jemals auf einem Pferd gesessen?«

»Damals, im Pferdecamp, Dad.« Ich sehe ihn verschwörerisch an. »Da war ich doch dauernd! War quasi mein zweites Zuhause!«

Er versteht natürlich gar nichts und rechnet mit gerunzelter Stirn nach. »Aber das ist doch locker ... fünfzehn Jahre her.«

»Na dann ist es ja kein Wunder, dass ihre Reitkünste seitdem ein wenig eingerostet sind.« Rob sitzt im Lehnstuhl mir gegenüber und grinst mich süffisant an.

Ich ignoriere ihn und sage stattdessen: »Aber du, Dad, bist ja anscheinend ein Naturtalent, oder?«

Das stimmt wirklich. Ich habe ihn heute Nachmittag beobachtet. Colin hat Pamina an die Longe genommen, und Dad hat hoch zu Ross einen wirklich stattlichen Eindruck gemacht.

Er sieht stolz aus. »Nun, vielleicht habe ich tatsächlich ein wenig Talent dafür. Ich habe bei uns zu Hause schon ein Feld im Auge, Lord Chatham. Es liegt direkt neben unserem Grundstück, und vielleicht könnten wir es pachten, für eine Koppel ...«

Dieses Gespräch erscheint mir harmlos. Ich wende mich besser Patricia zu, die zu meiner Rechten sitzt und dem Begrüßungssekt, den Elsie inzwischen gebracht hat, weitaus mehr zuspricht, als ihr guttut.

»Oje, ob das wohl gut geht? Ich habe seit dem Frühstück nichts mehr gegessen.« Kichernd nimmt sie noch einen großen Schluck. »Dieser Sekt schmeckt aber auch zu himmlisch!«

Ich schiebe ihr rasch den Teller mit den Scones hin, den Ernie für uns hergerichtet hat, nehme einen und bestreiche ihn dick mit Butter und Marmelade. »Probier mal, Patricia, die sind wirklich gut!« Ich finde die Kombination aus ihrer offensichtlichen Begeisterung für Chatham und ihrem steigenden Alkoholpegel äußerst gefährlich.

Sie beäugt den Scone und blickt dann kritisch auf ihre Taille. »Nein, lieber nicht. Ich habe letzte Woche schon ein paar Mal gesündigt.« Sie schielt auf ihr inzwischen leeres Glas und dann zu Elsie, die gerade die Sektflasche in der Hand hält. »Dann lieber noch ein Gläschen dieses hervorragenden Blubberwassers!«

Elsie kommt herbei und schenkt Patricia bereitwillig nach. Mist!

»Und was machen Sie beruflich, Miss Patricia?«, fragt Rob. Er mustert sie schon seit einer Weile interessiert, so als ob sie ein besonders farbenfroher Papagei in der Tierhandlung wäre.

Sie wedelt vage mit der Hand. »Vieles und nichts. Mein Mann arbeitet in der Finanzverwaltung der City, müssen Sie wissen. Eigentlich bin ich hauptberuflich Ehefrau.« Sie lacht etwas schrill und trinkt noch einen Schluck Sekt.

Rob sieht mich vielsagend an.

»Es ist wunderbar hier, Trix, einfach fantastisch!« Patricia schwenkt das Sektglas in Richtung Bücherregale. »Ein richtiges Schloss! Alle Achtung!«

Gut, das war's. Es wird mir eindeutig zu brenzlig hier. Entschlossen nehme ich sie am Arm und bugsiere sie zur Tür hinaus. Sie schwankt ein wenig.

»Wir sind gleich wieder da«, rufe ich über die Schulter hinweg den anderen zu. »Ich zeige Patricia nur schnell ihr Zimmer.«

»Was ist denn, Trix?« Sie kichert unentwegt, als wir die Eingangshalle durchqueren. »Müssen wir etwa schon ins Bett?«

»Hör zu«, sage ich leise, während ich sie mit Mühe die Treppe hinaufführe. »Es wäre hilfreich, wenn du nicht so laut herumposaunen würdest, wieso ich ursprünglich hergekommen bin.«

»Aber du und Colin, ihr versteht euch doch offensichtlich blendend!«, ruft sie, immer noch in voller Lautstärke.

»Pst!«, mache ich und schiebe sie eilig in mein Zimmer.

»Tut mir leid.« Sie zieht für einen Moment eine bedauernde Miene, wirkt dann aber wieder ganz aufgeregt. »Aber habe ich nicht recht? Ihr versteht euch doch hervorragend!«

»Ja, schon«, sage ich, »aber nur freundschaftlich. Mehr ist da nicht.«

»Iwo! Eins sag ich dir Trix: Falsche Zier hat in Liebesangelegenheiten noch niemandem weitergeholfen!«

»Pst, Patricia, nicht so laut!« Ich halte kurz inne. War da etwas im Gang zu hören? Nein, ich muss mich getäuscht haben. Alles still.

»Ich meine, darauf muss man erst mal kommen!«, ruft Patricia, noch immer in voller Lautstärke. »Einfach loszufahren und sich einen Schlossherrn zu angeln. Ich hätte wirklich nie gedacht, dass du das durchziehst, Trix – oder soll ich besser sagen, Lady *von und zu*

Chatham?« Sie lacht glockenhell. »Unser Plan war aber auch genial!«

»Patricia, ich hatte doch nie ernsthaft vor, Colin wirklich zu erobern. Das Ganze war eine Schnapsidee!« Langsam werde ich wütend. Ich weiß, sie ist betrunken, aber sie redet schlichtweg Unsinn.

Ich lausche wieder. Doch, da ist eindeutig etwas zu hören, dieses Mal bin ich mir sicher. Ich öffne die Tür einen Spaltweit und spähe hinaus. Am Ende des Ganges steht Rob, wie versteinert.

Mein Herz setzt für einen Schlag aus. Was macht er hier? Hat er uns gehört?

»Rob?«, rufe ich panisch den Gang hinunter. »Rob!«

Er dreht sich wortlos um und geht zur Treppe.

Also hat er uns gehört.

Mist. Mist. Doppelmist.

Ich muss ihm nach. Ich stürme aus dem Zimmer und den Gang entlang. »Rob! Warte! Du hast das alles falsch verstanden!«

Er hat einen großen Vorsprung, und ich habe keine Chance, ihn einzuholen. Er ist schon fast in der Eingangshalle, als ich den Treppenabsatz erreiche. Patricia stöckelt schnaufend hinter mir her.

»Rob, warte bitte!«, rufe ich zunehmend verzweifelt, und zu meiner Erleichterung bleibt er endlich stehen. Aber er sagt kein Wort, sondern sieht mich nur stumm an.

»Was ist denn das für ein Geschrei?«, höre ich Colin verwundert rufen. Er und Elsie kommen eiligen Schrittes aus der Bibliothek, während Rob und ich uns etwa fünf Meter voneinander entfernt gegenüberstehen. Es ist wie bei einem Duell. Nur dass ich jetzt schon verloren habe.

Ich kann Rob kaum in die Augen sehen. Als ich nach einigen Momenten doch aufschaue, trifft mich ein eiskalter Blick, und ich zucke zusammen.

»Was ist denn hier los?«, fragt Colin, gut gelaunt wie immer.

»Nun, ich durfte gerade erfahren, dass unsere liebe Allrounderin« – Rob betont das Wort unnötig übertrieben – »nicht hergekommen ist, um hier zu arbeiten oder ihre angebliche Pferdeleidenschaft auszuleben oder weiß der Geier was, sondern nur, um eine gute Partie zu machen.« Sein Gesicht wirkt hart und verschlossen.

»Ganz so drastisch würde ich es jetzt nicht gerade formulieren«, springt mir Patricia wenig hilfreich zur Seite.

»Eine gute Partie?«, fragt Colin verwundert. »Wer sollte denn ...«, und dann dämmert es ihm. Er sieht mich fassungslos an.

»Nein, so ist das nicht! Lass es mich doch erklären, Rob, bitte!« Meine Augen fangen an zu brennen.

»Ich wusste, dass mir dir etwas nicht stimmt! Man sollte eben doch besser auf seinen Verstand hören!« In seinen Augen steht die pure Verachtung. Er wendet sich ab und geht rasch Richtung Eingangstür.

»Rob, warte! Rob!«, rufe ich verzweifelt. Was habe ich bloß angerichtet mit meiner dummen Idee?

Seine Schritte werden schneller. Ich möchte ihm am liebsten nachlaufen, doch Colin zupft mich am Ärmel.

»Trix, darf ich fragen, was das alles zu bedeuten hat?« Er klingt jetzt gar nicht mehr gut gelaunt.

Auch Elsies rehbraune Augen sehen mich ungläubig an. »Trix, stimmt das, was er sagt?«

»Ja ... nein. Ich ... ich ... Wie soll ich das nur erklären?«, stammle ich hilflos.

»Wie konntest du nur!« Elsie stürmt ebenfalls zur Tür hinaus, mit Tränen in den Augen.

»Warte, Elsie!« Colin wirft mir einen enttäuschten Blick zu und läuft ihr hinterher.

Tränen verschleiern meine Sicht, und mir wird ganz schwummrig.

Wie von weit her dringt Mums Stimme zu mir durch. »Beatrix, was ist denn um Himmels willen los hier?«

»Jetzt nicht, Mum!« Ich muss sofort zu Rob und ihm alles erklären. Also stürme ich ebenfalls nach draußen und blicke mich panisch um. Wo ist er bloß hin?

Ich renne zum Cottage hinüber und sehe, dass er gerade eine Reisetasche in den Kofferraum seines Autos wirft.

»Rob! Es tut mir leid!«, rufe ich und beschleunige mein Tempo. »So warte doch!«

Er sieht mich nicht einmal an, sondern steigt ins Auto und knallt die Fahrertür zu.

»Warte! Ich kann dir alles erklären!« Ich laufe auf den Wagen zu und hämmere gegen die Scheibe. »Bitte, Rob!«

Er fährt das Fenster ein Stück herunter. »Was?«, faucht er feindselig. »Hat es dir Spaß gemacht, dich ein wenig mit mir zu vergnügen, während du darauf gewartet hast, dass Colin anbeißt?« Ich sehe, dass er wirklich getroffen ist.

»Bitte Rob, lass es mich erklären!«, flehe ich.

»Was gibt es da noch zu erklären? Ich bin doch nicht schwer von Begriff.« Er will die Fensterscheibe wieder hinauffahren, doch ich schiebe schnell die Hand in den Spalt.

»Ich an deiner Stelle würde sie da wegnehmen«, sagt er drohend.

»Bitte, Rob, ich wollte doch nie ernsthaft …«

»Nimm deine Hand weg!« Sein Tonfall ist jetzt richtig ruppig.

»Bitte, darf ich es dir erklä…«

»Nimm jetzt *sofort* die Hand da weg!«, bellt er und fährt die Scheibe hoch.

»Huch!« Ich mache einen Satz nach hinten. Um ein Haar hätte er meine Finger wirklich eingeklemmt!

Rob steigt aufs Gaspedal, der Motor heult auf, und er prescht davon.

»Rob, warte! Rob!«, rufe ich ihm verzweifelt hinterher.

Er kann doch jetzt nicht einfach wegfahren!

Doch, er kann.

Er ist weg, weil er glaubt, dass ich eine hinterhältige, berechnende Heiratsschwindlerin bin.

Ich weiß nicht, wie lange ich einfach nur dastehe und Rob hinterherstarre. Ich habe alles kaputtgemacht. Und das gerade jetzt, wo wir uns doch alle darauf konzentrieren müssten, Chatham zu retten.

»Trix?« Neben mir taucht plötzlich Patricia auf. Sie wirkt überhaupt nicht mehr betrunken, sondern sieht mich betroffen an.

»Was willst du, Patricia?«, fauche ich sie an. Ich bin wirklich sauer auf sie. Ihretwegen ist Rob auf und davon.

»Es tut mir so leid! Ich wollte nicht ...«

»Hast du aber!«, entgegne ich scharf. »Bitte, lass mich jetzt einfach in Ruhe!«

Sie öffnet den Mund, aber ich hebe die Hand. »Bitte, lass es gut sein! Du hast genug angerichtet.«

Dabei weiß ich tief in meinem Inneren ganz genau, dass ich selbst schuld an der Misere bin. Ich ganz allein.

Patricia schließt den Mund wieder und blickt mich zerknirscht an.

»Was soll denn dieses ganze Theater?« Jetzt erst bemerke ich, dass Mum und Dad hinter Patricia stehen.

»Kannst du uns jetzt bitte mal aufklären, Beatrix?« Mum klingt streng. So wie früher, wenn ich eine Tafel Schokolade aus dem Vorratsschrank gemopst habe. »Wieso fährst du hierher und arbeitest als Mädchen für alles, wenn du doch eigentlich in London alle Hände voll zu tun hast?« Sie schüttelt ungehalten den Kopf. »Und wenn ich es richtig verstanden habe, unterstellt dir dieser Rob, dass du hinter Lord Chathams Geld her bist?«

Gut. Es nutzt nichts. Die Stunde der Wahrheit ist gekommen. »Ich habe in London nicht genügend Aufträge, bei Weitem nicht. Und auch keine Wohnung mehr. Und ich wollte herausfinden, ob Colin und ich vielleicht zusammenpassen«, nuschle ich. »Weil er ja ein

Schloss hat und ... Ich dachte, das könnte meine Probleme vielleicht lösen.« Ich spüre, wie mir das Blut in den Kopf schießt und ich rot anlaufe. »Aber ich habe diesen Plan gleich aufgegeben, und es gefällt mir hier wirklich gut, ganz ohne Hintergedanken.«

»Wie bist du denn bloß auf so eine Idee gekommen?« Mum schüttelt erneut den Kopf.

Patricia räuspert sich.

»*Was*, Patricia?« Ich bemühe mich um Fassung.

»Nun ja, es kann sein, dass ich eventuell nicht ganz unbeteiligt daran bin ...« Sie schaut verlegen zu Boden.

Mum sieht Patricia vielsagend an. »Na, das hätte ich mir fast denken können. Sei mir nicht böse, Patricia, aber Vernunft war noch nie deine Stärke!«

»Es ist trotzdem meine Schuld«, sage ich reumütig. »Ich allein trage die Verantwortung für diesen Schlamassel. Patricia hat es ja nur gut gemeint.«

»Wieso hast du eigentlich keine Aufträge und keine Wohnung mehr? Ich dachte, es läuft gut mit der Fotografiererei?« Mum sieht mich verständnislos an. Offenbar ist ihr wieder eingefallen, was ich gerade gesagt habe.

Ich seufze tief. Die Stunde der Wahrheit ist gekommen. »Nun ja, so gut läuft es auch wieder nicht«, beginne ich zögerlich. »Und seit Alex mich verlassen hat, ist die Wohnung zu teuer ... viel zu teuer.« Ich schlucke. »Um ehrlich zu sein – so teuer, dass ich schon seit Monaten keine Miete mehr bezahlt habe. Und dann bin ich vor die Tür gesetzt worden.«

Mum hält sich entsetzt eine Hand vor den Mund. »Aber Schatz, das ist ja furchtbar!«

»Dieser Schweinehund«, murmelt Dad düster vor sich hin. »Wenn ich den in die Finger kriege ...«

»Warum hast du denn nie etwas gesagt? Wir hätten dir doch geholfen!« Mum sieht mich gekränkt an.

»Weil auch euer Geld weg ist.« Ich bringe diesen Satz kaum hervor. »Das aus dem Barker-Familien-Zukunftsfonds ...«

»Wie viel?«, fragt Dad vorsichtig nach, und als ich nicht antworte, »etwa ... alles?«

Ich nicke niedergeschlagen.

»Das war eine ganze Menge ...« Dads Stimme klingt so betroffen, dass ich ihn kaum ansehen kann.

»Hat gerade mal für zwei Monate gereicht. Es tut mir leid, wirklich ...« Mir kommen die Tränen.

Meine Eltern und Patricia sehen mich bestürzt an.

»Ach, Liebling«, sagt Mum schließlich, seufzt und nimmt mich in den Arm. »Es ist doch nur Geld.« Sie drückt mich fest an sich. »Viel wichtiger ist, dass es dir gut geht. Du hättest es uns ruhig sagen können.«

»Aber ich wollte doch, dass ihr stolz auf mich seid«, murmle ich über Mums Schulter hinweg.

»Wir sind stolz auf dich, Schatz!« Jetzt hält sie mich auf Armeslänge von sich und blickt mich liebevoll an. »Sehr stolz sogar, und das werden wir immer sein.«

Dad nickt feierlich. »Immer. Bist schließlich unsere Trixie.«

»Aber ich habe keine Wohnung, keine Karriere und keinen Mann.« Ich seufze.

»Und dieser Denkmalschutzexperte, dieser Rob ... Magst du ihn?«, fragt Mum vorsichtig.

Ich nicke. »Ja, ich mag ihn. Aber ich schätze, nach der Episode heute mag er mich nicht mehr.«

Mum sieht mich mitfühlend an. »Das tut mir leid. Aber vielleicht kannst du ihm das alles doch noch erklären?«

Ich zucke mutlos mit den Schultern. »Keine Ahnung.«

»Aber sicher, Schatz, du wirst sehen, das kommt alles in Ordnung.« Sie versucht, aufmunternd zu lächeln.

Ich sehe sie dankbar an.

»Ich glaube, es ist besser, wenn wir jetzt nach Hause fahren.« Mum nickt Dad zu. »Wir haben Lord Chathams Gastfreundschaft lange genug strapaziert.«

»Aber das müsst ihr nicht. Colin hat euch wirklich gerne hier«, sage ich schnell. »Obwohl – wahrscheinlich sind meine Tage hier auch gezählt.« Ich bin richtig traurig bei dem Gedanken, Chatham verlassen zu müssen.

Mum schüttelt den Kopf. »Wir wissen jetzt, wo du bist und dass es dir gut geht – zumindest den Umständen entsprechend. Außerdem stinken zwei Dinge bekanntlich nach dem dritten Tag: Fisch und Gäste.« Sie zwinkert mir zu und umarmt mich noch einmal. »Ich hoffe, Liebes, dass alles ein gutes Ende für dich nimmt. Und du weißt ja: Du kannst immer heimkommen, jederzeit.«

»Jederzeit«, wiederholt Dad feierlich und drückt mich ebenfalls an sich. »Ich habe übrigens letzte Woche Mr Ashbull getroffen. Er hat sich nach dir erkundigt und gemeint, du hast immer einen Platz bei ihnen in der Kanzlei. Nur für den Fall …«

Ich nicke betreten. »Danke.«

Mum nimmt Dad beim Arm. »Komm, wir packen.«

»Ich werd mich dann wohl auch mal auf die Socken machen«, sagt Patricia niedergeschlagen. »Und Trix, entschuldige bitte! Ich wollte dich wirklich nicht in Schwierigkeiten bringen mit meinem dummen Gerede.«

Ich nicke. »Das weiß ich. Danke, dass ihr gekommen seid. Kommt gut heim.«

Ich sehe ihnen hinterher, wie sie zusammen zum Schloss zurückgehen, und bin erleichtert, dass zumindest sie mir nicht böse sind. Ich atme tief durch. Und jetzt bleibt mir nichts anderes übrig, als vollkommen ehrlich zu sein und zu hoffen, dass mir niemand den Kopf abreißt.

Ich brauche etwas Zeit, um mich zu sammeln. Als ich schließlich zurück zum Schloss gehe, sind Mum, Dad und Patricia bereits abgefahren.

Mit langsamen Schritten schlurfe ich in die Eingangshalle. Ich fühle mich wie Heinrich beim Gang nach Canossa. Gut, ich rutsche nicht kniend durch halb Italien, um Abbitte zu leisten, aber das Gefühl wird wohl ziemlich ähnlich gewesen sein.

»Trix!« Colin kommt mit ernstem Gesicht auf mich zu.

Mir wird schon wieder ganz schwummrig. Aber gut, bei irgendjemandem muss ich schließlich anfangen.

Er bleibt vor mir stehen und verschränkt die Arme. »Stimmt das, Trix, was Rob gesagt hat? Dass du dir hier einen Mann angeln wolltest? *Mich?*«

Ich schlucke. »Ja, das stimmt. Ursprünglich bin ich wirklich mit dem Plan hierhergekommen, dich zu erobern. Es war alles so ... aussichtslos in London. Mein Freund hatte mich verlassen, ich hatte zu wenig Aufträge und konnte die Miete nicht mehr bezahlen. Natürlich war mein Plan kompletter Blödsinn, und ich schäme mich wirklich dafür. Aber, und das musst du mir glauben« – mein Blick ist flehend – »ziemlich bald nach meiner Ankunft habe ich mich nicht in dich, sondern in Chatham verliebt. Dieser Ort ... er ist zauberhaft, und ihr wart alle so nett zu mir. Na ja, zumindest alle bis auf deine Mutter und Mr Springer«, korrigiere ich, weil ich doch wirklich ehrlich sein will. »Ich habe mich gleich wohlgefühlt ... und irgendwie war dann nie der richtige Zeitpunkt, um euch die Wahrheit zu sagen.« Ich schaue beschämt zu Boden.

Colin sieht mich streng an. »Und da hast du dir gedacht, ist doch praktisch, dann bleibst du gleich hier und verschleierst deine unlauteren Absichten?«

Mein Blick ist immer noch auf den Boden gerichtet. »Ich hatte das Gefühl, dass ich hier wirklich helfen kann ... und dass ich geschätzt werde. Aber natürlich hätte ich dir das alles viel früher beichten müssen.«

Colin schüttelt den Kopf. »Trix, ich weiß nicht, was ich sagen soll. Du bist unglaublich! Wie kommt man denn bloß auf so eine absurde Idee?«

Ich kann ihn immer noch nicht ansehen. »Eigentlich hat mir Patricia den Floh ins Ohr gesetzt. Wie schon gesagt, ich war gerade in einer ... finanziell prekären Lage, ausgesprochen prekär. Und da hat sie mir geraten, mir einen ... na ja, du weißt schon, finanziell gut aufgestellten Mann zu suchen. Und ich dachte, wer wäre denn da geeigneter als ein adeliger Erbe?« Meine Idee klingt, laut ausgesprochen, noch peinlicher, als sie es ohnehin schon ist.

Ich wage einen kurzen Blick zu Colin und sehe, wie seine Mundwinkel zucken.

»Trix, so wie ich dich kennengelernt habe, bedeuten dir Geld und Luxus doch gar nichts! Ich habe dich als einen Menschen kennengelernt, der für andere da ist, dem Loyalität und Ehrlichkeit etwas bedeuten, auf den man sich verlassen kann. Und ich glaube nicht, dass ich mich so in dir getäuscht habe.« Jetzt grinst er mich tatsächlich an. »Und außerdem – bei mir hätte es eh nicht viel zu holen gegeben!« Er hält sich die Hand vor den Mund und prustet los.

Ich sehe ihn überrascht an. Mit allem hätte ich gerechnet – aber nicht damit.

Colin gluckst immer noch und legt dann freundschaftlich eine Hand auf meinen Arm. »Trix, ich verurteile niemanden. Du hast weder mein Herz gebrochen noch sonst irgendeinen Schaden angerichtet.« Er sieht mich an. »Im Gegenteil, du warst eine riesengroße Hilfe, und dafür bin ich dir trotz allem sehr dankbar.«

Hab ich's nicht immer schon gesagt? Dieser Mann hat ein Herz aus Gold.

»Also verzeihst du mir? Und ... und darf ich vielleicht weiter hier arbeiten?«, hake ich schüchtern nach.

Colin nickt. »Einzige Bedingung: Wenn ich mich das nächste Mal in dich verlieben soll, sag es mir einfach!

Bitte keine Fantasiehufkratzer oder erfundenen Staubflusen in meinen Augen mehr!« Er grinst.

Er hat es also *doch* gemerkt.

Ich schüttle zerknirscht den Kopf und muss ebenfalls grinsen. »Versprochen!«

Für einen Moment fällt mir ein Felsklotz vom Herzen. Ach, was sage ich, ein ganzes Gebirge! Mindestens in Himalaya-Größe. Aber dann denke ich an Rob, und schon wird mein Herz wieder schwer. Tonnenschwer.

»Deine Eltern und Patricia hätten übrigens nicht so überstürzt fahren müssen«, sagt Colin. »Sie haben sich vorhin in aller Eile von mir verabschiedet.«

»Nun, sie wollten wohl nicht länger zur Last fallen, sozusagen als Anhängsel einer Heiratsschwindlerin.« Ich wundere mich selbst, dass ich schon wieder einen so scherzhaften Tonfall anschlagen kann.

Colin grinst. »Gut, das ist ein Argument. Aber bitte sag ihnen, dass sie jederzeit wieder herzlich willkommen sind. Solange ich hier noch Schlossherr bin, jedenfalls.« Sein Gesicht verdüstert sich.

»Ich sollte jetzt besser zu Elsie gehen«, sage ich, und meine Eingeweide ziehen sich schon bei dem Gedanken, ihr gegenüberzutreten zu müssen, zusammen.

Colin nickt. »Sie ist draußen im Garten. Wenn du ihr alles erklärst, wird sie es auch verstehen, da bin ich mir sicher.«

»So sicher wäre ich mir da nicht«, sage ich zögernd. Dann fasse ich mir ein Herz und räuspere mich. »Colin, weißt du eigentlich, dass Elsie dich ... sehr gernhat?

Deswegen ist sie jetzt sicher ziemlich sauer auf mich, wegen meinem blöden Plan und so ...«

Colin wird leicht rot. »Nun ja ... was soll ich sagen? Ich hatte eventuell schon manchmal das Gefühl ... Aber man ist sich in solchen Dingen ja nie ganz sicher ...«

»Ich glaube, du kannst dir sicher sein.« Ich sehe ihn forschend an. »Und wie sieht es bei dir aus? Magst du Elsie denn? Ich meine, so richtig?«

Colins Blick ist hilflos. »Ach Trix ...«

»Mich geht es nichts an, aber es wäre gut, wenn Elsie wissen würde, wie du zu ihr stehst«, sage ich leise.

Er sieht mich nachdenklich an. Dann nickt er. »Ich glaube, du hast recht. Ich werde das in Angriff nehmen.«

Ich nicke ebenfalls. »Und ich gehe jetzt zu ihr.«

Ich finde Elsie bei den Rosenbüschen. Wütend bearbeitet sie die Zweige mit der Heckenschere. Es erwischt leider auch einige Blüten, so energisch geht sie dabei zu Werk. Wahrscheinlich hat sie dabei mich vor Augen. Als ich näher komme, sehe ich ihren verletzten Blick.

»Das hätte ich niemals von dir gedacht, Trix«, sie kämpft mit den Tränen, »dass du eine Goldgräberin bist! Niemals hätte ich das gedacht! Ich hab geglaubt, wir wären Freundinnen! Und ich hab dir auch noch erzählt, wie gern ich Colin mag!«

Wütend schneidet sie weiter. Der arme Busch.

»Elsie, glaub mir, das ist alles ein riesiges Missverständnis! Als du mir erzählt hast, dass du etwas für Colin empfindest, hatte ich meinen ursprünglichen Plan schon längst aufgegeben. Bitte, du musst mir glauben!«

Sie schnippelt immer noch, aber nicht mehr ganz so energisch. Ich wittere meine Chance.

»Wirklich, Elsie. So etwas würde ich nie tun! Wir *sind* Freundinnen.« Ich atme tief durch. »Ja, ich bin mit der dummen Idee hergekommen, Colin zu erobern. Ja, ich wollte mir einen reichen Mann angeln, obwohl ich eigentlich überhaupt nicht materialistisch bin. Ich weiß, wie das alles auf dich wirken muss, und wahrscheinlich würde ich an deiner Stelle dasselbe denken. Aber ich hatte Geldprobleme in London, große Probleme, und dann stand plötzlich Rumpelstilzchen vor der Tür ...«

»Rumpelstilzchen?« Elsie hält kurz inne und runzelt die Stirn.

»Der Typ von der Hausverwaltung. Ich konnte die Miete nicht mehr bezahlen, weil mein Ex ja einfach abgehauen ist, und Rumpelstilzchen wollte mich aus meiner Wohnung werfen.« Ich schlucke. »Verstehst du, wie furchtbar das alles war? Und dann hab ich das Jobangebot gesehen und ein Foto von Colin, und natürlich war es eine Schnapsidee. Aber ich schwöre dir, ich habe sie echt schnell wieder verworfen. Und außerdem ...«, füge ich leise hinzu, »... außerdem bin ich doch in Rob verliebt.«

Traurig blicke ich zu Boden. Rob, der mich für eine Betrügerin hält und nichts mehr von mir wissen will.

Endlich hört Elsie endgültig auf zu schneiden und sieht mich an. »Den Eindruck hatte ich eigentlich auch.«

»Es ist auch so.« Ich schaue sie flehend an. »Bitte glaub mir! Es tut mir alles so leid.«

Ich sehe das Misstrauen in ihren lieben rehbraunen Augen langsam schwinden.

»Gut, ich denke, ich glaube dir. Aber ich frage mich schon«, sie schüttelt ratlos den Kopf, »wie einem bloß so etwas Hanebüchenes einfällt.«

Ich kann gar nicht sagen, wie erleichtert ich bin.

»Nun ja, ich hab schon eine ganze Weile gebraucht für diese spitzenmäßige Idee«, versuche ich zaghaft zu scherzen und bin froh, dass Elsie zumindest ansatzweise lächelt.

»Hast du mit den anderen schon gesprochen? Mit Colin? Und Rob?«, fragt sie, jetzt in einem versöhnlichen Tonfall.

Verzagt hebe ich die Schultern. »Mit Colin schon. Er war sehr verständnisvoll, weit verständnisvoller, als man es jemals erwarten dürfte. Bei Rob hatte ich keine Chance, ihm irgendetwas zu erklären. Ich glaube, er will absolut nichts mehr von mir wissen.« Wenn ich an die Situation zurückdenke, an sein enttäuschtes Gesicht, die Verachtung in seinem Blick, kommen wir schon wieder die Tränen. »Aber ich bin ja selber schuld.«

Elsie legt mir tröstend eine Hand auf die Schulter. »Du hast einen Fehler gemacht, Trix, und ich kann es ihm nicht übelnehmen, dass er so reagiert hat. Aber vielleicht, wenn du ihm die ganze Sache noch einmal in Ruhe erklärst …«

»Ich glaube nicht, dass er mir zuhört«, entgegne ich niedergeschlagen.

»Er hat dich wirklich gern. So was vergisst man nicht vom einen Moment auf den anderen.« Elsie nickt mir aufmunternd zu.

Ich hoffe, dass sie recht hat. Ich hoffe es wirklich.

»Er ist übrigens wieder nach London gefahren«, sagt sie leise. »Er hat Colin vorhin angerufen.«

Wieder nach London gefahren.

Was soll das heißen?

Nur vorübergehend?

Oder länger?

Oder für *immer*?

Mir wird ganz anders.

Elsie sieht mich mitfühlend an. »Du wirst sehen, Trix, es kommt schon alles wieder in Ordnung.«

Ich nicke niedergeschlagen und trotte langsam zurück zum Haus.

Kapitel neunzehn

Den nächsten Tag verbringe ich wie in Trance. Ich muss dauernd an Rob denken. Was er wohl gerade macht? Ob er jemals wieder zurückkommt? Gestern Nachmittag habe ich mitgekommen, wie Colin mit ihm telefoniert hat. Allein der Gedanke, nicht mit ihm sprechen zu können, macht mich ganz wahnsinnig. Wenn ich ihm doch nur alles erklären könnte!

Auch sonst ist die Stimmung nicht gerade rosig. Wir müssen hilflos dabei zusehen, wie Mr Springers Neffe ganz ungeniert über das Gelände spaziert. Er macht Fotos, kritzelt auf Plänen herum und hat viele private Unterredungen mit Lady Chatham.

Auch der alte Mr Springer ist seit Neuestem bester Laune.

»Ich habe im Dorf gehört, dass ihm sein Neffe einen Posten als Hausverwalter verschaffen will, sobald er Chatham an den Mann gebracht hat.« Ernie deutet missmutig zum Imbissstand hinüber. Wir knien gerade neben dem Gemüsebeet und ernten Karotten und Sellerie fürs Mittagessen.

Ich sehe zu Mr Springer, der munter mit einem Lappen über die schmutzige Theke wischt.

Ich seufze. Kann es denn noch schlimmer kommen? Es kann.

Als Ernie und ich das Gemüse in die Küche bringen wollen, stürmt Colin wutentbrannt durch die Eingangstür direkt auf seine Mutter zu, die gerade die Treppe hinunterstolziert.

»Mutter!«, ruft er durch die Eingangshalle. »Mutter, ich muss sofort mit dir sprechen!«

Er baut sich vor ihr auf, die Hände in die Hüfte gestemmt. »Elsie hat mir gerade erzählt, dass du ihren Großvater entlassen hast? Stimmt das?«

»Ganz richtig.« Lady Chatham sieht ihn unschuldig an. »Mr Trelawney ist ab sofort nicht mehr für uns tätig. Ich habe ihm gestern mitgeteilt, dass wir in Zukunft auf seine Dienste verzichten werden.«

»Du hast was?«, fragt Colin fassungslos.

Ernie und ich sehen uns entgeistert an und nähern uns unauffällig.

»Mein Lieber, du weißt doch selbst, dass wir sparen müssen, wo wir können«, sagt die Hausherrin kühl, »und jeder sieht, wie verkommen der Garten schon seit längerer Zeit ist.«

In mir steigt eine unbändige Wut auf. Ich kann mich nicht mehr zurückhalten. »Vielleicht liegt das daran, dass sich Mr Trelawney vollkommen alleine um alles kümmern muss?«

Lady Chatham sieht mich herablassend an. »Müssen Personalentscheidungen jetzt schon von Aushilfskräften abgesegnet werden, Miss Barker?«

»Mutter, das war nicht fair von dir!« So wütend habe

ich Colin noch nie erlebt. »Mr Trelawney war ein treuer Mitarbeiter, er hat immer loyal zu uns gestanden. Das weißt du genauso gut wie ich. Ich verstehe dich einfach nicht!«

Lady Chathams Gesicht zeigt keine Spur von Bedauern. »Mr Trelawney war immer bemüht, das mag sein, aber seine guten Jahre hat er schon lange hinter sich.«

Colin blickt seine Mutter noch einmal kopfschüttelnd an und stürmt dann zur Eingangstür hinaus.

Als Ernie und ich uns nach dem Mittagessen wieder den Gemüsebeeten widmen, sind wir beide ziemlich wortkarg. Jeder hängt seinen Gedanken nach.

»So, damit wären die hier auch fertig.« Ernie bindet kunstvoll die letzte Tomatenstaude an einen Stab. Er blickt auf die Uhr. »Ich werd Schluss machen für heute, Trix. Meine Mutter hat Geburtstag, und ich hab versprochen, dass ich zum Tee vorbeischaue. Kommt ihr fürs Abendessen alleine zurecht? Ich habe euch etwas Braten vorbereitet.«

Unser Weg trennt sich beim Durchgang zum Cottage. Es sieht einsam und verlassen aus ohne Rob. Ganz so, als würde es ihn ebenfalls vermissen. Traurig trotte ich zurück zum Schloss.

Es ist erst früher Nachmittag, aber ich brauche unbedingt eine Pause, um meine Gedanken zu sortieren. Eine geschlagene Stunde liege ich auf meinem Bett und grüble vor mich hin. Ich versuche mit aller Macht, den Rob-Schlamassel zu vergessen und mich auf das zu besinnen, was unser eigentliches Ziel, unsere Aufgabe war, vor dem ganzen Chaos: nämlich Chatham Place zu retten.

Die Kamelien gehen mir einfach nicht mehr aus dem Kopf. Der Indische Garten. Je länger ich darüber nachdenke, desto sicherer bin ich mir: Die Legende von König George und Lady Emma wird uns nicht weiterhelfen. Nein – es ist der Garten, der den Unterschied ausmacht. Er ist das Besondere, das Bewahrenswerte, Chathams letzte Chance. Das sagt mir einfach mein Gefühl.

Mein Gefühl? Das mich schon so oft in die Irre geführt hat? Kann ich darauf überhaupt noch vertrauen?

Meine Gedanken drehen sich im Kreis.

Nein! Noch gebe ich nicht auf. Einen letzten Versuch ist es wert.

Entschlossen springe ich vom Bett und schnappe mir meinen Computer. Meine Finger fliegen geradezu über die Tastatur auf der Suche nach nützlichen Informationen. Ich finde einige Beispiele für Gärten, die der Trust unterstützt. Alle geförderten Grünanlagen sind von besonderer »soziokultureller Bedeutung« (ich bekomme langsam den Eindruck, dass der Trust diesen Ausdruck *liebt*). Ich öffne ein Fenster, nehme einen tiefen Atemzug, brauche Sauerstoff. Mein Gehirn läuft auf Hochtouren.

Soziokulturell. Was wäre soziokultureller als eine exotische Teepflanze, die einzigartig in England ist? Vielleicht sogar in ganz Europa?

Mein Jagdfieber ist geweckt. Ich suche weiter, stoße auf mehr Beispiele, mache mir Kaffee und finde zwei Schokoriegel in der Küche.

Ich telefoniere mit London (Nationale Gärtnervereinigung) und Edinburgh (Sitz des Botanischen Instituts). Das Glück ist mir hold: Beide Male habe ich sehr freundliche Herren am Apparat, die mir ausführlich Auskunft geben. Und beide sind sich einig, dass eine derart einzigartige Kameliensorte eine kleine Sensation wäre.

Anschließend rufe ich direkt beim National Trust an.

»Ms Barker, was Sie erzählen, klingt sehr interessant ... Nur seltsam, dass sich unser Experte vor Ort den Garten nicht genauer angesehen hat«, sagt die Dame, die ich am Apparat habe, verwundert.

»Uns allen war bis vor Kurzem gar nicht bewusst, dass der Garten schützenswert sein könnte. Und Mr Turner ist ja auch kein Biologe«, erwidere ich. Seinen Namen laut auszusprechen versetzt mir einen Stich.

»Da haben Sie allerdings recht. Nun, wenn Sie uns eine detaillierte Auflistung der Pflanzen zukommen lassen würden, wäre das sehr hilfreich. Wir könnten uns dann Ihr Anliegen sofort ansehen.«

»Ich stelle sie gerne zusammen. Sobald ich sie habe, schicke ich sie Ihnen.« Leichtes Unbehagen macht sich in mir breit. Ich hoffe inständig, dass ich mich nicht zu weit aus dem Fenster lehne.

»Ausgezeichnet, Ms Barker. Dann höre ich wieder von Ihnen. Einen schönen Tag noch!«

»Auf Wiederhören.« Gedankenverloren lege ich auf und schiebe mir das letzte Stück Schokolade in den Mund.

Ich muss unbedingt noch einmal mit Mr Trelawney sprechen. Hat er nicht erwähnt, dass Colins Vater schon detaillierte Pläne hatte? Elsies Großvater ist wahrscheinlich der Einzige, der weiß, wo diese Pläne sein könnten. Und damit auch der Einzige, der Chatham vielleicht noch retten kann.

Gerade als ich zur Tür hinauswill, ertönt ein leises Klingeln. Ungläubig starre ich den Namen auf meinem Handydisplay an. Das kann nicht wahr sein.

Alex.

Das Handy klingelt weiter. Mein Herz klopft wie wild. Ich blicke wieder auf das Display. Soll ich wirklich drangehen? Eine Millisekunde ringe ich mit mir.

Nein.

Dieses Thema ist für mich beendet, endgültig. Ich lehne den Anruf ab, blockiere Alex' Nummer und lege das Handy auf den Nachttisch.

»Wohin des Weges, Trix?«, ruft mir Colin verdutzt zu, als ich eine Minute später durch die Eingangshalle stürme.

»Ich brauche etwas frische Luft«, rufe ich ihm über die Schulter zu. Gut, dass Colin zurzeit recht wenig mitbekommt. Frischluft hatte ich heute bei der Gartenarbeit nun wirklich genug.

Ich zögere einen Moment. Soll ich ihm etwas von meiner Idee erzählen? Und damit unnötige Hoffnung wecken? Ihn womöglich wieder enttäuschen? Nein, zuerst muss ich mir ganz sicher sein.

Im Stechschritt marschiere ich den Weg bis ins Dorf. Laut dem Wirt vom *Limping Farmer* wohnt Mr Trelawney in einem kleinen Häuschen am Ende der Hauptstraße. Es ist ein wenig windschief, sieht aber schmuck und gepflegt aus. Ich läute an der grün gestrichenen Haustür.

»Trix, das ist ja eine Überraschung!« Elsies Großvater öffnet die Tür und sieht mich erstaunt an.

»Mr Trelawney, ich muss Sie etwas fragen«, sage ich, etwas außer Atem. »Ob ich wohl kurz …«

»Sicher, komm rein, mein Kind! Ich mache dir eine Tasse Tee.«

Er lächelt mich an, aber seine Augen funkeln nicht wie gewohnt. Er sieht müde und abgeschlagen aus.

Ich folge ihm in einen gemütlichen Raum mit plüschigen Ohrensesseln und sehr vielen Zierkissen.

»Setz dich.« Er deutet auf einen Sessel und schlurft in die angrenzende Küche. Wenige Minuten später kommt er mit einer Teekanne und zwei Tassen zurück.

»Nun, was ist so dringend, Trix?« Er schenkt mit zittrigen Händen Tee in die Tassen und reicht mir eine.

»Danke.« Ich nippe an meinem Tee. »Wir haben heute erfahren, dass Lady Chatham Sie entlassen hat?«, beginne ich zögerlich.

Mr Trelawney setzt sich ebenfalls. »Ja, das stimmt. Ich kann es mir nicht erklären, es kam völlig überraschend für mich. Aber natürlich verstehe ich, dass sie sparen müssen – so, wie es um das Schloss bestellt ist …« Er seufzt aus tiefstem Herzen. »Ich habe von Elsie gehört, dass es jetzt wirklich kurz vor dem Verkauf steht. Eine Tragödie.«

»Genau deswegen bin ich hier, Mr Trelawney. Vielleicht können wir es doch noch retten – mit dem

Garten!« Ich beuge mich unwillkürlich in meinem Sessel vor.

Mr Trelawney sieht mich überrascht an. »Wie meinst du das, Trix?«

»Der Trust unterstützt auch historische Gartenanlagen«, sage ich atemlos. »Sie müssen aber von besonderer soziokultureller Bedeutung sein. Mit einer Teepflanze, die einzigartig in England ist, und vielleicht sogar in ganz Europa, wäre der Garten von Chatham das!«

Mr Trelawney runzelt die Stirn und überlegt eine Weile. »Ja, wahrscheinlich wäre er das«, antwortet er bedächtig. »Dazu kommt, dass wir ja nicht nur die Camellia amplexicaulis haben. Es gibt auch noch andere Kamelienarten. Zudem viele Gewächse, die sehr selten sind, und natürlich den Indischen Garten von Colins Ururgroßvater. Einige der Furleys hatten eine wahre Botanikerseele.«

Ich nicke eifrig. »Stellen Sie sich vor, wir könnten den Garten wiederbeleben, zu seinem ursprünglichen Glanz verhelfen! Und wenn wir dann noch Tee produzieren könnten, feinsten Luxustee – das wäre doch großartig!«

Vor meinem inneren Auge sehe ich bereits, wie sich hippe Londoner in einer schicken Teeboutique um unseren Kamelientee reißen. Organischen, handverlesenen Kamelientee aus Kent. Dafür kann man sicher Mondpreise verlangen.

Ich sehe Elsies Großvater an, dass auch seine Begeisterung langsam wächst.

»Es muss irgendwo detaillierte Aufzeichnungen über die Kamelienzucht geben«, sagt er, jetzt schon etwas enthusiastischer. »James' Planung war schon weit fortgeschritten.«

»Wo könnten diese Aufzeichnungen sein?«, frage ich ratlos. Ich habe zwar viele botanische Lehrwerke in der Bibliothek gesehen, aber nichts über eine geplante Kamelienplantage gefunden. »Wenn wir sie finden würden, hätten wir etwas Konkretes, das wir dem Trust vorlegen könnten.«

Mr Trelawney wirkt plötzlich wieder müde. »Das weiß ich leider nicht, Trix. Ich kann es dir beim besten Willen nicht sagen. James war immer derjenige, der die ganze Recherchearbeit betrieben hat. Ich bin eher praktisch veranlagt.«

»Würden Sie mir helfen, danach zu suchen? Im Schloss?«, frage ich zögernd.

Mr Trelawney sieht mich zweifelnd an. »Ich weiß nicht, ob das eine gute Idee ist, Kind. Lady Chatham hat mir sehr deutlich zu verstehen gegeben, dass ich dort nicht länger erwünscht bin.« Er zögert. »Ich war vor einigen Tagen noch einmal bei ihr, weißt du? Wir beide, du und ich, wir haben doch neulich schon einmal über die Kamelien gesprochen. Du schienst ja auch angetan von der Idee, und da dachte ich mir, dass es einen Versuch wert wäre, mit Lady Chatham noch einmal über die Plantage zu reden.«

»Und? Was hat sie gesagt?« Ich habe das vage Gefühl, dass das keine gute Idee war.

Elsies Großvater zuckt mit den Schultern. »Sie war desinteressiert wie eh und je. Hätte ich mir ja auch denken können.«

»Mr Trelawney, der Garten könnte vielleicht die letzte Chance für Chatham sein.« Ich rede jetzt eindringlich auf ihn ein. »Aber ich brauche Ihre Hilfe. Was, wenn ich die Bücher und Unterlagen, die ich in der Bibliothek finde, hierherbringe? Und Sie helfen mir, nach den relevanten Informationen zu suchen?«

Er wirkt immer noch nicht ganz überzeugt. »Ich weiß nicht, Trix ... Ist das nicht alles vergebens?«

»Dann tun Sie es Colin zuliebe«, sage ich leise. »Und für seinen Vater. Seine Ideen sollen doch nicht umsonst gewesen sein?«

Ich scheine einen Nerv getroffen zu haben, denn Mr Trelawney richtet sich unwillkürlich in seinem Sessel auf. »Du hast recht. Wenn es noch eine Chance für Chatham gibt, und sei sie noch so klein, dann sollten wir sie nicht ungenutzt lassen.« Er räuspert sich. »Das bin ich James schuldig.«

Ich nicke erleichtert. »Gut, dann mache ich mich gleich auf den Weg. Ich komme so schnell wie möglich mit den Unterlagen wieder.«

Rasch trinke ich meine Teetasse aus und mache mich auf den Heimweg. Wir haben jetzt keine Zeit zu verlieren.

Als ich zurück ins Schloss komme, sitzt Colin bereits am Küchentisch. Es gibt Schmorbraten, den Ernie uns wie versprochen vorbereitet hat.

»Du alleine hier?« Ich blicke ihn überrascht an und nehme mir eilig etwas Braten und Soße.

»Elsie isst bei ihrer Mutter, es gibt ihr Lieblingsgericht. Und mit *meiner* Mutter wollte ich heute beim besten Willen nicht zusammen an einem Tisch sitzen.« Colin kaut missmutig vor sich hin.

Rasch schlinge ich mein Essen hinunter und überlege währenddessen, wie ich die Unterlagen aus der Bibliothek am besten zu Mr Trelawney schaffen könnte. Da kommt mir eine Idee.

»Colin, leihst du mir heute Abend dein Auto? Ich würde gerne nach Canterbury fahren. Es gibt dort eine interessante Ausstellung über … Fotografie«, schwindle ich munter drauflos.

»Sicher, nimm ihn ruhig. Ich hab heute sowieso nichts mehr vor.« Er starrt düster auf seinen Braten. »Der Schüssel hängt beim Empfangstresen.«

»Danke!« Ich esse betont gelassen zu Ende und warte, bis Colin die Küche verlässt. Dann hole ich den Schlüssel und gehe in die Bibliothek. Aber nicht, ohne mich vorher noch einmal umzuschauen. Keiner zu sehen.

Zielstrebig durchforste ich die Regale und suche alles zusammen, was uns bei unserer Suche nützlich sein könnte. Was eine ganze Menge ist.

Eine gute Stunde später spähe ich wieder in die Eingangshalle hinaus: Die Luft scheint rein zu sein. Hastig nehme ich den ersten Stapel Bücher und eile damit zu Colins Auto, das praktischerweise in der Einfahrt parkt. Nach zehn Minuten habe ich alles verstaut und starte den Motor. Er stottert etwas, und ich muss mehrmals energisch den Zündschlüssel umdrehen, aber schließlich läuft er rund, und ich zuckle langsam die Straße entlang.

Ich bin noch nie mit einem so riesigen Auto gefahren, und mir ist überhaupt nicht wohl dabei. Nachdem ich im Schneckentempo über den Dorfplatz geschlichen bin und dabei trotzdem fast eine Katze überfahren habe, bin ich heilfroh, als ich den Wagen unversehrt vor Mr Trelawneys Haus abstelle.

Er macht große Augen, als er mir die Tür öffnet und den riesigen Stapel Bücher und Unterlagen sieht. »Na, dann legen wir mal los.«

Wir sitzen jetzt bereits seit Stunden im Wohnzimmer und durchkämmen systematisch jede Seite. Das heißt, eigentlich sucht Mr Trelawney. Ich assistiere ihm nur, setze Tee auf, bringe Sandwiches und mache Notizen.

Elsies Großvater weiß wirklich unheimlich viel über Pflanzen. Meine Achtung vor ihm wächst und wächst, während wir Buch für Buch, Wälzer für Wälzer durchgehen. Es ist schon nach Mitternacht, als er den letzten Buchdeckel zuklappt und sich müde die Augen reibt. Er lässt den Blick über die Stapel vor uns wandern.

»Da fehlt etwas«, murmelt er schließlich.

»Wie meinen Sie das?« Fragend blicke ich ihn an.

»Ich bin mir sicher, dass es noch andere Unterlagen geben muss. Vor allem einige großformatige Notizbücher, vollgeschrieben in einer ziemlich unleserlichen Schrift. James hat mir ein paar Mal etwas darin gezeigt.« Er runzelt die Stirn. »Ich glaube sogar, mich erinnern zu können, dass er einmal erwähnt hat, dass es noch Originalaufzeichnungen von seinem Urgroßvater gibt.«

»Sind Sie sicher?« Skeptisch blicke ich auf den Berg von Unterlagen vor uns. »Ich habe in der Bibliothek wirklich sehr genau nachgesehen.«

Mr Trelawney nickt bestimmt. »Doch, ich bin mir sicher. Hier fehlt etwas. Wir haben noch nicht gefunden, wonach wir suchen. Außerdem lässt sich mit dem vorhandenen Material so gut wie gar nichts dokumentieren.«

Enttäuschung macht sich in mir breit.

»Wir machen besser Schluss, Trix. Es ist schon spät.« Er steht auf, öffnet das Fenster und blickt hinaus. »Ich glaube, heute Nacht kommt ein ordentliches Unwetter. Die Luft ist ganz geladen.«

Resigniert lasse ich die Schultern fallen. »Gut, ich sehe noch einmal in der Bibliothek nach. Vielleicht habe ich ja wirklich etwas übersehen. Ich komme morgen wieder vorbei, am Vormittag?«

»Gut.« Mr Trelawney nickt müde.

Auf der Fahrt zurück zum Schloss habe ich alle Mühe, die Augen offen zu halten. So leise wie möglich bringe ich die Bücher und Unterlagen zurück in die Bibliothek. Eigentlich möchte ich nichts lieber, als mich in mein warmes Bett zu kuscheln. Ich sehe auf die Uhr. Nach eins.

Ich seufze. Auf eine Stunde Schlaf mehr oder weniger kommt es jetzt auch nicht mehr an. Auf Zehenspitzen schleiche ich in die Küche und mache mir eine Tasse extrastarken Kaffee. Dann gehe ich zurück in die Bibliothek und sehe noch einmal in allen Regalen nach. Vorhin habe ich mich auf die botanische Abteilung konzentriert, jetzt durchsuche ich wirklich jeden Winkel, schrecke einige Spinnen aus ihrem Versteck auf und entdecke in einer verstaubten Ecke sogar eine tote Maus. Ugh.

Da! Im obersten Fach eines Regals entdecke ich ein kleines Büchlein. *Der praktische Naturführer nach Morris* von 1920. Hastig überfliege ich die Seiten. Doch – kein Wort über Kamelien oder tropische Gewächse, es werden lediglich heimische Frühblüher beschrieben. Enttäuscht klappe ich das Büchlein wieder zu.

Ein leises Grollen dringt durch die Fenster herein. Das Gewitter ist da.

Es bringt einfach nichts mehr – ich bin komplett erledigt. Ich schalte das Licht aus und gehe leise hinauf in mein Zimmer. Doch als ich wenig später im Bett liege, kann ich einfach nicht einschlafen, und das, obwohl ich todmüde bin. Ich wälze mich hin und her, döse kurz ein, wache wieder auf. Ich höre auf einmal die ganzen Geräusche, die mich schon lange nicht mehr gestört haben, und noch dazu das laute Krachen des Donners. Wirre Gedankenfetzen mischen sich mit Träumen.

Ein Mann mit Schnauzer und Tropenhut, der sich durch einen dichten Dschungel kämpft. Colins Ururgroßvater? Eine exotische Landschaft, seltene Pflanzen. Ceylon ... Camellia amplexicaulis ... der Garten ...

Mr Trelawneys Gesicht taucht vor mir auf. *Es muss irgendwo Aufzeichnungen geben ... etwas fehlt ...*

Ein ohrenbetäubendes Donnergrollen jagt das nächste. Das Gewitter muss jetzt direkt über uns sein. Nun sehe ich Lady Chathams spöttisches Gesicht, sie lacht mich aus.

Ich habe mit Lady Chatham darüber gesprochen ... mit ihr gesprochen ...

Plötzlich schrecke ich auf und sitze kerzengerade im Bett. Blitze erleuchten den Nachthimmel. Und ich fühle mich, als hätte mich ebenfalls ein Blitz getroffen.

Die Aufzeichnungen. Die fehlenden Aufzeichnungen über den Garten. Sie müssen im Schreibtisch gewesen sein. Und Lady Chatham hat sie gestohlen. Ich habe mich nicht getäuscht. Sie war es, die in jener Nacht in die Bibliothek geschlichen ist, definitiv. Wenn sie die Tagebucheinträge von Lady Emma ebenfalls mitgenommen hat, dann nur aus Versehen. Ihr ging es um die Unterlagen über die geplante Kamelienplantage und den Indischen Garten. Sie hat in der Eile wahrscheinlich einfach alles mitgenommen, was in der Schublade war.

Mit einem Mal bin ich hellwach. Und mir absolut sicher: So muss es gewesen sein – es gibt keine andere Erklärung. Auch wenn mir im Moment noch völlig unklar ist, wieso Lady Chatham die Unterlagen über den Garten an sich genommen hat. Ich fühle mich wie elektrisiert, voller Energie. Ich muss herausfinden, wo die Unterlagen jetzt sind. Wo könnte Lady Chatham sie versteckt haben? Am liebsten würde ich sofort aus dem Bett springen und anfangen zu suchen.

Ein kurzer Blick auf mein Handydisplay verrät mir, dass es kurz nach halb vier ist. Viel zu früh, um irgendetwas zu unternehmen. Ich wälze mich wieder hin und her, bis ich endlich in einen unruhigen Schlaf sinke.

Kapitel zwanzig

Ein Sonnenstrahl fällt durch den Spalt zwischen den Gardinen und kitzelt mich an der Nase. Unwillig öffne ich zuerst ein Auge, dann das andere. Ich fühle mich wie gerädert, so als hätte ich fast nicht geschlafen. Gerade will ich die Augen wieder schließen und mich in die Bettdecke kuscheln, da fällt mir alles wieder ein.

Die fehlenden Aufzeichnungen.
Lady Chatham.

Schlagartig bin ich hellwach, springe aus dem Bett und stoße mir dabei das Knie. Darum kann ich mich jetzt nicht kümmern, denn ich bin mit den Gedanken ganz woanders. Wo würde ich etwas verstecken? Etwas Wichtiges, das niemand finden soll? Es müsste ein Ort sein, an dem niemand anders herumstöbert. Ein Raum, den außer mir möglichst niemand betritt. Wie mein Schlafzimmer.

Ja, das würde ich machen. Ich würde es in meinem Schlafzimmer verstecken. Simpel, aber sicher.

Während ich mir die Zähne putze, wird mir klar: Falls ich recht haben sollte und die Aufzeichnungen in Lady Chathams Zimmer versteckt sind, bleibt mir nichts anderes übrig, als genau dort danach zu suchen. Beim Gedanken daran verschlucke ich fast die Zahnpasta.

Und bei näherer Betrachtung fällt mir auf: Ich weiß gar nicht, wo Lady Chathams Gemächer überhaupt liegen. Das heißt, ich muss:

1. Unauffällig herausfinden, wo ihr Zimmer ist. (Ich kann ja schlecht an allen Zimmern anklopfen, warten, bis sie öffnet und ihr dann entgegenflöten: »Ich wollte nur kurz überprüfen, ob das Ihr Zimmer ist, damit ich es in Ruhe durchsuchen kann.«)

2. Herausfinden, ob Lady Chatham das Zimmer zusperrt, wenn sie es verlässt.

3. Falls ja: den Schlüssel organisieren.

4. Mit einer riesigen Portion Glück einen Moment erwischen, in dem sie außer Haus ist und mir auch sonst niemand in die Quere kommt, während ich das Zimmer nach den Unterlagen durchforste.

Zugegeben: Das klingt nach einem ziemlich unmöglichen Vorhaben. Kurz überlege ich, Colin einzuweihen. Aber was soll ich ihm sagen? »Deine Mutter hat Unterlagen über ein geplantes Gartenprojekt deines Vaters verschwinden lassen, und ich muss jetzt ihr Zimmer durchsuchen, um sie zu finden?«

Eben.

Tief in Gedanken versunken trotte ich die Treppe hinunter. Als ich die Küchentür öffne, steht Colin bereits vom Frühstückstisch auf. Von Elsie und Ernie ist keine Spur zu sehen.

»Guten Morgen, Trix! Ich muss jetzt gleich los, nach Canterbury. Wie es aussieht, hat Mr Springers Neffe bereits einen potenziellen Käufer für Chatham gefunden. Unser Anwalt möchte die Details für einen möglichen Verkauf besprechen.« Er lässt den Kopf hängen. »Niemals hätte ich gedacht, dass es tatsächlich so weit kommen würde. Aber« – er hebt den Kopf wieder und richtet sich auf – »es muss getan werden, was getan werden muss. Leider ist von den anderen auch niemand hier. Mutter ist schon vorgefahren, Elsie hat heute frei, und Ernie hat sich mit Kopfweh entschuldigt. Sie haben wohl gestern den Geburtstag seiner Mutter ausführlicher gefeiert als geplant.« Ein kurzes Lächeln wandert über sein Gesicht. »Du müsstest hier also alleine die Stellung halten. Oder willst du mitfahren? Vielleicht einen kleinen Stadtbummel machen? Obwohl, du warst ja erst gestern Abend in Canterbury, nicht wahr? Wie war eigentlich die Ausstellung?«

Ich mache eine vage Handbewegung und wechsle schnell das Thema. »Keine Sorge. Ich werde mich heute ganz in Ruhe um die Beete kümmern.« Ich setze ein treuseliges Lächeln auf. Dann frage ich, einer plötzlichen Eingebung folgend: »Wo ist eigentlich Lady Chathams Schlafzimmer?«

Colin sieht mich etwas irritiert an. »Mutters Zimmer? Im Ostflügel, wieso?«

Erschrocken über meinen kühnen Vorstoß denke ich mir blitzschnell eine Erklärung aus. »Sie ... ähm ... hat mich gestern gebeten, ihren ... Schal raufzubringen. Sie hat ihn im Garten liegen lassen.«

»Wirklich?«, fragt Colin erstaunt. »Das wundert mich. Der Ostflügel ist nämlich meistens verschlossen. Aber wenn sie das gesagt hat ...« Er kramt in seiner Jackentasche. »Hier ist der Generalschlüssel, damit kannst du jede Tür aufsperren.« Er sieht auf die Uhr und nickt mir zu. »Die zweite Tür rechts. Ich muss jetzt los. Bis später!«

Verblüfft sehe ich Colin nach, wie er davoneilt, und kann mein Glück gar nicht fassen. So leicht geht das?

Ich halte den Generalschlüssel in der Hand, alle, einschließlich Lady Chatham, sind außer Haus, und so wie es aussieht, habe ich auch noch alle Zeit der Welt, bis sie zurückkehren.

Unter diesen optimalen Voraussetzungen kann ich es gar nicht erwarten, mit der Suche zu beginnen. Schnell würge ich ein Brot mit Marmelade hinunter und spüle mit einer Tasse Kaffee nach. Dann marschiere ich im Laufschritt Richtung Ostflügel. In diesem Teil des Schlosses war ich seit meiner Ankunft erst einmal, und zwar als Ms Miller und ich eine besonders ausladende Kommode auf Hochglanz poliert haben.

Die mächtige Flügeltür ist tatsächlich verschlossen. »Dem Generalschlüssel sei Dank«, murmle ich, als ich sie aufsperre.

Die zweite Tür rechts, hat Colin gesagt. Mein Herz klopft jetzt so schnell, als würde ich einen Hundert-Meter-Sprint hinlegen. Und es fühlt sich wirklich wie ein Endspurt an: Die letzten Meter lege ich im Laufschritt zurück, dann habe ich die Klinke in der Hand. Ich atme tief durch und drücke sie hinunter.

Die Tür zu Lady Chathams Schlafzimmer ist nicht versperrt. Ich fühle mich auf einmal extrem unwohl. Schließlich dringe ich gerade in die Privatsphäre meiner Arbeitgeberin ein. Na ja – der Zweck heiligt bekanntlich die Mittel. Ich atme nochmals tief durch, betrete den Raum und sehe mich um. Zuerst zaghaft, dann immer neugieriger.

Ein exquisites Refugium hat sich Colins Mutter da geschaffen, das muss man ihr lassen. Luftige Seidenvorhänge fallen fließend an den Fensterseiten herunter, schwere Perserteppiche mit raffinierten Mustern bedecken den Boden, und das Bett ist kein ramponiertes Himmelbett wie meins, nein: Es ist ein elegantes, extrahohes Boxspringbett in mattgrauem Leder, bezogen mit feinster ägyptischer Baumwolle. Vom Zahn der Zeit, der überall sonst eifrig am Schloss nagt, ist hier absolut nichts zu sehen.

Eine pastellblaue Chaiselongue ziert die Mitte des Raumes, und an der Stirnseite steht ein teuer aussehender Sekretär aus dunklem Edelholz. Ein großer Sekretär mit vielen Schubladen, der mich magisch anzieht. Schnell schreite ich durch den Raum und betrachte ihn genauer. Es sind wirklich sehr viele Schubladen.

Sachte streiche ich über das lackierte Holz. Könnte Lady Chatham die Unterlagen hier versteckt haben? Mein Blick streift über die Schreibtischplatte. Hier liegen nur ein leerer Notizblock, ein Montblanc-Füllfederhalter und einige Büroklammern. Sehr aufgeräumt.

Gespannt umschließe ich mit den Fingern den Griff der obersten Schublade. Sie gleitet geschmeidig auf, enthält aber nichts als einige Ausgaben der *Vogue*, eine zierliche Lesebrille und ein Schächtelchen feinster Pralinen. Ich schmunzle. Auch die disziplinierte Lady Chatham hat also heimliche Gelüste.

Der Inhalt der zweiten Schublade bietet ein ähnliches Bild: noch mehr Modezeitschriften, dazu ein Maniküreset und eine Tube Handcreme.

Was mache ich hier eigentlich? Etwas zögerlich umfasse ich den Griff der dritten Schublade. Sie klemmt. Ich ruckle am Griff, zuerst vorsichtig, dann mit mehr Nachdruck – und siehe da: Mit etwas Mühe lässt sie sich herausziehen.

Voilà! Vor mir liegt ein Stapel Flügelmappen, die so aussehen, als wären sie schon oft angefasst worden. Eilig nehme ich die oberste heraus und schlage sie auf. Ein Blick genügt, und ich bin mir sicher:

Sie sind es.

Die fehlenden Unterlagen.

Dünne, vergilbte Blätter mit Kohlezeichnungen von Pflanzen, die schon merklich verblasst sind. Vielleicht die Originalaufzeichnungen von Colins Ururgroßvater? Daneben eine uralt aussehende botanische Enzyklopädie mit säuberlich notierten Anmerkungen an den Seitenrändern. Außerdem mehrere Notizbücher mit dicht in einer fast unleserlichen Schrift beschriebenen Seiten – genau, wie Mr Trelawney gesagt hat.

Eilig überfliege ich die Seiten. Ich kann bei Weitem nicht alles entziffern, aber es genügt. Ich finde umfangreiche Ausführungen über die Camellia amplexicaulis: Notizen über ihre Aufzucht, die richtige Pflege und die Gewinnung des kostbaren Tees sowie eine Skizze der geplanten Plantage.

Und das ist noch nicht alles. Als ich mit neu entfachtem Eifer die nächste Schublade öffne, entdecke ich weitere Mappen mit detaillierten Zeichnungen eines blühenden Gartens. Der Springbrunnen, der Teich, das Rondell – wie sie allesamt in neuem Glanz erstrahlen. Lord Chatham hatte einen Plan für den Garten. Einen wahrhaft meisterlichen Plan.

»Und Lady Chatham will ihn verhindern«, murmle ich vor mich hin, völlig überwältigt von meinem Fund.

»Was machen Sie hier, wenn ich fragen darf?«

Eine wohlbekannte Stimme lässt mich herumfahren. Lady Chatham steht in der Tür, mit verschränkten Armen und einem Blick, der mir das Blut in den Adern gefrieren lässt. Ich sehe sie an, ihre erlesene Garderobe und die wie immer akkurate Hochsteckfrisur, und plötzlich fällt ein Puzzleteil nach dem anderen an die richtige Stelle.

Die grundlose Abneigung gegen Rob, der das Schloss vielleicht noch hätte retten können. Das Beharren auf die lange Mittagspause. Elsie, die todlangweilige Führungen machen musste. Die vielen unbezahlten Rechnungen. Die gestohlenen Unterlagen.

»Es war alles ein abgekartetes Spiel!«, platze ich heraus und vergesse völlig, in welch brenzliger Situation ich gerade stecke. »Sie wollten Chatham Place von Anfang an loswerden!«

Noch während ich die Worte ausspreche, weiß ich intuitiv, dass ich vollkommen recht habe. Lady Chatham hat die Abläufe im Schloss bewusst sabotiert und systematisch die letzten Besucher vergrault, um es dann gemeinsam mit ihrem Liebhaber verscherbeln zu können.

»Sie waren von Beginn an dagegen, dass Rob hier nach Unterlagen sucht. Unterlagen, die vielleicht den Fortbestand von Chatham gesichert hätten.«

Sie steht nur unbewegt da und zuckt nicht einmal mit der Wimper.

»Die seltsamen Öffnungszeiten! Die Mittagspause! Elsie, die unbedingt die Führungen übernehmen sollte!«, zähle ich auf und komme mir ein bisschen schäbig vor. »Sicherlich wurden auch die Lieferanten absichtlich nicht rechtzeitig bezahlt.«

»Sie können mir gar nichts beweisen.« Lady Chatham blickt mich mit ihrem üblichen eiskalten Gesichtsausdruck an.

»Und Sie haben die Unterlagen über den Garten aus der Bibliothek gestohlen. Weil Sie wussten, dass sie die letzte Chance für Chatham sein könnten«, fahre ich unbeirrt fort. Plötzlich passt alles zusammen. »Haben Sie deshalb auch Mr Trelawney gefeuert? Weil er als Einziger von Lord Chathams Plänen für den Garten wusste?« Ich sehe sie empört an.

Lady Chatham steht immer noch da wie eine Statue. Dann fängt sie langsam an zu applaudieren. »Bravo, ganz ausgezeichnet, Miss Barker! Sie kommen sich jetzt sicher sehr clever vor.« Ein spöttischer Zug umspielt ihre gestrafften Mundwinkel. »Einen hübschen kleinen Plan haben Sie da gemeinsam mit Mr Trelawney geschmiedet! Wie gut, dass Colin mich noch rechtzeitig darüber informiert hat, dass Sie freundlicherweise meinen nicht vorhandenen Schal auf mein Zimmer bringen wollten.« Sie taxiert mich noch immer ohne jede

Gefühlsregung. »Und das, obwohl ich grundsätzlich nicht die Angewohnheit habe, Dinge zu verlegen.«

Dann schlägt sie einen geschäftsmäßigen Tonfall an. »Natürlich werde ich auf keinen Fall zulassen, dass Sie unsere Geschäfte derart durchkreuzen.« Sie macht einen Schritt zur Seite und blickt zur Tür. »Mr Springer, wenn Sie so freundlich wären und sich um unser kleines *Problem* hier kümmern würden?«

Und schon taucht der alte Mr Springer in der Tür auf. Er grinst hämisch.

»Sie!«, entfährt es mir. Seine heimtückisch schimmernden Augen jagen mir einen Riesenschrecken ein. Was, wenn sie mich wirklich beiseiteschaffen wollen?

Da kommt er auch schon entschlossen auf mich zu, dreht mir die Arme auf den Rücken, packt mich grob an der Schulter und zerrt mich aus dem Raum.

»Lassen Sie mich sofort los!«, protestiere ich lauthals. »Lady Chatham!« Ich werfe ihr über die Schulter einen Blick zu. »Lady Chatham, was soll das?«

Doch sie steht nur ungerührt da. »Und gleich danach kümmern wir uns um den vermaledeiten Busch. Er muss ein für alle Mal weg!«

Der Druck auf meine Schulter wird immer fester.

»Sie tun mir weh!«, rufe ich verzweifelt.

Doch Mr Springer greift nur noch härter zu. »Ich werde dir jetzt mal zeigen, was es bedeutet, sich in die Angelegenheiten anderer Leute einzumischen, junges Fräulein!«, keucht er verbissen.

Er zerrt mich den Gang entlang, durch die Flügeltür und quer durch die Eingangshalle. Sein Griff ist eisern, ich habe keine Chance, mich loszureißen. So viel Kraft hätte ich ihm gar nicht zugetraut. Panik überkommt mich. Von den anderen ist niemand im Schloss. Es nutzt mir also auch nichts, um Hilfe zu rufen.

Inzwischen sind wir in der Küche angelangt. Was machen wir hier?

Bekochen will er mich sicher nicht.

Mr Springer öffnet eine Eisentür im hinteren Teil der Küche, die mir bisher noch nie aufgefallen ist, und zerrt mich ein paar schmutzige, schiefe Stufen hinunter.

Nun wird mir wirklich angst und bange. Was hat er mit mir vor?

»So, rein da, Mädchen!« Er stößt mich so rabiat in einen dunklen Raum, dass ich hinfalle.

»Hilfe!«, rufe ich verzweifelt und hoffe entgegen aller Vernunft, dass mich jemand hört. Es muss mich einfach jemand hören. »Hilfe!«

»Hör auf zu schreien, sonst muss ich dich auch noch knebeln!« Mr Springer hebt drohend die Hand. Dann schlägt er die Tür zu, und ich höre, wie er den Schlüssel im Schloss umdreht.

Ich sitze in der Falle.

Kapitel einundzwanzig

Mühsam rapple ich mich auf und spüre einen stechenden Schmerz im linken Knie. Es ist dasselbe, das ich mir heute Morgen schon an der Bettkante gestoßen habe.

»Lassen Sie mich raus!« Ich hämmere zornig gegen die Tür. »Sofort! So kommen Sie garantiert nicht davon!«

Mr Springers Schritte entfernen sich und werden leiser.

Ich könnte heulen vor Wut. Das darf doch nicht wahr sein! Jetzt bin ich ihnen auf die Schliche gekommen und sitze hier fest! Wer weiß, wann mich jemand findet – vielleicht ist es dann schon zu spät für die arme Camellia amplexicaulis? Für den Garten? Für das ganze Schloss? Bei dem Gedanken wird mir richtig schlecht.

Mist. Mist. Doppelmist.

Ich kneife die Augen zusammen und versuche, in der Kammer, in die mich dieser Grobian gesteckt hat, etwas zu erkennen. Durch ein kleines Fenster dringt fahles Tageslicht herein, doch es ist trotzdem so düster hier drinnen, dass es eine Weile dauert, bis sich meine Augen an die Dunkelheit gewöhnt haben. Nach und nach erkenne ich die Holzregale an der Längsseite des Raumes, auf denen ein ganzes Arsenal an eingelegtem Gemüse, eingewecktem Obst und Konfitüre lagert. Das hier scheint eine Art Vorratskeller zu sein.

»Verhungern werde ich wenigstens nicht«, murmle ich und bin insgeheim doch etwas erleichtert. Ich setze mich auf den staubigen Boden und starre auf ein großes Glas Tomaten-Chutney.

Sekunde um Sekunde, Minute um Minute vergeht. Ich habe längst jegliches Zeitgefühl verloren. Wie lange bin ich jetzt schon hier? Ein paar Minuten? Eine Stunde? Oder sogar noch länger?

Verzweifelt springe ich auf, hämmere wieder gegen die Kellertür und rufe laut um Hilfe. Ich muss hier unbedingt raus!

Doch es nutzt nichts. Niemand hört mich, nur meine Hände schmerzen. Hätte ich doch bloß mein Handy eingesteckt! Es liegt vollkommen nutzlos auf meinem Nachttisch. Wie lange wird es dauern, bis mich die anderen vermissen? Irgendwann werden sie mich doch wohl vermissen?

»Nur die Ruhe bewahren, Trix!« Ich versuche, mich selbst zu beruhigen und tief ein- und auszuatmen. »Es wird alles gut.«

Ein, aus.

Wie lange kann ein Mensch ohne Essen überleben? Wobei, Essen ist ja genug da.

Ein, aus.

Ohne etwas zu trinken?

Ein, aus.

Und ohne frischen Sauerstoff?

Jetzt bin ich kurz davor, in Panik zu verfallen.

»Hilfeee!« Ich springe auf und beginne wieder gegen die Tür zu wummern. »Hilfeee! Hört mich denn keiner?«

Doch keine Reaktion, nichts. Verzweifelt sinke ich auf den Boden und verberge meinen Kopf in den Armen. Tränen laufen mir die Wangen herunter. Ich bin mutterseelenallein.

»Trix?«

Wie von weit her dringt plötzlich ein leises Rufen an mein Ohr. Wahrscheinlich ist es jetzt so weit, und ich beginne zu halluzinieren.

»Trix, wo bist du?«

Ich hebe den Kopf. Da ist es wieder, das Rufen.

»Triiix!«

Nun höre ich es ganz deutlich. Jemand ruft nach mir! Die Stimme scheint durch das kleine Kellerfenster hereinzudringen.

Ich springe auf.

»ICH BIN HIER!« Meine Lunge schmerzt regelrecht, so laut rufe ich. »HIER UNTEN! IM VORRATSKELLER! ICH BIN EIN-GE-SPERRT!« Bei jeder Silbe springe ich, so hoch ich kann, und versuche das Fenster zu erreichen. Doch es ist zu weit oben.

Ich sprinte zum Vorratsregal, nehme ein Glas Erdbeermarmelade und werfe es mit aller Kraft gegen das Fenster. Leider treffe ich nicht – das Glas prallt gegen die Mauer und birst in tausend Scherben. Marmelade tropft von der Wand herunter.

»Das ist Trix! Sie muss im Keller neben der Küche sein!« Jetzt wird die Stimme deutlich lauter.

Colin!

»Trix? Halte durch! Wir sind unterwegs!« Das ist Elsie, eindeutig.

»Beeilt euch!«, rufe ich zurück. Grenzenlose Erleichterung durchflutet meinen Körper. Sie haben mich gefunden! Sie werden mich befreien!

Ich laufe zur Kellertür und hämmere ein letztes Mal mit aller Kraft dagegen.

Es dauert nur ein paar Sekunden, dann vernehme ich lautes Gepolter.

»Trix! Wir sind gleich da!«, höre ich Colin rufen.

Schon dreht sich der Schlüssel im Schloss – und Rob steht vor mir.

»Rob!« Ich bin so erleichtert, ihn zu sehen, dass ich geradewegs in seine Arme stürze. »Rob, Gott sei Dank bist du da! Es tut mir alles so leid ... Lady Chatham ... Mr Springer ...« Ich bringe keinen vollständigen Satz heraus, und mir laufen schon wieder Tränen über die Wangen.

Rob sagt nichts, aber er nimmt mich fest in den Arm.

»Die Mittagspause ... die seltsamen Öffnungszeiten ... die verschwundenen Unterlagen. Es gehörte alles zu ihrem Plan!« Ich sehe ihn vollkommen aufgelöst an.

Jetzt erst bemerke ich, dass Colin und Elsie direkt hinter Rob stehen und mich mit großen Augen anstarren.

»Trix, was um Himmels willen machst du denn hier?«, fragt Elsie entgeistert.

»Du wolltest doch heute Vormittag meinen Großvater besuchen! Es kam ihm seltsam vor, dass du einfach nicht aufgetaucht bist. Ich hab probiert, dich auf dem Handy zu erreichen, aber du bist nicht rangegangen. Dann hab ich es im Schloss versucht, aber auch hier war niemand zu erreichen.« Sie mustert mich besorgt. »Also habe ich Colin verständigt, er war sowieso gerade auf dem Rückweg, und da er hat uns mitgenommen ...«

»Aber wer um Himmels willen hat dich denn hier unten eingeschlossen, Kind?« Jetzt sehe ich, dass Mr Trelawney mit besorgtem Blick hinter Elsie steht.

»Der alte Mr Springer. Ich bin ihnen auf die Schliche gekommen, Lady Chatham, ihm und seinem Neffen! *Sie* hatten die fehlenden Aufzeichnungen«, erkläre ich atemlos.

Mr Trelawney macht ein höchst verblüfftes Gesicht.

Colin greift sich verwirrt an den Kopf. »Ich verstehe gar nichts mehr. Du sitzt eingesperrt im Vorratskeller, und Mutter werkelt draußen im Garten herum. Ist denn die ganze Welt verrückt geworden?«

Ich löse mich von Rob und sehe Colin panisch an. Die Kamelie! Mir wird ganz schlecht vor Aufregung.

»Mir nach!«, rufe ich und stürze die Treppe hinauf. »Wir müssen sie unbedingt aufhalten!«

Wir stürmen hinaus in den Garten, und ich sehe sofort: Wir kommen zu spät. Lady Chatham steht vor einer großen, vollkommen verwüsteten Staude mit pinkfarbenen Blüten und hält eine riesige Axt in der Hand. Der alte Mr Springer ist nirgends zu sehen. Er hat sich wohl rechtzeitig aus dem Staub gemacht.

Als Lady Chatham uns entdeckt, blickt sie uns triumphierend entgegen. Sie sieht aus, als ob sie komplett wahnsinnig geworden wäre.

Colin läuft entsetzt auf sie zu und betrachtet fassungslos den zerstörten Busch. »Mutter! Was um Himmels willen hast du da gemacht?« Er versucht, ihr die Axt wegzunehmen, doch sie stößt ihn grob beiseite.

»Meinst du, ich lasse mir mein Lebensglück von solch einem Teufelsgewächs kaputtmachen?« Ihre Augen glänzen manisch. »Sicher nicht!«

Colin schaut sie schockiert an. »Aber Mutter, was soll denn das?«

»Was das soll? *Was das soll?*«, keift sie. »Das kann ich dir sagen! Ich habe keine Lust mehr, mein Leben in diesem baufälligen Kasten zu verbringen! Ich mochte dieses Schloss noch nie, aber seit James' Tod ist es unerträglich! Ich hätte es damals sofort verkaufen sollen!« Sie wirkt jetzt richtig hysterisch.

»Aber das ist doch unser Zuhause, Mutter!« Colin ringt sichtlich um Fassung.

Lady Chatham stößt einen verächtlichen Laut aus. »Es ist *dein* Zuhause, Colin. Meins war es noch nie. Ich wurde mit Anfang zwanzig von meiner Mutter hierher verfrachtet und konnte dann zusehen, wie ich mich arrangiere, mit diesem uralten Steinkasten und einem verschrobenen Ehemann, der sich lieber mit dem Garten beschäftigt hat als mit mir.«

»Das stimmt nicht! Vater war überhaupt nicht verschroben! Er war der liebevollste Mensch der Welt!«, fährt Colin sie aufgebracht an.

»Für dich vielleicht«, erwidert Lady Chatham spöttisch. »Mir gegenüber hat er diese Liebe nur in äußerst homöopathischen Dosen gezeigt – und meine Bedürfnisse waren ihm sowieso völlig egal.«

»Nun, selbst wenn du es so empfunden hast – du kannst doch nicht einfach das Schloss verkaufen!« Colin ist immer noch sichtbar schockiert.

»Nein, das kann sie nicht«, werfe ich triumphierend ein. »Du bist der Erbe. Deswegen hat sie auch mit allen Mitteln versucht, den Betrieb auf Chatham zu sabotieren.«

Mann, ist das gut! Ich fühle mich wie eine Staatsanwältin bei der alles entscheidenden Gerichtsverhandlung.

»Wie meinst du das?« Colin schaut mich verständnislos an.

»Es war alles ein abgekartetes Spiel. Deine Mutter hat es von Anfang an darauf angelegt, das Schloss gemeinsam mit Mr Springers Neffe zu verhökern.« Ich werfe Lady Chatham einen Seitenblick zu. Sie funkelt mich bitterböse an, doch ich fahre ungerührt fort: »Sie hat den Betrieb absichtlich manipuliert. Denk nur an die seltsamen Öffnungszeiten. Das todlangweilige Manuskript für die Führungen. Die nicht bezahlten Rechnungen.« Ich lege eine effektvolle Pause ein, bevor ich ein weiteres Ass aus dem Ärmel ziehe. »Außerdem hat sie die Tagebuchseiten von Lady Emma aus dem Schreibtisch in der Bibliothek gestohlen!«

Alle starren zuerst mich, dann Lady Chatham ungläubig an.

»Woher weißt du das?«, fragt Colin schließlich.

»Ich bin in der Nacht, als die Seiten verschwunden sind, aufgewacht und hatte plötzlich riesigen Hunger. Also habe ich mir ein oder zwei Schokotörtchen aus der Küche geholt.« Die anderen sehen mich genauso entgeistert an wie Rob, als ich es ihm erzählt habe. »Auf dem Weg zurück in mein Zimmer bin ich an der Bibliothek vorbeigekommen und habe gesehen, wie Lady Chatham einen Stapel Unterlagen mitgenommen hat.«

»Warum hast du uns das nicht früher erzählt?«, fragt Colin.

»Weil ich sie nicht gesehen habe, sondern nur gerochen«, erkläre ich und ernte erneut verständnislose Blicke. »Und ich wollte niemanden zu Unrecht verdächtigen. Außerdem ergab das Ganze für mich absolut keinen Sinn. Wieso sollte Lady Chatham etwas aus ihrer eigenen Bibliothek stehlen? Das ist mir erst heute Nacht klar geworden. Und was sie wirklich wollte, waren nicht die Tagebuchseiten, sondern die Pläne für die Revitalisierung des Schlossgartens. Und die für die Kamelienzucht.«

»Revitalisierung des Schlossgartens? Kamelienzucht? Ich verstehe nur Bahnhof.« Colin sieht mich ratlos an.

»Grandpa, dieses Thema hatten wir doch wirklich schon oft genug.« Elsie sieht Mr Trelawney kopfschüttelnd an.

»Nicht so voreilig, mein Kind«, erwidert dieser. »Trix hat nämlich herausgefunden, dass der Garten die Rettung für Chatham sein könnte.«

Ich nicke. »Das stimmt. Der Trust fördert auch Gartenanlagen von besonderem Wert, und der ist im Fall von Chatham wahrscheinlich gegeben. Mr Trelawney und ich haben nach den Unterlagen gesucht, die das beweisen, aber sie waren spurlos verschwunden.«

»Dein Vater, Colin, hatte schon lange die Idee, den Garten wieder zu beleben und zu dem zu machen, was er einst war: ein Kleinod«, ergänzt Mr Trelawney und lächelt Colin an. »Er hat detaillierte Aufzeichnungen und Pläne entworfen, und wäre er nicht von uns gegangen, hätten wir sein Vorhaben bestimmt in Angriff genommen. James war genial, wenn es um den Garten ging. Wirklich genial.«

»Außerdem wächst in diesem Garten eine höchst seltene Kamelienart«, füge ich hinzu, »aus der man kostbaren Tee gewinnen kann. Auch dafür hatte der verstorbene Lord Chatham schon einen Plan.«

»Trix hat die Geschichte mit der Kamelie nicht losgelassen, und sie hat so hartnäckig auf mich eingeredet, dass auch ich selbst wieder an die Teeplantage in Chatham geglaubt habe.« Mr Trelawney nickt mir zu. »Sie ist wahrhaftig eine junge Dame mit Tatkraft und Chuzpe, wie es sie heutzutage nur noch selten gibt.«

Ich merke, wie ich bei diesen Worten rot anlaufe.

»Aber – die Kamelie ist doch jetzt zerstört!«, ruft Colin erschrocken und sieht seine Mutter wütend an. Die zuckt nur gleichgültig mit den Schultern.

»Wohl kaum«, wirft Mr Trelawney ein. Ein verschmitztes Grinsen breitet sich auf seinem Gesicht aus. »Das da«, er deutet auf den zerhackten Busch vor uns, »ist eine hundsgewöhnliche Camellia sinensis. Mylady wollte nämlich bei unserem letzten Gespräch trotz ihres offensichtlichen Desinteresses plötzlich unbedingt wissen, wo genau die wertvolle Kamelie denn wächst, und das kam mir irgendwie seltsam vor. Also habe ich ihr einfach die falsche Staude gezeigt.«

»Mr Trelawney!«, rufe ich überrascht. Er zwinkert mir zu. So viel Schlitzohrigkeit hätte ich ihm gar nicht zugetraut.

»Die Tagebuchseiten aus deinem Schreibtisch, Rob«, sage ich und wende mich ihm zu, »die habe ich auch gefunden. Es ging Lady Chatham gar nicht um Lady Emmas Aufzeichnungen, sie wollte nur die Pläne für den Garten beiseiteschaffen. Es war reiner Zufall, dass die Tagebuchseiten in derselben Schublade lagen.«

»Und wenn die Pläne verschwunden geblieben wären und Mr Trelawney entlassen, dann wäre der Garten für immer verloren gewesen – und mit ihm das ganze Schloss«, sagt Colin langsam.

»Genau. Und garantiert hätte deine Mutter auch noch einen Weg gefunden, mich loszuwerden.« Diesen Einwurf kann ich mir nicht verkneifen.

»Und du, Colin, wärst am Ende gezwungen gewesen, Chatham Place zu verkaufen«, schaltet sich jetzt Rob ein. Er hat die ganze Zeit über nur mich angesehen, fällt mir auf.

»Du hast das alles also wirklich von Beginn an geplant«, sagt Colin, während er seine Mutter fassungslos ansieht. »Unglaublich, dass mir nichts aufgefallen ist. Trix hingegen«, er deutet auf mich, »ist erst seit ein paar Wochen hier und hat dein Spiel sofort durchschaut.«

Lady Chatham erwidert nichts darauf.

»Ja, das hat sie in der Tat«, bekräftigt Rob. Er sieht mich immer noch an. »Ich konnte mir auch keinen Reim darauf machen, was genau hier so dermaßen schiefläuft, dass ihr kurz vor dem Konkurs steht. Sicher, das Schloss ist stark renovierungsbedürftig, und es gibt einige buchhalterische Ungereimtheiten, aber das ist bei vielen historischen Bauten so. Unsere Miss Marple hingegen«, er lächelt mich schief an, »hat mit ihrer Intuition und Beharrlichkeit sehr viel besser kombiniert, was hier gespielt wird.«

Lady Chatham schnaubt verächtlich. Keiner beachtet sie.

Ich sehe verlegen zu Boden, freue mich aber unheimlich über Robs Worte. Und ich bin auch ein bisschen stolz auf mich. Okay, eigentlich sogar sehr stolz.

Als ich wieder aufblicke, steht Rob plötzlich direkt vor mir. »Kann ich dich kurz sprechen, Trix? Allein?«

Elsie und Colin tauschen vielsagende Blicke.

»Okay.« Ich folge ihm mit laut klopfendem Herzen ein Stück hinauf Richtung Schloss. Außer Hörweite der anderen bleibt er stehen und sieht mich verlegen an.

»Hör zu, ich glaube, ich war ziemlich unfair zu dir. Aber ich dachte, ich hätte mich komplett in dir getäuscht. Und ich war wirklich wütend auf dich.«

»Das habe ich gemerkt, als du mir beinahe die Finger zerquetscht hast«, sage ich etwas patzig. Ich meine, ist doch wahr.

Rob sieht mich reumütig an. »Tut mir leid! Aber dann hat Elsie mich angerufen und mir alles erzählt ... von deinem Ex ... deinen Geldproblemen ... und Rumpelstilzchen.«

Elsie hat was? Ich bin vollkommen perplex.

»Ich muss sagen, deine Idee war trotzdem vollkommen aberwitzig. Aber ich glaube dir, dass du deinen Plan bald nach deiner Ankunft aufgegeben hast.« Rob schluckt. »Ich weiß, dass du keine Goldgräberin bist. Und was Lady Chatham angeht – ich hätte dir viel früher glauben sollen. Du warst die ganze Zeit auf der richtigen Spur, und ich hab es nicht kapiert.«

Er sieht mich an, und plötzlich ist es wieder da, das vertraute Leuchten in den golden gesprenkelten Augen.

Er kommt einen Schritt näher. »Meinst du, du kannst mir verzeihen?«

Ich blicke ihn an und bin hin- und hergerissen. Ich empfinde immer noch dasselbe für ihn, bin wahnsinnig verliebt. Aber – und das kriege ich nicht aus dem Kopf: Er hat mich alleingelassen, in dem Moment, als ich seine Hilfe und vor allem sein Vertrauen dringend gebraucht hätte.

»Kannst du mir versprechen, mich nicht mehr im Stich zu lassen?« Ich sehe ihn ernst an. »Es war ziemlich schlimm für mich, als du einfach abgehauen bist und ich keine Chance hatte, dir alles zu erklären.«

Rob nickt entschlossen. »Ja, ich glaube, das kann ich.« Er zieht mich an sich. »Wenn du mir dafür versprichst, nie mehr auf Reiche-Männer-Jagd zu gehen.« Jetzt grinst er.

Ich muss lachen. »Ehrenwort.«

Wir sehen uns an, und ein unsägliches Glücksgefühl

durchflutet mich vom Kopf bis zu den Zehenspitzen. Rob umfasst mein Gesicht mit den Händen, und dann treffen seine Lippen entschlossen auf meine.

Als wir uns Lichtjahre später voneinander lösen, sehe ich, dass die Sprenkel in seinen Augen so hell funkeln wie nie zuvor.

Colin, Elsie und Mr Trelawney stehen immer noch vor dem arg ramponierten Kamelienbusch, als wir zu den anderen zurückkommen. Lady Chatham ist nirgends mehr zu sehen, dafür hat sich Ernie dazugesellt. Elsie lächelt mir zu, als sie sieht, dass Rob den Arm um meine Schulter gelegt hat.

»Was für ein Tag, oder? Ich muss das alles erst einmal verdauen, glaube ich.« Colin schüttelt nachdenklich den Kopf. »Und dann müssen wir natürlich überlegen, wie es jetzt mit Chatham weitergeht.« Er sieht wehmütig zur efeuberankten Fassade des Schlosses hinüber. »Wir haben zwar die Kamelie und die Pläne für den Garten, aber wir wissen immer noch nicht, ob der Trust uns tatsächlich unterstützt.«

»Das finden wir mit Sicherheit in den nächsten Tagen heraus«, sage ich entschlossen. »Wir müssen nur die Unterlagen hinschicken, hat die Frau gesagt, mit der ich gesprochen habe, dann sehen sie sich alles sofort an.«

»Und die Tagebuchseiten von Lady Emma sind ja auch wieder aufgetaucht«, fügt Rob hinzu. »Ich habe einen Bekannten, der Experte für historische Dokumente ist. Der soll sie sich mal ansehen, nur zur Sicherheit.«

»Ich hätte da auch noch eine Idee«, meldet sich Ernie zu Wort. »Ein ehemaliger Schulkamerad von mir ist in London als Tee-Experte tätig. Ziemlich erfolgreich, was man so hört.«

Wir sehen ihn alle erstaunt an.

Ernie räuspert sich. »Seine Familie ist schon ewig im Teegeschäft. Er selbst wäre ja lieber auch Koch geworden und hätte sein eigenes Restaurant eröffnet, aber sie brauchten ihn gleich nach der Ausbildung in der Firma. Wenn ihr wollt, kann ich ihn hierher einladen, damit er sich die olle Kamelle mal ansieht.« Fröhlich lacht er über seinen eigenen Witz.

»Und wie heißt er, dein Schulfreund?«, frage ich gespannt.

Auf Ernies Gesicht erscheint ein breites Grinsen. »Twining. Lawrence Twining.«

Kapitel zweiundzwanzig

Hach, es ist alles so wahnsinnig aufregend, seit ich Lady Chatham auf die Schliche gekommen bin. Die Unterlagen für den Garten sind bereits beim Trust in London und werden dort begutachtet. Es könnte ein Weilchen dauern, hat die freundliche Dame gemeint, aber Rob ist schon dabei, seinen Kollegen Druck zu machen. Schließlich braucht Colin das Geld so schnell wie irgendwie möglich.

Mr Twining hat tatsächlich zugesagt, nächste Woche vorbeizuschauen, und heute ist Michael Townley gekommen, der Bekannte von Rob. Die beiden sitzen schon den ganzen Vormittag über in der Bibliothek und prüfen Lady Emmas Tagebuchseiten auf Herz und Nieren.

Gegen Mittag strecke ich den Kopf zur Tür hinein. »Möchtet ihr noch etwas trinken? Oder einen Happen zu essen?«

Rob sieht mich belustigt an. »Nein danke, sehr nett, aber wir sind bestens versorgt.« Er deutet auf den Schreibtisch, wo ein halbes Dutzend Kaffeetassen und ein Stapel leerer Teller stehen. »Du musst auch nicht extra jede halbe Stunde vorbeikommen, wir melden uns, wenn wir etwas brauchen.«

Ich nicke und ziehe mich widerstrebend zurück. Wirklich sehr lustig von Rob – er weiß ganz genau, wie gespannt wir alle sind, und verrät kein Sterbenswörtchen. Ich glaube, es macht ihm Spaß, uns auf die Folter zu spannen.

»Stell dir nur mal vor«, sage ich wenig später zu Elsie, die in der Küche sitzt und Ernie beim Kartoffelschälen hilft, »wenn King George und Lady Emma wirklich ein gemeinsames Kind gehabt hätten, dann würde das bedeuten, dass königliches Blut durch die Adern der Furleys fließt!« Schon beim Gedanken daran bekomme ich eine Gänsehaut.

»Aber nur, wenn dieses Kind auch das älteste von Lady Emma gewesen ist.« Elsie schält seelenruhig weiter.

Wie kann sie nur so gelassen bleiben? Schließlich geht es dabei um Colin.

»Tja, und wenn Colin dann mal Kinder haben sollte, wären das weitläufige Verwandte von Prince William, stell dir *das* mal vor«, sage ich listig und betrachte Elsie von der Seite.

»Von Kindern sind Colin und ich in etwa so weit entfernt wie Chatham Place vom Buckingham Palace, wenn du darauf anspielen willst.« Sie hört für einen Moment auf zu schälen und sieht mich frustriert an.

»Hat denn Colin immer noch nicht mit dir geredet? Über euch, meine ich?«, frage ich verwundert.

»Er ist gestern zu mir gekommen und hat eine ganze Weile herumgedruckst, das schon.« Elsie schüttelt bedrückt den Kopf. »Aber er kann es einfach nicht aussprechen. Dass er mich mag und so weiter. Falls er mich überhaupt mag.«

»Mach dich nicht lächerlich – natürlich mag er dich! Und du hast auch nichts gesagt, nehme ich an?« Ich ziehe eine Augenbraue hoch.

»Du kennst mich doch. Wenn es drauf ankommt, bringe ich kein Wort heraus.« Elsie seufzt abgrundtief. »Wahrscheinlich muss ich mich damit abfinden, dass das mit uns nichts wird. Aber was soll's, wenigstens kann ich in Zukunft im Garten arbeiten, das haben wir nämlich besprochen.« Sie beginnt wieder zu schälen.

Das darf doch wohl nicht wahr sein! Ich muss dringend ein Wörtchen mit Colin reden.

»Wir sehen uns später.« Eilig verlasse ich die Küche und mache mich auf die Suche nach unserem tollpatschigen Möchtegern-Casanova.

Ich finde ihn draußen auf der Pferdekoppel, wo er sich gerade mit einem morschen Zaunpfahl abmüht.

»Colin, hast du einen Moment?«, rufe ich ihm zu.

»Was ist denn?« Er sieht auf und wischt sich den Schweiß von der Stirn. »Haben Rob und sein Kollege etwas gefunden?«

»Nein, noch nicht. Aber ich bin auch wegen etwas ganz anderem hier.« Ich verschränke die Arme.

»Und das wäre?« Er sieht mich neugierig an.

»Du magst Elsie doch, oder?«

Colin nickt verlegen.

»Und wieso unternimmst du dann nichts?«

Er kratzt sich am Hinterkopf. »Herrje, das ist so schwierig ... Ich war schon oft kurz davor ... aber dann verlässt mich der Mut, und ich weiß gar nicht mehr, was ich tun soll.« Er sieht mich ratlos an.

»Nun, für den Anfang würde es schon reichen, wenn du ihr sagst, dass du sie magst.«

»Wenn das so einfach wäre ...« Er schüttelt betrübt den Kopf. »Ich fürchte, ich bin ziemlich ungeschickt in solchen Dingen.«

»Gut, dann helfe ich dir«, sage ich entschlossen. Ich habe auch schon eine Idee. Eine ziemlich gute sogar. »Bitte Elsie einfach, heute Abend um sieben in die Eingangshalle zu kommen. Um alles Weitere kümmere ich mich.«

Colin schaut mich dankbar an. »Wirklich? Ich schätze, ich kann etwas Hilfe ganz gut gebrauchen.«

Ich nicke großzügig.

Und vielleicht ziehst du dir zur Abwechslung mal was anderes an, will ich hinzufügen, als ich sein fadenscheiniges, ausgefranstes Jackett sehe. Aber ich lasse es sein. Schließlich mag Elsie Colin genau so, wie er ist, und stört sich sicher nicht an seiner Garderobe.

»Gut, dann werde ich hier mal wieder weitermachen«, er deutet auf den Pfahl, »damit die Koppel wieder sicher ist. Pamina wäre nämlich gestern um ein Haar ausgebüxt. Übrigens« – plötzlich grinst er – »ich glaube, man müsste ihr dringend mal wieder die Hufe auskratzen. Hast du Zeit?«

»Ich glaube nicht, dass Pamina meine Hufbehandlungen besonders schätzt«, sage ich scheinheilig.

»Und außerdem sind die Schwingungen zwischen euch ja auch alles andere als ideal.« Colin nickt in gespieltem Ernst, und wir müssen beide lachen.

Ich komme gerade rechtzeitig zum Schloss zurück, um zu sehen, dass Rob die Treppe zum Eingangsportal hochgeht. Allein. Das Auto seines Kollegen ist nirgends mehr zu sehen.

»Ist Michael schon wieder weg?«, frage ich bestürzt.

Rob nickt. »Wir können leider nicht genau feststellen, ob die Seiten echt sind. Es könnten die Originale sein oder auch eine hervorragende Fälschung.«

Wer sollte denn bitte historische Tagebuchseiten fälschen wollen, würde ich am liebsten fragen, aber Rob spricht bereits weiter, als ob er meine Gedanken lesen könnte.

»Dass jemand diese Seiten gefälscht hat, ist eher unwahrscheinlich, aber wir müssen jede Möglichkeit in Erwägung ziehen. Michael hat die Seiten jetzt mit nach London in sein Labor genommen. Dort stehen ihm viel bessere Untersuchungsmethoden zur Verfügung.«

Ich bin etwas enttäuscht. Ich hatte mich schon so darauf gefreut, dem Geheimnis von Lady Emma auf die Spur zu kommen.

Rob scheint mir meine Enttäuschung anzumerken, denn er legt einen Arm um mich und lächelt mich an. »Komm, wir schlendern ein bisschen durch den Garten, ich brauche etwas frische Luft.«

Das machen wir oft in den letzten Tagen, das mit dem Schlendern. Ich weiß jetzt auch, wieso die Leute früher lustgewandelt sind. Es macht wirklich Spaß, so ohne

Hast und Ziel herumzuspazieren – besonders, wenn man frisch verliebt ist. Wir wollen gerade losgehen, als ich plötzlich den Kies spritzen und einen Motor aufheulen höre. Verwundert sehe ich zur Auffahrt.

»Das wird doch wohl nicht etwa ein Besucher sein? In der *Mittagspause*?«, fragt Rob mit gespieltem Erstaunen.

Ich grinse. »Warte nur, bis der Garten in seiner alten Pracht erblüht. Dann werden wir uns vor Gästen gar nicht mehr retten können!«

»Das ist zu hoffen.« Rob nimmt meine Hand. »Komm, wir sehen mal nach.«

Hand in Hand gehen wir Richtung Auffahrt – und sehen Patricia aus ihrem scharlachroten BMW Coupé hüpfen.

»Patricia!«, entfährt es mir überrascht.

Sie kommt eilig auf uns zugestöckelt (ich frage mich immer wieder, wie sie mit diesen mörderischen Tretern Auto fahren kann) und winkt uns freudig zu.

»Oh, wie ich sehe, habt ihr euch wieder versöhnt? Wie schön!« Sie strahlt abwechselnd mich und Rob an.

»Wieso um Himmels willen bist du denn schon wieder hier?« Ich weiß nicht, ob ich mich über ihren Besuch freuen oder eher vor ihr fürchten soll.

»Ich hatte ein wirklich schlechtes Gewissen, nach meinem letzten Auftritt hier.« Sie sieht mich schuldbewusst an. »Ich hatte das Gefühl, etwas gutmachen zu müssen, weißt du?«

Ich nicke abwartend.

»Und deshalb ...« – ihr Blick erhellt sich schlagartig – »habe ich Alex aufgespürt!«

»Du hast *was*?« Ich starre sie entgeistert an.

»Ganz genau. Er lebt in Südfrankreich und hat dort eine Galerie eröffnet!« Sie schaut mich triumphierend an.

Jetzt bin ich vollkommen perplex. Alex? Was interessiert mich Alex?

Patricia sieht mich gespannt an. »Freust du dich denn gar nicht? Du glaubst ja nicht, wie viel Arbeit es war, ihn aufzuspüren. Am Telefon war er dann plötzlich gar nicht mehr so selbstsicher, unser toller Galerist.« Patricia lacht bedrohlich.

»Du hast mit Alex gesprochen?«, frage ich verblüfft.

Patricia nickt. »So einfach kommt der mir nicht davon, hab ich mir gedacht!«

Ich kann es nicht fassen. Ich hatte Alex eigentlich schon aus meinem Leben verbannt. Und jetzt kommt er mit Karacho wieder zurück.

»Ich habe ihm auch gesagt, dass er herkommen und sich persönlich bei dir entschuldigen soll«, sagt Patricia beinahe beiläufig, während sie eingehend die Fingernägel ihrer linken Hand mustert. »Natürlich mit einem hübschen Scheck in der Hosentasche. Schließlich schuldet er dir sechs Monatsmieten.«

»Du hast *was*?«, frage ich schon wieder. Ich kann nicht glauben, was sie da sagt.

Patricia nickt. »Diesen Sieg hast du dir verdient! Er soll ruhig ankriechen und hübsch Abbitte leisten.«

»Patricia!«, rufe ich entsetzt. Eines muss man ihr lassen: Wenn sie etwas erledigt, dann gründlich. Mir hätte es gereicht, wenn er mir einfach das Geld überwiesen hätte.

»Es dürfte auch gar nicht mehr lange dauern, bis er hier ist. Er hat versprochen, sich gleich in den Zug zu setzen.« Sie kneift die Augen zusammen und sieht in Richtung Lindenallee. »Na, wenn man vom Teufel spricht!«

Tatsächlich – eine schemenhafte Gestalt taucht am Ende der Allee auf und nähert sich dem Schloss.

»Triiix! Trixiiiieeee!« Die Stimme kommt mir wahnsinnig vertraut vor. Das ist doch nicht ... das kann nicht sein ...

Doch.

Es ist tatsächlich Alex. Er kommt die Einfahrt heraufgelaufen und bleibt völlig außer Atem vor mir stehen.

»Trix! Endlich habe ich dich gefunden!« Er keucht und streicht sich die Haare beiseite, die ihm vollkommen wirr ins Gesicht fallen.

Ich starre ihn ungläubig an. »Was macht du denn hier?« Ich sehe aus den Augenwinkeln, wie Rob ihn mustert.

»Trixie, ich hab dich zigtausend Mal angerufen, aber ich konnte dich einfach nicht erreichen ...« Seine Augen wandern ängstlich zu Patricia, die sich mit verschränkten Armen neben Rob gestellt hat.

»Hallo, Alex!«, sagt sie mit bedrohlichem Unterton.

Er schluckt und sieht schnell wieder zu mir. »Ist was mit deinem Telefon?«

Scheinheilig schüttle ich den Kopf. »Also, was willst du?«

Sein Blick flackert. »Du wirst es nicht glauben, aber ich habe tatsächlich Bilder verkauft. Meine ersten Bilder!« Er will mich umarmen, aber ich trete unwillkürlich einen Schritt zurück und damit direkt auf Robs Fuß. Der verzieht das Gesicht.

»Oh, entschuldige!«, sage ich erschrocken.

Alex sieht von mir zu Rob und wieder zurück. »Ist das dein Neuer?«, fragt er misstrauisch.

»Ja, ich bin ihr Neuer. Und du bist wohl der verschollene Ex?«, erwidert Rob ungerührt.

Alex windet sich vor Unbehagen. »Trixie, es tut mir so leid, dass ich einfach verschwunden bin. Ich bin mit der Situation nicht gerade souverän umgegangen. Aber du kennst mich ja.«

Nicht *souverän*? Der hat Nerven!

»Das erklärt noch lange nicht, wieso du einfach abgehauen bist! Und dein blödes Post-it hättest du dir sonst wohin stecken können!«

»Nun ja, es wird wohl kaum komplett überraschend für dich gekommen sein. Wir Künstler sind nun mal freiheitsliebende Kreaturen ...«

Patricia macht einen entschlossenen Schritt vorwärts.

Alex sieht sie erschrocken an. »Aber deswegen bin ich ja hier. Um mich zu entschuldigen und was gutzumachen«, sagt er eilig, ohne Patricia aus den Augen zu lassen. »Wie gesagt, ich habe in Frankreich ein paar Bilder verkauft. Sogar sehr viele, um genau zu sein. Die Galerie läuft blendend!« Er kann den Stolz in seiner Stimme nicht verbergen. »Und jetzt kann ich dir die ausstehende Miete zurückzahlen.« Er zieht ein dickes Bündel aus der Hosentasche und streckt es mir entgegen. »Hier! Mein

Anteil der Miete für die letzten sechs Monate. Sogar mit Zinsen!«

Fassungslos starre ich auf die vielen Geldscheine.

»Nimm es«, höre ich Rob leise sagen.

Ich strecke die Hand aus und nehme das Geld entgegen.

Alex atmet erleichtert aus. »Ich bin wirklich froh, dass ich es dir zurückgeben kann. Ich hatte schon ein schlechtes Gewissen, das war ja nicht gerade die feine englische Art, wie ich aus London weggegangen bin.« Er scheint wieder Oberwasser zu bekommen. »Aber ich muss sagen, die Franzosen haben einfach mehr Kunstverständnis als unsere Landsleute. Mein *succès* kam schnell und war durchschlagend.«

Aus den Augenwinkeln sehe ich, wie Rob amüsiert grinst.

Alex zögert. »Hast du vielleicht Interesse, in mein Geschäft einzusteigen – jetzt, wo es wirklich gut läuft?«

Wortlos drücke ich Rob das Geld in die Hand, gehe entschlossen auf Alex zu und bleibe direkt vor ihm stehen. Er sieht mich erschrocken an. Ich betrachte sein Gesicht – bleich, verschwitzt und ängstlich. Er hat wirklich Ähnlichkeit mit einem Würstchen, stelle ich fest. Einem sehr, sehr mickrigen Würstchen. Ich weiß beim besten Willen nicht mehr, was ich jemals an ihm gefunden habe.

Langsam drehe ich mich um. »Mach's gut, Alex!«, werfe ich ihm lässig über die Schulter zu und lasse ihn stehen. Einfach so.

»Dem hast du's aber gegeben«, sagt Patricia, als wir kurz darauf gemeinsam zurück in den Garten gehen. »Hast du sein Gesicht gesehen, als du auf ihn zugegangen bist?« Sie kichert.

»Viel hat nicht gefehlt, und er hätte sich in die Hosen gemacht«, kommentiert Rob trocken. »Kaum zu glauben, dass dieser Vollidiot das Vergnügen und die Ehre hatte, mit dir zusammen zu sein.« Er zieht mich an sich.

»Nun, wir alle machen Fehler, nicht wahr?«

Rob grinst. »Da hast du allerdings recht. Anders kann ich mir nicht erklären, dass ich damals in New York zweieinhalb Stunden lang vier affig kostümierten Musical-Darstellern dabei zugesehen habe, wie sie eine schwedische Popband imitiert haben.«

Wir müssen beide lachen.

Patricia räuspert sich. »Nun, wie ich sehe, ist meine Mission hiermit beendet.« Sie wirkt äußerst zufrieden.

»Das ist sie in der Tat! Vielen Dank, Patricia«, sage ich, und es kommt von Herzen. »Was hätte ich nur ohne dich gemacht?«

»Das weiß ich allerdings auch nicht, meine Liebe.« Sie umarmt mich herzlich. »Ich werd dann auch mal wieder zurückfahren.«

»Willst du nicht noch ein wenig bleiben? Du bist doch gerade erst gekommen«, sage ich.

Patricia schüttelt den Kopf. »Ich muss zurück, Harold und ich sind heute noch auf einen Empfang eingeladen. Wir sehen uns, wenn ihr nach London kommt. Versprochen?«

Ich nicke. »Versprochen. Halt schon mal einen Gin Tonic bereit.« Ich blicke zu Rob. »Oder auch zwei.«

»Wird gemacht. Das Chesterfieldsofa wartet auf euch.« Sie zwinkert uns zu. »Macht's gut, ihr beiden!« Sie winkt uns noch einmal zu und wendet sich zum Gehen.

»Komm gut nach Hause!«, rufe ich ihr nach, und schon ist sie hinter der Wegbiegung verschwunden.

»Eine schillernde Persönlichkeit, diese Patricia, das muss man ihr lassen.« Rob sieht mich belustigt an. »Der Gin Tonic auf ihrem Sofa wird sicher interessant.«

»Darauf kannst du Gift nehmen«, antworte ich und nehme mir schon jetzt vor, ihn erst dann mit zu Patricia zu nehmen, wenn ich ihn ausreichend seelisch darauf vorbereitet habe.

»Und was machen wir jetzt?«, fragt Rob. »Du hast plötzlich Geld, Alex und Patricia sind weg, und auch sonst scheint alles im Lot zu sein. Das ist ja fast langweilig.«

»Nun, Mr Turner, wenn Sie mich so direkt fragen ...« Ich nehme seine Hand und deute in Richtung Cottage. »Da fällt mir doch glatt etwas sehr Vergnügliches ein.«

Kapitel dreiundzwanzig

»Noch nicht gucken!«, sage ich streng, denn Elsie versucht unter der Augenbinde hervorzulinsen, die wir ihr aufgesetzt haben.

Es ist genau sieben Uhr abends, und Ernie und ich führen sie und Colin langsam den Weg hinunter zur Marmorbank. Auch Colins Augen sind verbunden.

»Jetzt?«, fragt er neugierig, als wir angekommen sind.

Ernie und ich sehen uns an. »Gut – jetzt!« Gleichzeitig ziehen wir den beiden die Binden runter, und Elsie und Colin blicken sich staunend um.

»Trix, du bist ja verrückt!«, sagt Colin schließlich und greift sich an den Kopf. »Wie schön das alles ist …«

Und er hat recht. Wir haben uns aber auch wirklich Mühe gegeben, Ernie und ich. Er war sofort Feuer und Flamme, als ich ihm von meinem Plan erzählt habe, und hat mir bei allem geholfen. Vor der Bank unter dem Rosenbogen haben wir eine festliche Tafel aufgebaut, mit Leintuch und Blumenschmuck und Kerzen und Silbergeschirr und allem Drum und Dran. Der Tisch ist für ein mehrgängiges »Turteltäubchen-Menü« gedeckt, wie es Ernie genannt hat, und in edlen Kristallgläsern perlt feinster Champagner. Den hat Rob spendiert.

(»Eigentlich wäre die für uns zwei gedacht gewesen«, hat er mit einem Augenzwinkern gemeint, als er mir die Flasche gegeben hat. »Aber ich glaube, Colin kann ein bisschen was zum Lockerwerden ganz gut gebrauchen.«)

»Na, dann setzt euch.« Ich deute auf die Marmorbank, die wir extra mit weichen Sitzpolstern ausgestattet haben. Kuschelige Decken liegen auch bereit. Für später, falls es frisch wird. Schließlich sollen die beiden es hier so gemütlich wie möglich haben.

»Danke, Trix!«, flüstert Colin mir zu, während Elsie Platz nimmt. »Das ist einfach fantastisch.«

Ich gebe Ernie ein Zeichen, so wie wir es vereinbart haben, und schon eilt er herbei und reicht winzige Canapés in Herzchenform zum Champagner. Danach gibt es eine riesige Portion extralange Spaghetti mit Fleischbällchen wie bei Susi und Strolch (meine Idee).

Ich zwinkere Colin zu. »Ihr werdet jetzt von niemandem mehr gestört. Genießt es!«

Diskret ziehe ich mich zurück.

»Also, wenn jetzt nichts läuft, dann weiß ich auch nicht mehr«, raunt mir Ernie zu und grinst.

»Das würde ich auch sagen, Ernie«, gebe ich zufrieden zurück, »das würde ich auch sagen.«

Ein bisschen länger als angenommen hat es dann doch gedauert, aber jetzt, zwei Wochen später, steht es endgültig fest: Im Garten von Chatham Place wachsen Pflanzen von großem soziokulturellem Wert. Mindestens zwei Dutzend der Gewächse, die Colins Ururgroßvater von seinen Reisen mitgebracht hat, sind vom Aussterben bedroht und einzigartig in England. Das muss man sich mal vorstellen! Kein botanischer Garten, kein Institut und keine Gärtnerei hat diese Pflanzen. Das komme sehr selten vor, hat man uns einhellig versichert.

Heute sind extra zwei Landschaftsarchitekten aus London angereist, um jeden Busch, jeden Strauch, einfach alles zu begutachten, was ihnen unterkommt. Die beiden sind ziemlich kauzig und sehen mit ihren olivgrünen Klamotten und struppigen Haaren selber wie zwei wild wuchernde Sträucher aus, aber sie sind auch wirklich nett und nicht nur vom Garten, sondern auch von Lord Chathams Aufzeichnungen und Plänen geradezu begeistert.

»Kaum zu glauben, dass Lord Chatham niemals professionell in der Gartenarchitektur tätig war!«, höre ich den einen bewundernd sagen, während er sich über eine Skizze des Gartens beugt. »Diese Präzision, dieses intuitive Verständnis der Harmonie von Sichtachsen, Symmetrie und gekonnt stilbrechenden Elementen – wirklich höchst erstaunlich für einen Laien!«

»In der Tat.« Der andere nickt. »Ein Jammer, dass nicht mehr Gartenbesitzer über ein solches Verständnis verfügen. Das würde unsere Arbeit wesentlich erleichtern, nicht wahr?« Daraufhin hüsteln beide amüsiert.

Sie wollen sich dafür einsetzen, dass möglichst viel genau so umgesetzt wird, wie Colins Vater es vorgesehen hat.

Als Mr Trelawney davon erfährt, stehen ihm Tränen

in den Augen. »Wenn das James noch erleben könnte«, sagt er immer wieder, »er wäre der glücklichste Mensch der Welt!«

Elsies Großvater wurde übrigens von Colin in einer kleinen Zeremonie feierlich zum »Chefgärtner von Chatham Place auf Lebenszeit« ernannt, was ihn ebenfalls zu Tränen gerührt hat. Seitdem ist er voller neu gewonnenem Elan bei der Arbeit und reißt buchstäblich Bäume aus.

Rob hat Himmel und Hölle in Bewegung gesetzt, damit der Trust die Mittel für Chatham so rasch wie möglich freigibt. Offenbar kann er sehr überzeugend sein – denn bereits morgen soll eine ansehnliche Summe auf Colins Konto wandern, mit der er die dringlichsten Rechnungen bezahlen kann.

Und was fast noch wichtiger ist: Der Trust hat uns ein riesiges Team an Freiwilligen angekündigt. Es sollen an die zwanzig Leute sein, die einen ganzen Monat lang bleiben und den Garten auf Vordermann bringen. Sie werden Schlafsäcke und Luftmatratzen mitbringen und alle im Schloss schlafen. Elsie und ich sind den ganzen Tag damit beschäftigt, die Zimmer vorzubereiten, und Ernie schmiedet eifrig Pläne, wie er den ganzen Trupp verpflegen könnte.

Lawrence Twining ist inzwischen ein regelmäßiger Besucher auf Chatham Place. Der kleine, grauhaarige Mann im Tweedsakko und mit Nickelbrille, der uns allen auf Anhieb sympathisch war, interessiert sich brennend für die Kamelien.

Es ist zwar noch nicht ganz spruchreif, aber so viel steht bereits fest: Er möchte eine Teeakademie auf Chatham eröffnen – die »Twinings Akademie für Teekunst«. Die Camellia amplexicaulis, aber auch andere Kameliensorten sollen dafür in großem Stil gezüchtet werden, und dann können die Besucher in Workshops alles über Tee lernen und ihre eigenen Edelteemischungen zusammenstellen. Mr Twining ist davon überzeugt, dass die Akademie der Renner wird und die Firma ihre Kompetenz als führender Teefabrikant im ganzen Königreich damit perfekt unterstreichen kann. Ernie würde die Teeseminare am liebsten noch mit einem kleinen Backworkshop für Teegebäck kombinieren, und Mr Twining hält auch das für eine hervorragende Idee. Vermutlich vor allem, weil er selbst so gerne Ernies Leckereien verputzt.

Apropos Ernies Leckereien ... Ich will gerade Richtung Bibliothek abbiegen, als mir plötzlich ein himmlischer Duft entgegenweht. Marinierte Erdbeeren und ein Hauch Vanille. Ich folge meiner Nase, öffne die Tür zur Küche und sehe Ernie inmitten unzähliger Töpfe und Pfannen stehen, ein glückseliges Lächeln auf den Lippen.

»Trix, du musst mein Vanillemousse auf Erdbeeren probieren!« Er streckt mir einen Löffel entgegen.

Wow! In meinem Mund findet eine regelrechte Geschmacksexplosion statt.

»Ganz gelungen, nicht wahr?« Ernie nickt zufrieden. »Ich glaube, die Leute stehen ziemlich auf meine Desserts. Sie gehen weg wie warme Semmeln!«

Da hat er recht. Wir verkaufen jetzt allerlei Süßes für die Besucher: Desserts, Petit Fours und Kuchen. Vorhin war ich oben am Imbissstand, den wir natürlich restauriert und vor allem sauber gemacht haben, und es war schon wieder fast alles ausverkauft.

Ernie wurde sogar schon in einem namhaften Gourmetmagazin erwähnt:

Wer nach Chatham Place kommt, der erwartet historisches Flair und eine prächtige Gartenanlage. Womit man aber nicht rechnet, das sind die köstlichen Mango-Minz-Baisers und die wahrhaft göttliche Waldbeertorte von Patissier Ernie West, für die alleine es sich lohnt, die Reise nach Kent anzutreten.

Dass der Journalist, der den Artikel veröffentlicht hat, hierhergekommen ist, haben wir Mr Twining zu verdanken. Er war selbst so begeistert von Ernies Köstlichkeiten, dass er seine hervorragenden Kontakte in der Branche hat spielen lassen. Ernie ist vor Stolz fast geplatzt, als wir alle zusammen den Artikel gelesen haben. Er hat ihn ausgeschnitten, gerahmt und über den Herd gehängt. Es ist einfach fantastisch.

Dank der guten Presse läuft auch der Besucherbetrieb wieder viel besser. Es gibt längst keine Mittagspause mehr, und täglich kommen mehr Leute, die den Garten besichtigen und Ernies Leckereien probieren wollen.

»Und weißt du was, Trix?« Ernie gluckst fröhlich. »Gestern habe ich Mr Springer im Dorf gesehen. Rate mal, was er jetzt macht?«

Ich sehe ihn gespannt an.

»Er wäscht Teller im *Limping Farmer*!«

»Nein, echt jetzt?« Ich pruste los.

»Doch, ernsthaft.« Ernie nickt voller Genugtuung. »Und er kann froh sein, dass er diesen Job überhaupt bekommen hat! Nach der Sache hier auf dem Schloss ist sein Ruf im Dorf endgültig hinüber. Nicht dass er jemals sonderlich gut gewesen wäre.« Ernie zieht eine Augenbraue hoch.

Sonderlich gut war auch der Ruf von Mr Springers windigem Neffen nie, aber jetzt ist er garantiert noch miserabler. Als ihm klar geworden ist, dass aus seinem gründlich geplanten Immobiliendeal wohl doch nichts wird, ist er sang- und klanglos nach Südfrankreich verschwunden. Ohne Lady Chatham.

Derer hat sich dafür Patricia, die gute Seele, angenommen. Lady Chatham wohnt jetzt bei ihr im Gästezimmer, und wie ich gehört habe, ist sie in London schon jetzt glücklicher als in den ganzen Jahren auf Chatham zuvor.

Patricia genießt es, endlich als professionelle Lebensberaterin auftreten zu können. Noch dazu für eine richtige Lady. Sie sagt, sie verstehe Colins Mutter sehr gut und wolle ihr helfen, ein Leben zu führen, das ihr besser entspricht. Es gibt also derzeit ziemlich viele Martinis auf dem Chesterfieldsofa.

Ich glaube, Colin ist froh, ein wenig Abstand zu seiner Mutter zu haben. Er hat sich für einen Betriebswirtschaftskurs in Canterbury angemeldet, denn »es wird Zeit, dass er endlich das Einmaleins der Betriebsführung lernt«, wie Rob streng angemerkt hat.

Colin findet den Kurs zwar todlangweilig, aber er

sieht ein, dass er seine Finanzen in Zukunft wesentlich besser kontrollieren muss. Rob wird ihm in der ersten Zeit dabei helfen, und überhaupt scheint er in der nächsten Zeit sehr, sehr viel Arbeit in der Umgebung zu haben. Das hat er mir erst gestern äußerst glaubhaft versichert, nachdem wir ... nun ja ... Akrobatik und so.

Auf jeden Fall sieht es so aus, als ob Rob noch eine ganze Weile hierbleibt. Er wohnt auch weiterhin im Cottage. Nur hat er jetzt einen deutlich besser gefüllten Kühlschrank, ich bin nämlich bei ihm eingezogen. Und ich bleibe ebenfalls hier. Colin hat mir nämlich angeboten, mich um die Vermarktung von Chatham Place zu kümmern (ich werde mir zuallererst die schauderhafte Website vornehmen, so viel ist klar) und die Gästebetreuung zu übernehmen, nachdem meine Führungen »ja äußerst lebhaft und anschaulich sein sollen«, wie er mit einem Augenzwinkern gemeint hat.

Ich muss schmunzeln, als ich wieder hinauf in die Eingangshalle gehe und an meine erste Gästeführung denke. Gleichzeitig frage ich mich zum wiederholten Mal, ob sich die Geschichte mit King George, Lady Emma und dem unehelichen Königssohn wohl wirklich so zugetragen hat.

Robs Kollege Michael ist zwar nach wie vor dabei, die Tagebuchseiten in seinem Labor zu prüfen, Rob hat aber neulich gemeint, dass trotzdem die Möglichkeit besteht, dass wir es nie genau wissen werden. Aber vielleicht müssen wir das auch gar nicht unbedingt? Ein wenig Mythos hat schließlich noch keinem Schloss geschadet.

Die Sonne steht bereits tief am Himmel, als ich nach draußen gehe, und taucht alles in goldenes Licht. Die Landschaft sieht aus wie im Schonwaschgang gewaschen, so weich und harmonisch wirkt alles um mich herum.

Von Weitem sehe ich Colin und Elsie, die einträchtig zusammen die Blumenrabatte rund um das Rondell neu bepflanzen. Elsie zeigt Colin, wie die Arbeit im Garten funktioniert, und wenn ich ihn mir so ansehe, würde er wahrscheinlich bereitwillig die gesamte Anlage umgraben, nur um an ihrer Seite sein zu können.

Jetzt hat Colin mich gesehen und kommt mir eilig entgegen. »Warte mal, Trix!« Er ist etwas außer Atem, als er vor mir stehen bleibt. »Ich wollte mich noch mal bedanken für den tollen Abend. Er hat den Stein ins Rollen gebracht, sozusagen, und jetzt, nun ... Ich würde sagen, jetzt sind wir zusammen.« Er strahlt über das ganze Gesicht.

Ich grinse bloß. Das weiß ich natürlich schon längst alles von Elsie. Außerdem sehen die beiden zusammen so glücklich aus, dass auch ein Blinder merkt, was los ist.

Colin zögert. »Wusstest du eigentlich, dass Elsies Großvater ihrer Großmutter unter dem Rosenbogen einen Heiratsantrag gemacht hat?«

Ich nicke verschmitzt. »Ja, Mr Trelawney hat es mir mal erzählt.«

»Eine äußerst nette Idee, finde ich.« Colin räuspert sich verlegen. »Nur für den Fall, dass man selbst einmal ein geeignetes Plätzchen für einen solchen Anlass suchen sollte ...«

Ich zwinkere ihm zu. »In der Tat ein äußerst geeignetes Plätzchen.«

»Na dann.« Er nickt noch einmal verlegen und geht wieder hinüber zu Elsie.

Ich seufze unwillkürlich.

»Na, sind Sie glücklich, Lady von und zu Chatham?« Rob ist von hinten an mich herangetreten. Er findet es immer noch überaus lustig, mich mit meinen Adelsaspirationen aufzuziehen.

Ich verdrehe die Augen.

»Was denn, du wolltest dir doch unbedingt einen Traumprinzen angeln …« Er grinst und zieht mich liebevoll in seine Arme.

»Ein Lord hätte mir schon gereicht«, murmle ich und vergrabe mein Gesicht in seinem Pullover.

Er lacht laut auf, und ich bin mir sicher, dass auch er absolut glücklich ist.

Jetzt habe ich zwar kein Schloss, keine Reichtümer und auch kein Chesterfieldsofa samt Gin Tonic (wobei Rob meinte, das Sofa ließe sich eventuell machen, ebenso der Gin Tonic), aber das alles spielt überhaupt keine Rolle. Ich habe Rob. Und das reicht vollkommen.

Ende

Unsere Leseempfehlung

512 Seiten
Auch als E-Book
erhältlich

Ava hat Onlinedating gründlich satt. Sie möchte endlich jemanden tre en, der sie im Sturm erobert! Und während eines Schreibworkshops in Italien passiert ihr genau das: Hals über Kopf verliebt sie sich in einen unglaublich attraktiven Teilnehmer. Sie kennt nicht einmal seinen Namen – aber es ist Liebe! Zurück in London ist Avas Überraschung allerdings groß. Matt ist kein schöngeistiger Schreiner, sondern ein Anzug tragender Geschä smann mit übergriffiger Mutter. Und auch Matt hat nicht mit Avas Faible für Flohmarktmöbel und schwer erziehbare Hunde gerechnet. Passen sie bei aller Liebe einfach nicht zusammen?

goldmann-verlag.de

Unsere Leseempfehlung

528 Seiten
Auch als E-Book
erhältlich

Fixie führt den Tante-Emma-Laden ihrer chaotischen Familie in London. Für mehr hat sie eigentlich keine Zeit – außer für Ryan, den besten Freund ihres Bruders, zu schwärmen. Als sie den Laptop eines Fremden vor einer einstürzenden Decke rettet, ist das ihre Chance, Ryan nahezukommen. Denn der Jungunternehmer Sebastian besteht darauf, Fixie einen Gefallen für ihre gute Tat zu schulden. Und so bittet sie ihn kurzerhand, den arbeitslosen Ryan einzustellen. Doch in Sebs Unternehmen zeigt Ryan sein wahres Gesicht. Und plötzlich schuldet Fixie dem charismatischen Sebastian einen Gefallen ...

goldmann-verlag.de